Une nuit avec un médecin italien

*

Retrouvailles au Salvador

KARIN BAINE

Une nuit avec un médecin italien

Traduction française de
ANOUK

BLANCHE

HARLEQUIN

Collection : Blanche

Titre original :
ONE NIGHT WITH HER ITALIAN DOC

HARPERCOLLINS FRANCE
83-85, boulevard Vincent-Auriol, 75646 PARIS CEDEX 13
Service Lectrices — Tél. : 01 45 82 47 47 - www.harlequin.fr
ISBN 978-2-2804-5595-4 — ISSN 0223-5056

Composé et édité par HarperCollins France. Achevé d'imprimer en avril 2021.
par CPI Black Print - Barcelone - Espagne
Dépôt légal : mai 2021.

FSC www.fsc.org
MIXTE
Papier issu de sources responsables
FSC® C159065

Pour limiter l'empreinte environnementale de ses livres, HarperCollins France s'engage à n'utiliser que du papier fabriqué à partir de bois provenant de forêts gérées durablement et de manière responsable.

1.

Sophie regarda la vieille femme alitée et sentit son cœur se serrer. Quel manque de chance…

Ou ne serait-ce pas plutôt de l'incompétence de ma part ? s'interrogea-t-elle, critique envers elle-même.

Elle avait accepté de s'occuper d'Edith, de veiller sur elle, de tout mettre en œuvre pour que le voyage soit réussi…

Mais son amie avait fait un malaise, et se retrouvait maintenant à l'infirmerie du *Liberty*, le magnifique bateau de croisière sur lequel elles avaient embarqué, à Barcelone, trois jours plus tôt.

— Je suis vraiment désolée, Edith. C'est ma faute. J'aurais dû être plus attentive et…

— Voyons, non, enfin, c'est moi qui aurais dû l'être, l'interrompit Edith d'un ton étonnamment vif malgré son état de faiblesse. J'ai soixante-dix-huit ans ! Je suis responsable de mes propres actes, n'est-ce pas ?

— Oui, mais tu m'as emmenée pour que je sois auprès de toi, insista Sophie, la gorge nouée.

Cet incident, elle aurait dû l'éviter !

Travaillant à plein temps dans une maison de retraite, elle avait l'habitude de soigner des personnes âgées et handicapées. Edith, qui vivait dans la même rue que Sophie en Angleterre, lui avait demandé de l'accompagner car, avait-elle souligné, elle avait besoin d'aide afin de se mouvoir plus sereinement. Sophie avait saisi cette opportunité qui lui permettrait de s'évader et d'oublier l'échec fracassant de sa relation avec

Ryan. Une croisière autour de la Méditerranée ? Fantastique ! Idéal pour retrouver le moral !

Sauf que le périple commençait bien mal.

Edith fit glisser sa main sur le drap blanc bien repassé, et serra les doigts de Sophie.

— Allons, allons, ma chérie, tu es une bénédiction pour moi. Sans toi, je n'aurais rien pu voir de ce que nous avons déjà admiré ! Barcelone, Pompéi, Naples… Ce n'est pas ta faute si je me suis stupidement endormie au soleil !

Sophie sourit, rassurée malgré tout par la bienveillance d'Edith. Elle-même avait adoré visiter Barcelone, où elles avaient exploré les étals des Ramblas à la recherche de souvenirs, et admiré l'architecture fantaisiste de Gaudi.

Elles avaient également découvert Pompéi, parcourant ensemble les ruines tentaculaires de la célèbre cité antique. Elles s'étaient émerveillées face aux mosaïques et peintures encore visibles sur certaines façades, et avaient été profondément impressionnées par les moulages de corps des personnes figées pour l'éternité après l'éruption du Vésuve.

À Naples, elles avaient été sidérées par la quantité de scooters colorés, et l'accent délicieusement chantant de la langue italienne.

Trois jours seulement s'étaient écoulés, et Sophie ne pensait déjà presque plus à son quotidien en Angleterre.

Elle aimait se réveiller le matin dans sa belle cabine à bord du *Liberty*, ouvrir les rideaux du hublot et savourer un nouveau paysage. Changer régulièrement d'atmosphère et de lieu, cela lui convenait si bien ! Elle se sentait décidément mille fois plus à l'aise en voyage, avec un style de vie plus nomade que sédentaire.

C'était sûrement parce qu'elle avait grandi au sein d'une famille instable. Un père qui rêvait de devenir une rock star, et qui n'avait cessé d'aller jouer de la guitare dans des pubs ou des clubs… Une mère qui s'était acoquinée avec des amants de passage jusqu'à ce qu'elle croise le chemin de celui qui deviendrait le père de Sophie… Leur couple avait été tout sauf tranquille, et durant son enfance, Sophie s'était adaptée tant bien que mal à cette situation dénuée de repères. En ce moment, elle ne savait d'ailleurs même pas où se trouvaient ses parents. Elle était partie à l'autre bout du monde une fois son diplôme d'infirmière en poche, et avait voyagé en travaillant çà et là, effectuant des remplacements avec plaisir.

Elle était libre…

Seule mais libre.

Puis elle avait rencontré Ryan en Thaïlande. Elle était tombée follement amoureuse de lui…

Hélas.

Ryan l'avait convaincue de retourner avec lui en Angleterre et de s'y installer. Puisqu'ils s'aimaient, pourquoi aurait-elle refusé ?

Sauf qu'elle n'avait pas supporté de vivre dans la petite maison du Kent qu'ils avaient achetée. Une maison accolée à d'autres habitations, dans une rue calme. Trop calme… Si banale.

En fait, Ryan voulait simplement mener une existence normale ; simple et ordinaire. Elle avait sincèrement essayé d'être la compagne qu'il souhaitait. Lors de son séjour à Phuket, il lui avait paru drôle, audacieux, aventurier… En vérité, il était parfaitement conventionnel.

Quelle déception…

Malgré tout, renonçant aux voyages qu'elle affectionnait tant, elle s'était installée avec Ryan et engagée dans le remboursement d'un prêt immobilier. Elle avait commencé à travailler dans une petite ville de campagne, loin de Londres et de l'ambiance urbaine, trépidante, dans laquelle elle avait grandi.

Et trois années avaient ainsi filé, jusqu'à ce qu'elle craque. Un jour, elle avait avoué à Ryan qu'elle s'ennuyait à mourir. Il avait admis que leurs relations manquaient de piment.

Elle rêvait d'un trek dans l'Himalaya ou d'une traversée de la Patagonie en kayak…

Mais pas lui. Il s'était enfui avec une collègue – il travaillait dans une banque –, qu'il avait épousée à Las Vegas ! Depuis combien de temps la trompait-il, Sophie n'en avait aucune idée.

Obligée d'assumer un achat immobilier dans un lieu qu'elle n'aurait jamais choisi si la décision lui était revenue entièrement, Sophie s'était sentie accablée.

Puis un jour, sa voisine Edith, adorablement gentille, était venue à sa rescousse en lui proposant de l'accompagner en croisière… « Je veux visiter la France et l'Italie avant qu'il ne soit trop tard pour moi ! » avait-elle affirmé. Un dernier grand voyage, en somme.

Malgré elle, Sophie laissa échapper un soupir.

— Voyons, voyons, je vais vite me remettre, rassure-toi ! répéta alors Edith.

Sophie lui sourit, admirant le courage de la vieille femme qui tendait le bras à une infirmière prénommée Patricia. Celle-ci essayait vainement de lui poser un cathéter.

— Je l'espère bien, Edith. Rome nous attend ! Sur la liste de tes vœux, nous devrons encore cocher le Colisée, la fontaine de Trevi, puis nous irons en Toscane pour découvrir la fabuleuse tour de Pise ! Vous voulez peut-être que je le fasse ? poursuivit Sophie, s'adressant à Patricia qui s'acharnait sur le bras d'Edith. Je suis également infirmière.

— Merci, ça ira très bien, répliqua sèchement son interlocutrice.

Sophie comprit aussitôt qu'elle l'avait vexée.

— Désolée, je m'inquiète juste pour mon amie qui a été très malade toute la nuit et…

— Mme Fields est déshydratée, c'est pourquoi Patricia a du mal à trouver la veine, intervint alors un homme au fort accent italien.

Le Dr Luciano Montavano venait d'entrer dans l'infirmerie. Son identité était inscrite sur l'insigne épinglée sur son uniforme blanc, le même que celui des officiers à bord du *Liberty*. Grand, mince, les cheveux bruns coupés court, des yeux d'un brun chaud qui captaient l'attention… En général, Sophie ne s'arrêtait pas à l'apparence physique, mais pour le coup, elle fut déstabilisée. Qu'il était beau !

Elle le regarda, le cœur battant, tandis qu'il examinait attentivement Edith.

— Madame, surtout, détendez-vous… La perfusion d'eau saline qu'on va vous poser permettra une réhydratation de votre organisme, et ensuite, nous ferons d'autres examens.

Patricia venait enfin de caler le cathéter, et Edith ferma les paupières, soulagée.

— Vous vérifierez sa glycémie ? Son taux de sodium, d'urée et les électrolytes ? s'inquiéta Sophie. Je suis infirmière, moi aussi…

Et je n'étais pas auprès d'Edith la nuit dernière…

Elle aurait voulu ne rien se reprocher, mais ce n'était pas le cas même si, objectivement, elle n'était pas fautive. Toutes deux disposaient de cabines séparées, adjacentes. Pourquoi Edith ne l'avait-elle pas prévenue ? Ce n'était que ce matin-là, au moment d'aller prendre le petit déjeuner, que Sophie avait découvert l'état aggravé de la vieille dame.

Le Dr Montavano la contempla d'un air perplexe, puis une légère irritation se refléta sur son séduisant visage.

— Mademoiselle, soyez sans crainte, nous nous occuperons de votre grand-mère le mieux possible.

— Ce n'est pas ma grand-mère, répliqua Sophie avec un agacement involontaire. Nous voyageons ensemble. Et je veille sur Mme Fields, qui est une amie. Je veux simplement m'assurer que…

— Sophie, ma très chère, ça ira, coupa Edith d'une voix faible mais déterminée. Devrai-je passer la nuit ici, docteur ?

— J'en ai bien peur, répondit le médecin. Nous devons vous garder en observation.

Son accent italien est si fort… Il doit l'intensifier exprès pour avoir encore plus de charme ! songea Sophie malgré elle.

— Je resterai avec toi, proposa-t-elle aussitôt à Edith.

— Ah non, déclara le Dr Montavano d'un ton autoritaire. Ce sera impossible, mademoiselle…

Il la contemplait, mains dans le dos, attendant visiblement qu'elle se présente.

De nouveau, elle sentit son cœur battre plus vite, à cause de l'énervement sans nul doute.

— Blythe. Sophie Blythe.

— Mademoiselle Blythe, nous n'avons pas de place pour vous à l'infirmerie, c'est une évidence. Revenez quand ce sera l'heure des visites. À partir de 15 heures.

— Pas avant ?

— Mme Fields doit se reposer. Vous le savez, n'est-ce pas, puisque vous êtes infirmière ?

— Je suis aussi responsable du bien-être de Mme Fields… D'où mon insistance !

Le Dr Montavano poussa un bref soupir exaspéré et secoua la tête sans rien ajouter.

Sophie réprima sa déception. Même s'il avait raison, ce médecin pouvait dire les choses sur un autre ton…

— Bon, c'est comme ça ! Profite de ce temps libre pour te détendre, intervint alors Edith. Va à la piscine, prends l'air, savoure le soleil !

— Le soleil…, répéta machinalement Sophie, consciente du regard que le médecin gardait posé sur elle, comme s'il guettait sa réponse. Oui, bien sûr. Il fait si beau…

Elle s'approcha d'Edith et lui serra doucement la main.

— Tu seras vite rétablie. Je reviens dès que c'est autorisé.

— Très bien. File, maintenant.

Edith esquissa un petit sourire et ferma les yeux, visiblement épuisée. Oui, mieux valait la laisser tranquille, pour qu'elle récupère au plus vite.

— Tenez-moi au courant, s'il vous plaît, dit Sophie au Dr Montavano et à Patricia.

— Évidemment, fit le médecin d'un ton bref, avant de reporter son attention sur la vieille femme.

Sophie se détourna et quitta rapidement l'infirmerie. Elle emprunta le long couloir qui menait aux ascenseurs, et se rendit jusqu'au pont supérieur.

Elle cligna des yeux en sortant, subitement enveloppée par l'atmosphère chaude et lumineuse, tous ses sens en alerte.

De la musique résonnait un peu plus loin, une foule compacte se trémoussait sur la piste de danse, une odeur de chlore se mêlait aux parfums de crème solaire et de nourriture…

Ce sont les vacances, les gens sont heureux… , réalisa-t-elle en regardant autour d'elle. Près de la piscine à l'eau turquoise, il y avait un buffet copieusement garni qu'elle n'avait encore jamais vu. Edith préférait manger dans les restaurants du rez-de-chaussée, classiques et, surtout, tout à fait confortables.

Sophie sentit son estomac gargouiller. Elle avait faim ! Normal, elle n'avait pas pris de petit déjeuner. Et si elle allait s'installer sur une chaise longue ? Elle n'avait qu'à commander un sandwich et siroter un cocktail de jus de fruits bien frais ! Oui, elle avait bien besoin de se détendre et de ne plus penser à l'incident de ce matin avec cette pauvre Edith.

Elle aurait également préféré oublier le séduisant médecin italien qui l'avait interpellée… Et énervée.

Hélas, le visage du Dr Montavano semblait s'être imprégné dans sa mémoire, tout comme sa belle voix grave et virile, rendue encore plus sensuelle par son accent.

Il faut vraiment que tu reposes ! s'intima Sophie, moqueuse envers elle-même. Il ne manquerait plus qu'elle s'amourache stupidement du docteur qui soignait Edith ! Tout ça parce qu'elle était seule depuis longtemps…

Trop seule ?

Non, pas vraiment. En réalité, elle appréciait son célibat.

Sa vie de couple l'avait tellement déçue qu'elle n'était pas près de recommencer l'expérience ! Voyager, découvrir le monde, redevenir une parfaite globe-trotteuse, voilà ce qu'elle voulait…

Avant tout, elle tenait à jouir pleinement de sa liberté enfin retrouvée.

Luciano sourit à la vieille femme en lui prenant le pouls, qu'il trouva trop faible.

— Vous irez mieux très bientôt. Vous devez vous reposer…

— Qu'est-ce que j'ai eu ? demanda Mme Fields, le regard inquiet.

— Vraisemblablement une insolation. À votre âge, au soleil, vous devez porter un chapeau pour vous protéger des rayons.

— Je sais… J'ai été distraite, trop enthousiasmée par l'ambiance festive qui règne à bord, que voulez-vous, avoua sa patiente d'un ton navré. J'ai oublié que je n'avais plus vingt ans.

Luciano hocha la tête, compatissant. Au bout de huit mois à bord, il avait pris l'habitude de ce genre de situations.

— Sophie s'est beaucoup inquiétée, reprit Edith. Elle doit s'en vouloir… Elle m'accompagne pour m'aider à voyager sereinement, et voilà que je tombe malade ! Mais c'est entièrement ma faute.

— Sophie le sait sûrement, rassurez-vous. Tout à l'heure, elle voulait surtout être certaine que vous seriez bien soignée.

— Elle a beaucoup insisté pour rester auprès de vous, renchérit l'infirmière, qui continuait à surveiller le goutte-à-goutte de la perfusion posée sur le bras de la vieille dame.

— Je la comprends, dit Edith. Elle est gentille…

— Et elle se sent probablement responsable de votre malaise, compléta Luciano. Elle se fait du souci, rien de plus normal.

Malgré lui, il se remémora alors, de façon fulgurante, les

tourments qu'il avait éprouvés quand Renata, sa femme, avait tant souffert suite à sa dernière fausse couche. Le destin, implacable, devait s'être déjà mis en route car elle avait fini par succomber à une septicémie foudroyante.

Deux ans déjà qu'elle n'est plus là, se dit-il, la gorge serrée.

Incapable de faire son deuil, il avait quitté le terroir familial en Italie – l'endroit où il avait grandi avec son frère et ses sœurs, où ses parents cultivaient la vigne et leur bonheur depuis toujours. Il avait vendu son cabinet médical de praticien généraliste, et s'était engagé sur le *Liberty*. Il voulait oublier, oublier… Juste travailler pour ne plus penser à ce qui aurait dû être mais ne serait jamais.

Le visage de Sophie dansa alors dans son esprit, comme pour le provoquer dans son chagrin. Avec ses longs cheveux noirs, ses yeux d'un bleu perçant, sa peau pâle mouchetée de quelques taches de rousseur sur les épaules, elle était ravissante… Et si vive ! Il avait dû lui paraître bien sec et désagréable…

Chassant ses pensées sombres, Luciano reporta son attention sur la vieille dame dont les joues, peu à peu, se teintaient de nouveau.

— Vous reprenez des couleurs. Tant mieux. Je vous laisse en compagnie de Mlle Bingham – Patricia – qui surveillera vos constantes, et reviendrai d'ici peu pour savoir comment vous allez.

Edith sourit, reconnaissante.

— Merci, docteur.

— De rien. Je ne fais que mon travail.

En prononçant ces mots, Luciano songea à quel point son activité professionnelle lui était devenue cruciale. Il aurait même préféré ne disposer d'aucun instant de liberté afin d'éviter de plonger encore dans le passé, encore bien trop douloureux.

2.

Comme elle avait sommeil… Tellement sommeil.

Fermant les yeux, Sophie savoura la caresse du soleil sur sa peau. Elle comprenait mieux pourquoi Edith s'était endormie ! Elle-même était si fatiguée, en vérité. Carlo, l'un des serveurs qui s'activaient au bord de la piscine, lui avait apporté un cocktail à base de jus de fruits, mais il avait ajouté une pointe de crème de coco, légèrement alcoolisée. Délicieux et dangereux. *Je me sens à moitié ivre alors que je n'ai rien bu !* se dit-elle.

Elle avait baissé les bretelles de son T-shirt, roulé le bas de son short et, pour la première fois depuis son embarquement pour cette croisière, elle s'autorisait à bronzer. Oh ! un peu, quelques minutes, car sa peau n'était pas habituée.

S'abandonnant à la détente, Sophie se remémora les paroles du dénommé Carlo. Après lui avoir apporté sa boisson, il l'avait contemplée un instant puis, avec un naturel déconcertant, il lui avait conseillé d'aller danser. « Vous rencontrerez un cavalier rapidement, j'en suis sûr ! », avait-il précisé avec un clin d'œil malicieux. Elle l'avait simplement remercié sans préciser qu'elle n'avait aucune envie de faire des rencontres. Elle était sur ce bateau pour accompagner Edith et, en même temps, se changer les idées, mais sans la présence d'un homme auprès d'elle.

Elle n'en voulait surtout pas.

Elle soupira. Oui, que c'était bon de se laisser aller…

Les paupières closes, elle sourit…

Et sursauta presque quand une voix masculine fit irruption dans sa rêverie.

— Désolé de vous déranger, mademoiselle Sophie.

Ce fort accent italien ô combien reconnaissable…

Pile au moment où je commence enfin à l'oublier !

Sophie se redressa d'un coup et découvrit le Dr Montavano. Il se tenait devant elle, bras croisés, visiblement gêné.

— Que se passe-t-il ? Un problème avec Mme Fields ? demanda-t-elle en remettant ses lunettes de soleil.

— J'en ai bien peur. J'ai voulu vous joindre dans votre cabine.

— J'ai préféré profiter du grand air comme on me l'a recommandé.

— Et vous avez bien fait…

Le médecin hocha la tête. Son visage exprimait une réelle préoccupation.

— Contre toute attente, Mme Fields rencontre quelques complications. Je suis aussitôt venu vous prévenir.

Sophie se leva de son transat, ajustant les bretelles de son T-shirt en même temps. Elle faillit renverser le reste de cocktail qui demeurait dans sa coupe, qu'elle posa sur la petite table à côté de son siège.

— Qu'est-ce qu'elle a ?

— De la tension. Une très forte tension.

— Mme Fields a souffert de déshydratation, donc c'est normal, n'est-ce pas ? L'hormone vasopressine peut être sécrétée dans le sang si le taux de sodium baisse à cause d'une perte de liquide trop importante.

— Tout à fait.

Le Dr Montavano ébaucha un bref sourire.

— Vous vous y connaissez. Effectivement, un excès de vasopressine peut provoquer une constriction des vaisseaux sanguins, et la pression sanguine est consécutivement plus forte. Dans le doute, et compte tenu de l'âge de Mme Fields, je ne veux prendre aucun risque.

— Qu'est-ce que vous craignez ?

— Un problème cardiovasculaire plus grave. Une attaque, une crise cardiaque…

— Oh non, murmura Sophie, atterrée. Je vais la voir tout de suite.

Le Dr Montavano acquiesça d'un signe de tête.

— Elle vous réclame.

La gorge nouée, Sophie lui emboîta le pas. Il marchait vite, les épaules droites, imposant dans son uniforme blanc. Alors qu'ils traversaient le hall du premier pont, certaines personnes saluèrent le médecin en l'appelant capitaine. De fait, il ressemblait à un officier à cause de sa tenue, songea-t-elle distraitement.

Dans l'ascenseur, elle évita de le regarder. Il avait une telle prestance… En d'autres circonstances, l'impact de sa présence physique lui aurait coupé le souffle.

Ils gardèrent le silence jusqu'à ce qu'ils aient gagné l'infirmerie.

— Madame Fields, voici votre dame de compagnie, annonça le Dr Montavano.

Sophie faillit répliquer que ce n'était pas exactement sa fonction, mais elle se ravisa. L'essentiel, à cet instant, était de remonter le moral à Edith. La vieille dame était affreusement pâle, mais une étincelle brilla dans ses yeux quand elle la vit.

— Ah te voilà ! Mais tu n'as pas pris beaucoup de couleurs… Il va falloir faire mieux que ça. Cela tombe bien, tu auras du temps puisque je ne vais pas poursuivre ce voyage avec toi.

Sidérée, Sophie resta sans voix un court instant.

— Si c'est une plaisanterie, Edith, elle n'est pas drôle.

— Mais je ne plaisante pas. Il ne t'a donc rien expliqué, le Dr Montavano ?

Sophie échangea un rapide coup d'œil avec le médecin,

qui était en train de vérifier la perfusion. Il esquissa une moue et soupira.

— Je n'en ai pas encore eu la possibilité, madame Fields. Tout va très vite. Nous allons devoir débarquer votre amie, reprit-il à l'attention de Sophie. Il faut qu'elle soit hospitalisée.

— Hospitalisée ? C'est grave à ce point ? demanda Sophie, abasourdie.

— Non, mais comme je vous l'ai expliqué, nous préférons miser sur la prudence. La tension de Mme Fields est vraiment trop haute, sans normalisation. C'est risqué, et à bord, nous ne disposons pas des médicaments nécessaires, précisa le médecin à regret.

— Sérieusement ? Vous ne prévoyez pas ce qu'il faut, dans votre pharmacie ? Ce n'est pas professionnel ! s'insurgea Sophie.

— Ma chérie, ne t'énerve pas, protesta Edith. Ça ne sert à rien. Je suis tout à fait d'accord pour aller à l'hôpital. Tu poursuivras la croisière sans moi.

— Mais il n'en est pas question ! Ce voyage est…

La vieille dame lui attrapa la main et lui serra doucement les doigts.

— Ce voyage est pour toi. Tous frais payés. Je me doutais que je prenais un certain risque en embarquant sur ce bateau… Même avec ta présence rassurante, Sophie. Néanmoins, franchement, tu avais plus besoin de cette échappée en mer que moi. Pourquoi crois-tu que je t'aie proposé de venir avec moi ?

— Pour… prendre soin de toi !

De plus en plus stupéfaite, Sophie en bégayait presque.

Edith secoua la tête.

— Pour te donner une chance de te changer les idées. Tu as été tellement submergée de problèmes ces derniers temps, et je sais que ton travail en maison de retraite est parfois très éprouvant. Il n'y a que lorsque tu me parlais des pays que tu avais visités, ou que tu rêvais de découvrir, que je te voyais retrouver de l'énergie !

— Tu exagères…

— Pas vraiment, n'est-ce pas ? insista gentiment la vieille dame. Ce Ryan, avec qui tu habitais, t'a empêchée de poursuivre ta vie de voyageuse… Ta vie de rêve.

— C'est vrai, admit Sophie, consciente du regard curieux que le Dr Montavano posait sur elle. Mais j'ai essayé de m'habituer à cette existence.

— En pure perte. Maintenant, rattrape le temps perdu, et profite d'une belle croisière gratuite.

— Sauf que je ne veux pas te laisser seule dans un hôpital étranger ! Tu penses réellement que je serais capable de me prélasser au bord de la piscine pendant que tu es hospitalisée ?

— Bien sûr ! Et tu auras même intérêt à le faire et à peaufiner ton bronzage ! affirma Edith avec bienveillance et humour. De toute façon, John va venir.

— Ton fils ? Il ne vit pas en Espagne ?

— Si, mais il arrive, il prend le premier avion pour être auprès de moi. Une fois que je serai sur pied, je rentrerai avec lui pour passer du temps avec les adorables petits-enfants et arrière-petits-enfants que je vois trop rarement. Je serai en convalescence à Séville. C'est un beau projet, tu ne trouves pas ?

— Oui, bien sûr… Il n'empêche que je ne peux pas accepter ton offre, ajouta Sophie, démoralisée.

— Ce serait fort dommage, répliqua Edith. Tu es pâlotte, presque autant que moi ! Tu vas bien savoir profiter de cette croisière, non ?

Elle ébaucha un sourire malicieux.

— Enfin, aujourd'hui, j'ai encore besoin de toi… Pour préparer mes bagages.

Sophie regarda le Dr Montavano qui assistait à leur discussion, le visage impassible, à côté de l'infirmière. Cette dernière, quant à elle, souriait comme si l'échange avec Edith l'amusait.

— Eh bien, je vois que tu as tout prévu, commenta Sophie, encore plus irritée.

Elle poussa un soupir résigné.

— Je te remercie, ton offre est incroyablement généreuse, Edith. Je vais m'occuper de tes valises, et je t'accompagne à l'hôpital.

— Nous l'accompagnons, intervint le Dr Montavano. Vous, si vous le souhaitez, et moi. Le bateau n'appareillera pas avant ce soir, tard. Cela nous laisse amplement le temps d'aller à terre et de transférer Mme Fields dans le service hospitalier compétent.

— Mais… Je peux parfaitement l'emmener moi-même, dit Sophie, anxieuse à l'idée de devoir passer encore plusieurs heures en compagnie de ce médecin trop séduisant et peu sympathique. Je suis infirmière et habilitée au suivi médical de…

— C'est moi qui suis responsable, coupa sèchement le Dr Montavano. Mme Fields est soignée ici sous ma responsabilité. Il est de mon devoir d'être avec elle, telle est la procédure.

— La procédure, répéta Sophie avec ironie. Si vous saviez comme j'en ai assez, par moments, des procédures, protocoles et autres obligations qui servent souvent surtout à rassurer les administrations et…

Elle s'interrompit. Pourquoi le Dr Montavano lui faisait-il perdre contenance ? Ce n'était pas parce qu'il était médecin, non, pas du tout, elle avait l'habitude d'en côtoyer quotidiennement. Était-ce son regard et la petite lueur de défi qu'elle y percevait ? À moins que ce ne soit l'arrogance d'un homme sûr de son pouvoir ? Ou son allure qui évoquait davantage un play-boy qu'un soignant ?

Comme il la regardait droit dans les yeux, l'air perplexe, elle s'obligea à se radoucir.

— Excusez-moi, murmura-t-elle. Je pense que je suis un peu fatiguée et sous le choc. Bien sûr, allons-y ensemble.

Edith, je vais dans ta cabine pour préparer tes bagages. À tout de suite.

Elle adressa un sourire à la vieille dame et s'éclipsa, le feu aux joues, espérant que, par la suite, elle ne croiserait plus jamais le Dr Montavano.

3.

Se laisser aller, ne penser à rien sauf à la détente et à son propre plaisir, eh bien, ce n'était pas aussi facile que ce qu'elle aurait pu croire.

En vérité, Sophie avait oublié comment réussir… à ne rien faire.

De toute façon, pour le moment, elle se préoccupait trop de l'état de santé d'Edith.

La veille, elle avait attendu, en compagnie du Dr Montavano, que la vieille dame soit bien installée dans sa chambre d'hôpital. Avant de la quitter, ils avaient rencontré le médecin et l'infirmière principale du service de cardiologie, et avaient obtenu l'assurance d'être régulièrement tenus au courant de l'état de la situation. Après quoi, ils étaient retournés jusqu'au bateau en empruntant un taxi puis une navette spécialement affrétée. Ils n'avaient échangé que quelques mots, par pure politesse.

Cela aurait dû mettre fin à tout contact entre eux. Malheureusement, ce matin-là, Sophie s'était aperçue qu'en haute mer, son smartphone ne captait aucun réseau. Pour avoir des nouvelles d'Edith, il fallait donc qu'elle interroge soit le Dr Montavano, soit Patricia.

Sophie se dirigea vers cette dernière qui était justement en train de parler avec la réceptionniste du hall situé à l'avant du *Liberty*.

— Excusez-moi de vous déranger…

Elle sourit à la jeune femme, espérant que celle-ci ne lui en voulait pas de s'être montrée pressante et impatiente lors de la prise en charge d'Edith.

— La connexion de mon téléphone est trop mauvaise pour que je puisse être jointe. Savez-vous comment s'est passée la nuit de Mme Fields ?

Patricia répondit à son sourire.

— Personnellement, non, mais le Dr Montavano a été en contact avec l'équipe. Je vais lui demander de venir vous voir, je dois le retrouver maintenant à l'infirmerie.

— Attendez, vous pourriez simplement me transmettre les informations…

Mais Patricia s'était déjà éloignée.

Sophie réprima un soupir, consciente que la réceptionniste – une femme élégante d'une cinquantaine d'années –, l'observait.

— Tout ira bien, rassurez-vous. Notre médecin est très compétent, affirma-t-elle.

— Je n'en doute pas, dit Sophie.

Je ne veux pas le revoir, c'est tout…

Elle réalisa alors à quel point elle avait changé. Avant de partager sa vie avec Ryan, elle allait de l'avant, flirtait plus facilement… Elle s'amusait. L'échec de son couple l'avait donc davantage marquée qu'elle ne l'aurait pensé. En acceptant ce voyage avec Edith, elle avait espéré retrouver son énergie d'avant.

Ce n'était pour l'instant pas le cas du tout.

Au contraire.

En face d'un homme qui la regardait avec un peu trop d'insistance, elle perdait pied. Or, le regard de braise du Dr Montavano lui donnait l'impression de la transpercer.

— Mademoiselle Blythe…, dit une voix grave dans son dos.

Elle frissonna malgré elle, charmée une fois de plus par l'accent italien et le timbre chaleureux, et se retourna. Le Dr Montavano s'approchait d'un pas rapide. Son uniforme accentuait la carrure rassurante de ses épaules et son allure virile.

— Merci d'être venu si vite, mais vous savez, je ne voulais pas vous déranger, dit-elle, consciente que son pouls s'accélérait.

Qu'elle le veuille ou non, dès qu'il était près d'elle, son cœur battait plus vite.

— Je vous en remercie, mais moi je tenais à vous voir. Je sais que vous n'êtes pas joignable, et l'hôpital où est Mme Fields m'a donné des nouvelles.

— Ah… Alors ? Comment va-t-elle ?

— Son état demeure stable. Elle a bien dormi et son hypertension s'apaise légèrement. C'est donc tout à fait encourageant. Soyez sans crainte, elle est sous haute surveillance.

Il paraissait moins tendu que la veille, moins nerveux… Moins arrogant, en fait, réalisa Sophie.

— Je suis soulagée. Rien de plus grave ne devrait lui arriver.

— Espérons-le. De votre côté, parvenez-vous à lâcher prise ? demanda-t-il.

— Oui, autant que possible, dit-elle, étonnée qu'il se soucie d'elle. Mais je me fais du souci pour Mme Fields, forcément. Poursuivre ce voyage sans elle, ce n'est pas pareil. Elle me manque.

Il l'observa comme s'il essayait de lire en elle.

— J'imagine. Vous êtes de la même famille ?

— Non. Seulement amies… Et voisines. On s'aime beaucoup car on se connaît bien.

Il ébaucha un sourire.

— Écoutez, on a fait ce qu'il faut, et on a toutes les raisons de croire qu'elle va se rétablir.

— Je l'espère.

— Quant à vous, reposez-vous… Reposez-vous vraiment. Mme Fields a raison, vous êtes pâle, et vous auriez bien besoin de prendre le soleil.

Il sourit encore, brièvement, et ajouta :

— Tout est prévu, sur ce bateau, pour le bien-être des passagers. Alors, oui, profitez-en, comme le recommandait votre chère amie Mme Fields.

Sur ces mots, il se détourna et s'éloigna à grands pas.

Le suivant du regard, Sophie prit conscience des martèlements de son cœur. Incroyable, elle était devenue tellement émotive… Et impressionnable !

Oui, eh bien, c'était sûrement la preuve qu'il fallait qu'elle redevienne elle-même, et qu'elle revive comme une femme libre.

Merci, Edith, grâce à toi, je vais m'offrir une véritable bouffée d'air régénérant !

Du moins essaierait-elle de s'accorder cette inspiration nouvelle.

Après avoir salué la réceptionniste, Sophie se dirigea vers le pont supérieur d'un pas vif, prête à commencer ses vacances inespérées dès maintenant…

Elle s'installa dans l'une des chaises longues en plastique bleu autour de la piscine principale. Pas trop près du bord de manière à ne pas être éclaboussée chaque fois que quelqu'un y plongerait, mais pas trop loin non plus afin de pouvoir se glisser dans l'eau sans avoir à parader en bikini si elle décidait de nager.

Tout ce temps libre qui s'offrait à elle lui donnait presque le tournis ! Sophie n'était plus habituée à une telle oisiveté. Comme elle n'avait aucune envie de participer aux ateliers de loisirs proposés dans différents lieux du bateau – les pliages origami ou le macramé ne l'intéressaient pas ! –, autant rester dehors, au soleil, et savourer simplement la vie.

Sophie regarda autour d'elle. Certains passagers, d'humeur festive, sirotaient un cocktail, ou dansaient çà et là, tranquillement, sur le rythme entraînant de la musique diffusée par des enceintes. Des enfants se poursuivaient autour du grand bassin aquatique, piochaient allègrement dans le buffet à volonté pour se régaler de gâteaux et glaces. D'autres personnes se reposaient dans des transats, comme elle-même…

Vive les vacances ! songea-t-elle alors, ravie.

Elle posa sa serviette de bain, s'appuya sur le dossier et ouvrit le roman qu'elle avait apporté. Autant suivre les bons conseils d'Edith et se détendre vraiment ! Mais elle réalisa rapidement qu'elle tournait les pages sans vraiment les lire. Ce qui la perturbait, ce n'étaient ni les cris joyeux des enfants, ni la musique trop forte, mais plutôt le bruit de ses propres pensées…

Trop de choses l'inquiétaient. La santé d'Edith, son propre avenir, les changements qu'elle voulait mettre en place dans son quotidien…

Avant Ryan, elle avait l'habitude de déménager, de changer de travail, de courir des risques… Mais aujourd'hui, elle craignait de prendre la mauvaise décision.

La trahison de Ryan l'avait poussée à remettre en question son propre jugement, les choix qu'elle avait effectués et même la femme qu'elle était devenue. En vivant avec lui, elle avait peu à peu perdu son indépendance, si chère à ses yeux.

Plus jamais elle ne laisserait quelqu'un influer sur le cours de son existence.

Sophie insista dans sa lecture mais n'y parvint pas. Peut-être que flâner le long du bastingage en admirant l'océan lui ferait du bien. Elle se leva, inspira profondément…

Et c'est à ce moment-là qu'un remous inhabituel dans la piscine attira son attention.

Intriguée, elle s'approcha du bord.

Elle remarqua des tourbillons dans un coin de la section profonde du bassin. Les nageurs se rassemblaient dans l'autre partie, s'amusant avec des bouées et matelas gonflables. Le maître-nageur semblait rêvasser.

Sophie regarda plus attentivement. Une ombre se profilait sous l'eau ; des bulles d'air frisaient à la surface.

Quelqu'un était en train de se noyer !

Elle n'hésita pas une seule seconde et plongea. Retenant

sa respiration, elle nagea aussi vite que possible jusqu'à ce qu'elle atteigne la forme humaine. Une petite forme…

Celle d'un petit garçon de sept ou huit ans.

Sophie lui agrippa les épaules et le ramena, lentement mais sûrement. Ses propres poumons la brûlaient tandis qu'elle prenait de grandes inspirations, consciente que dans ses bras, la victime restait inerte. Sa peau était d'une pâleur mortelle, et ses lèvres bleues.

— Venez vite ! cria-t-elle au maître-nageur qui, enfin, réagissait.

Il s'était précipité et lui tendait une perche pour l'aider à sortir de l'eau. Simultanément, il se pencha pour prendre le petit garçon dans ses bras et l'allongea doucement sur le sol.

— Bon sang, je n'ai rien vu, rien du tout, marmonnait-il, affolé.

Il prit le pouls de la victime.

— Il ne respire plus…

Sophie s'agenouilla auprès de l'enfant et posa l'oreille contre sa poitrine. Elle ne perçut aucun mouvement, aucun souffle. Autour d'eux, des curieux se rassemblaient, observant la scène comme s'il s'agissait d'un spectacle distrayant.

— Prévenez le médecin, trouvez un défibrillateur ! ordonna-t-elle.

À côté d'elle, le maître-nageur semblait désorienté, incapable d'agir. Sophie comprit alors qu'en attendant les secours, ce serait à elle de tout entreprendre pour que l'enfant ait une chance de survivre.

Elle repoussa ses propres cheveux mouillés pour les éloigner de son visage, se pencha au-dessus de l'enfant et lui ramena délicatement la tête en arrière. Ne constatant aucune obstruction visible des voies respiratoires, elle lui pinça doucement les narines et commença le processus de réanimation. Elle lui ouvrit la bouche, l'enveloppa de la sienne et souffla régulièrement en vérifiant que le torse du petit garçon se soulevait bien…

Ce fut le cas, heureusement. Il absorbait l'air qu'elle lui donnait.

Elle entamait la cinquième séquence de profonde insufflation quand un cri désespéré s'éleva.

— Joshua ! Oh mon Dieu ! Je veux le voir ! C'est mon fils !

Sophie laissa le maître-nageur s'occuper de la mère éplorée tandis qu'elle-même se lançait dans une série de compressions thoraciques. Les doigts entrelacés, le talon de la main placé au milieu de la poitrine de l'enfant, Sophie appuya fort, à un rythme soutenu. Il fallait impérativement que le cœur de la victime continue de battre…

Travaillant avec des patients âgés, elle aurait dû être habituée à faire face à la mort, mais là, impossible d'envisager le pire, ce serait insoutenable. Parce qu'il s'agissait d'un enfant qui devrait vivre encore longtemps… Il n'était absolument pas question qu'il meure !

Après plusieurs séries d'insufflation et de compressions thoraciques, elle sentit enfin le petit garçon s'agiter. Il bafouilla quelque chose, et cracha l'eau qui avait imbibé ses poumons. Ses lèvres perdirent lentement leur teinte bleutée…

La vie revenait en lui.

Immensément soulagée, Sophie plaça l'enfant en position latérale de sécurité afin de lui dégager les voies respiratoires.

Quelques instants plus tard, le Dr Montavano arriva précipitamment, accompagné de Patricia.

— Bon… Il respire. On l'emmène au dispensaire, ajouta-t-il en examinant la jeune victime.

Il regarda Sophie avec insistance et hocha la tête.

— Bravo. Vous l'avez sauvé.

— J'ai juste agi…

— Contrairement au maître-nageur, semble-t-il, marmonna Luciano. Notre équipe réglera le problème de son inefficacité plus tard. Allons nous occuper de…

— Joshua. Il s'appelle Joshua, précisa Sophie en prenant machinalement la serviette que lui tendait Patricia.

Comme elle la remerciait, l'infirmière hocha la tête.

— Couvrez-vous. Vous êtes aussi en état de choc, dit-elle.

— Non, je ne crois pas…

Mais en prononçant ces mots, Sophie se rendit compte qu'elle claquait des dents.

— Si, vous avez raison. C'est le contrecoup. Je vous laisse soigner Joshua maintenant… Il est hors de danger.

— Grâce à vous, ajouta le Dr Montavano.

Il contempla de nouveau Sophie, une lueur de reconnaissance au fond de ses prunelles sombres.

— On a évité le pire.

— Je sais, dit-elle en commençant à s'éloigner. Une chance que je me sois trouvée à côté… Tenez-moi au courant.

Sophie se dirigea vers l'escalier qui menait à sa cabine. Elle avait besoin de prendre une douche, de se détendre, de respirer… Maintenant, elle tremblait de tous ses membres.

En fait, elle avait eu très peur que le petit garçon meure. Oui, ils avaient eu de la chance…

Beaucoup de chance.

4.

Le lendemain matin, le bateau restant amarré au port de Civitavecchia, Sophie décida de se rendre à terre et de visiter la ville. Au lieu de retourner à Rome, et de se joindre à la multitude de touristes, elle décida de rester dans Civitavecchia, balayée ce jour-là d'un vent marin agréablement rafraîchissant.

Vêtue d'une robe légère, son smartphone à la main pour prendre quelques photos, Sophie se dirigea vers le centre-ville sans regarder de plan. Elle aimait ne pas savoir où elle allait. Simplement flâner et regarder les bâtiments, les immeubles, les passants, les boutiques. Il fallait juste qu'elle n'oublie pas d'être de retour à bord avant l'heure où le bateau lèverait l'ancre !

Sans la présence d'Edith, découvrir les lieux n'était pas aussi distrayant, mais elle appréciait la solitude. C'était ainsi quand elle voyageait dans le monde avant de vivre avec Ryan… Elle se fiait à son instinct, à son sens de l'orientation, pour mieux percevoir un certain goût de l'aventure et se griser de liberté.

Bon, d'accord, ici, l'aventure était limitée. Elle s'aperçut vite, au détour des rues piétonnes, qu'on voyait la zone portuaire où que l'on se trouve. Impossible de se perdre. Les habitations étaient construites sur une petite colline d'où on jouissait d'un panorama superbe.

Au bout d'une demi-heure de pérégrinations, Sophie s'assit sur un banc, sous un grand pin parasol qui diffusait une ombre bienfaisante, et laissa son regard errer. Le ciel, d'un bleu pur, se reflétait sur la mer Méditerranée, si lumineuse, constellée de scintillements argentés créés par les rayons du soleil.

La douceur de l'air, l'ambiance décontractée, les parfums d'agrumes et de fleurs qui imprégnaient l'atmosphère, tout concourait à faire jaillir le célèbre *farniente* dont on rêvait en Angleterre… C'était magnifique.

Soudain, son regard fut capté par la haute silhouette d'un homme en chemise blanche et jean clair. Sophie sentit les battements de son cœur s'accélérer. C'était le Dr Montavano. Il marchait lentement, et sa tenue décontractée contrastait avec son uniforme habituel. Quand il l'aperçut, il ôta ses lunettes de soleil, ébaucha un sourire amical et s'avança.

— Quelle surprise ! Vous allez bien ? demanda-t-il sans détour.

Elle lui sourit poliment.

— Oui, très bien, je profite encore et toujours de mes vacances inespérées… C'est agréable.

En le regardant, elle prit conscience que décidément, le charme naturel de cet homme ne la laissait pas du tout indifférente. Il avait si belle allure. Et sa voix aux intonations chantantes était tellement craquante…

— Vous vous autorisez une balade à terre ? demanda-t-elle, chassant vite le trouble qui l'envahissait.

— Non, c'est mon jour de congé. Enfin, un congé tout relatif, je reste en contact permanent avec l'équipe à bord au cas où un problème surgirait. Encore merci d'avoir été aussi réactive hier, avec le petit Joshua… Puis-je ?

Luciano désigna le banc pour lui demander l'autorisation de se joindre à elle.

— Bien sûr. Je suis seule…

— Et moi aussi.

Il s'assit à côté de Sophie. De près, le noir de ses prunelles était moucheté d'éclats dorés, ce qui rendait son regard encore plus velouté. *Chocolat chaud*, songea Sophie, espérant ne pas trahir ses pensées.

— Comment va Joshua ? s'enquit-elle.

— Bien. Quelle chance… Il a totalement récupéré. C'est

l'avantage de la jeunesse. Maintenant, il faudra qu'il surmonte sa peur de l'eau. Il souffre peut-être de stress post-traumatique. Ses parents vont s'occuper de lui, avec l'aide d'un psychologue, fort probablement, quand ils auront fini la croisière. Tant qu'ils seront sur le *Liberty,* Joshua fera l'objet d'une plus grande surveillance.

— C'est sûr. Ce genre d'accident dramatique pourrait être évité…

— Certainement. Si ce petit garçon ne s'était pas retrouvé tout seul dans la piscine, dans le bassin où il n'avait pas pied, rien ne serait arrivé.

— Je suis d'accord.

Un silence s'établit.

Sophie regarda le paysage ensoleillé en contrebas de la colline. Elle se sentait un peu embarrassée par cette conversation et, surtout, par cette présence de Luciano auprès d'elle. Elle avait envie de bouger… De s'éloigner de lui. Nul doute que l'attirance spontanée qu'elle éprouvait pour cet homme contribuait à cette gêne. Il était assis si près que leurs épaules se frôlaient presque.

— Quel panorama splendide !

Elle se leva et ajouta d'un ton qu'elle espérait léger :

— Je vais poursuivre ma visite de cette jolie ville, docteur…

— Appelez-moi Luciano, je vous en prie, interrompit-il en se dressant à son tour. Oublions le protocole ! Après tout, vous êtes une collègue… Et une collègue remarquable.

Elle le dévisagea, étonnée par ce ton soudain chaleureux et cette invitation à la familiarité. Son cœur battit plus vite lorsqu'il lui sourit, comme s'il désirait insister davantage sur leur nouvelle proximité professionnelle.

— Oh… oui, si vous voulez. Bon…

Elle hésita, craignant de se montrer impolie.

— Si vous voulez, je vous sers de guide, proposa-t-il alors. Civitavecchia recèle quelques secrets architecturaux, et des passages que peu de touristes connaissent !

— Vous êtes d'ici ?

— Non, je viens de Barolo, un territoire viticole du nord-ouest, dans le Piémont. Une campagne éloignée de l'agitation citadine, précisa Luciano. Je n'aime pas vraiment les voitures, le bruit…

— Vous préférez être sur un bateau, au milieu de l'océan.

— Exactement. Je navigue depuis seulement huit mois, mais j'ai l'impression que je ne pourrai plus exercer mon métier dans un cabinet de ville, comme avant. En mer, on ne voit pas le temps passer de la même façon.

— J'imagine bien. Tout change en permanence, et cela nous donne une belle impression de liberté ! répliqua spontanément Sophie. Je ressentais ça quand je voyageais, c'était merveilleux.

— Vous avez beaucoup voyagé ?

— Dans le monde, oui. J'étais une vraie globe-trotteuse, confia Sophie, amusée. Je suis allée en Amérique du Sud, en Amérique du Nord, et un peu en Europe… Mais je ne connaissais pas l'Italie.

— Ah, vous allez pouvoir vous rattraper ! s'exclama-t-il d'un ton ravi.

— Oui… Et le peu que je connais me plaît beaucoup.

— Ah ! tant mieux ! Mon pays est magnifique ! affirma Luciano, une lueur malicieuse au fond des yeux.

— Je n'en doute pas, dit Sophie en riant spontanément.

Elle se rendit compte qu'ils avaient commencé à marcher ensemble, se dirigeant vers une rue piétonne bordée de terrasses de café.

— Et si nous buvions quelque chose ? proposa soudain Luciano. Je vous invite.

— Non, je ne…

— S'il vous plaît. Ça me ferait très plaisir.

Elle le regarda et s'efforça d'ignorer l'émotion étrange qui l'envahissait. Un trouble délicieux, une envie d'accepter, de se laisser aller à bavarder de tout et de rien, de flirter, peut-être…

Que risquait-elle après tout ? Lorsqu'elle voyageait seule, elle avait toujours rencontré des gens. Des femmes qui devenaient parfois des amies ; des hommes avec lesquels elle avait passé du bon temps, une nuit ou deux, puis ils se séparaient simplement, se saluant d'un baiser et sourire complices. Sans se revoir jamais. Sans rien attendre. Sa rencontre avec Luciano entrerait peut-être dans cette catégorie.

— D'accord. Tant que nous ne ratons pas le départ du bateau…

Luciano se mit à rire.

— Impossible. Ils ne lèveront pas l'ancre si je ne suis pas là, rassurez-vous. Et je n'oublie jamais mon devoir. En attendant, venez, Sophie, je vous propose de découvrir l'art de vivre à l'italienne pendant un petit moment…

Ils s'étaient installés sur l'une des terrasses près de la plage de Civitavecchia, à l'ombre d'un parasol, et ils sirotaient un cocktail de fruits frais accompagné de *sflogliatella*, une succulente viennoiserie de pâte feuilletée. Le goût de cette pâtisserie flattait délicieusement le palais, le sucre enrobait ses papilles… Sophie ferma les yeux un court instant, soudain envahie par le plaisir de la gourmandise.

— C'est si bon ! Si je vivais ici, j'en mangerais tous les jours et je prendrais vite quelques kilos !

Luciano sourit avec gentillesse.

— Vous seriez quand même ravissante. Les femmes italiennes ont souvent des rondeurs, et cela les rend voluptueuses, vous l'avez peut-être remarqué, poursuivit-il d'un ton badin, peut-être pour atténuer l'effet de surprise provoqué par son compliment.

— Sincèrement, je n'ai pas vraiment fait attention, dit Sophie en jetant un bref coup d'œil circulaire.

Elle aurait voulu être indifférente à ce qu'il lui avait glissé dans la conversation. Il la trouvait ravissante… Était-il sincère ou voulait-il seulement flirter ? Au fond d'elle-même, elle ne se sentait plus séduisante… Plus comme avant, en tout cas. La trahison de Ryan l'avait profondément blessée et elle avait perdu toute confiance en elle.

— Vous travaillez en libéral ou à l'hôpital ? demanda-t-il alors, la tirant de ses réflexions.

Elle reporta son attention sur Luciano. Il l'observait attentivement, l'air songeur. Avait-il deviné ce qu'elle ressentait ? Les doutes qui l'animaient ? Il était si séduisant et sûr de lui !

— Ni l'un ni l'autre. Dans une maison de retraite. Je m'occupe de personnes âgées parfois invalides. Les murs de l'établissement sont beiges, le climat anglais est gris, il pleut souvent… Malgré tout, on essaie de créer une bonne ambiance. On fait de notre mieux.

— Je comprends. Vous avez un rôle précieux pour les vieilles personnes que vous accompagnez.

— Oui… Bon, quelquefois j'aimerais souffler un peu, les semaines sont chargées et nous ne sommes pas assez nombreux dans notre équipe. Mais j'aime mon métier, affirma Sophie.

— Tant mieux. C'est indispensable. Et Mme Fields ? Est-elle une de vos patientes ?

— Non, on est voisines, et on est devenues amies. Elle est en bonne santé comparativement aux résidents que je soigne habituellement. Du moins, elle l'était. J'espère qu'elle va se remettre. Patricia m'a remis ce matin le bilan de la journée d'hier, le cardiologue est rassurant. La tension d'Edith revient peu à peu à la normale.

— Je sais. Elle est prise en charge et tout va de mieux en mieux.

Luciano la dévisagea quelques secondes et sourit.

— Vous vous êtes fait beaucoup de souci pour elle.

— Bien sûr. Edith m'a en quelque sorte embauchée pour pouvoir voyager, et voilà qu'elle tombe malade alors qu'on vient à peine d'embarquer ! La croisière est ratée…

— Non, pas ratée puisque Mme Fields est soignée, et que

vous poursuivez le voyage. Vous devriez en profiter, comme elle vous l'a conseillé. Vous voulez que je vous prenne en photo ? proposa subitement Luciano. Comme ça, vous pourrez lui envoyer un petit souvenir.

— Bonne idée, oui, merci !

Elle lui tendit son smartphone.

— Dites *formaggio…*

Sophie s'exécuta, amusée, il cliqua et fit plusieurs clichés avant de lui rendre l'appareil. Découvrant les images, elle fut agréablement surprise. Cela changeait des selfies toujours trop figés.

— J'ai l'air… heureuse.

— Oui. C'est ce que j'espérais capter.

Elle sourit, troublée. Elle n'avait pas affiché une aussi bonne mine depuis longtemps… Ses yeux brillaient, ses joues étaient roses, et elle semblait avoir rajeuni de dix ans !

— *Sì. Bellissima,* renchérit Luciano.

— Merci !

Flattée, elle posa le téléphone sur la table.

— Vous êtes un beau parleur, docteur Montavano.

— Pardon ?

Il la dévisagea, l'air un peu vexé.

— Je ne crois pas. Ma femme ne m'a jamais dit une chose pareille.

— Votre femme…

Sophie remarqua alors la fine alliance qu'il portait à l'annulaire gauche. Une pointe de déception l'envahit. Ainsi, il était marié. Bon, au moins était-elle fixée. À moins d'avoir la mentalité d'un infidèle, Luciano n'était donc pas du tout en train de flirter avec elle.

— Elle doit s'inquiéter quand vous partez en mer pendant des semaines entières…

— S'inquiéter ? Oh ! si seulement… Mais Renata n'est plus de ce monde. Elle est morte il y a deux ans des suites d'une septicémie après une seconde fausse couche.

Stupéfaite par cette brutale révélation, Sophie resta sans voix quelques secondes.

— Je suis désolée… C'est très dur…

— Très. Trois ans de mariage heureux et un drame. Je ne m'en suis pas encore remis… Mais en voyageant comme je le fais maintenant, je parviens peu à peu à mettre des pansements sur mes souvenirs. J'essaie de garder uniquement le meilleur.

La gorge nouée, Sophie soutint le regard de Luciano.

— Je comprends. Je suis touchée de cette confidence. Peut-être que travailler en mer vous aide à mieux surmonter votre chagrin…

— C'est certain. Il a fallu que je coupe radicalement avec ma vie d'avant, au grand dam de ma famille.

— Un nouveau départ ?

— Non, c'était surtout pour en éviter un que je suis parti.

Luciano esquissa une moue un peu triste et n'en dit pas plus.

Sophie but une gorgée de cocktail et garda le silence. Bien que sa curiosité fût piquée au vif, elle ne voulait pas paraître indiscrète.

— Je sais qu'ils veulent bien faire, mais ils ne rêvent que d'une chose : que je trouve une autre femme, déclara-t-il alors. Sauf que je n'y suis absolument pas prêt. Ma famille représente le parfait stéréotype italien ! Une grande fratrie, des bébés qui naissent régulièrement, et des festivités à chaque naissance avec beaucoup de *pasta* et de vin !

— Personnellement, je trouve ça plutôt joyeux et même… merveilleux, avoua Sophie.

Surtout pour elle qui se contentait souvent de plats tout préparés réchauffés au micro-ondes.

— Vu de l'extérieur, c'est ce qu'on peut imaginer, répliqua Luciano. Mais ce n'est pas facile à supporter quand on a besoin de temps pour soi et d'espace pour respirer.

— Sans doute. Dans ma famille, c'est tout le contraire. Je n'ai pas beaucoup connu mon père, confia spontanément

Sophie. C'est un artiste nomade, un musicien… Quant à ma mère, eh bien, elle va là où son cœur l'emmène !

Luciano sourit.

— On échange ? Mes parents seraient ravis de vous combler d'affection et de vous gaver de nourriture !

Sophie se mit à rire.

— Les miens seraient heureux de vous ignorer et de vous accorder toute l'indifférence dont vous rêvez !

Lorsque Ryan était parti, elle s'était rendu compte à quel point elle était seule au monde. Voilà pourquoi Edith, prise de compassion et peut-être même de pitié, lui avait proposé de l'accompagner en croisière.

— Et vous ? Êtes-vous mariée ? interrogea Luciano. Ma question n'est pas trop indiscrète, je l'espère.

— Pas du tout. Je ne suis pas mariée. J'ai peut-être failli l'être puisque j'ai vécu en couple pendant trois ans. Il s'appelait Ryan, précisa-t-elle. Mais ça n'a pas marché entre nous. Il a fini par me tromper et a convolé en justes noces avec une collègue de la banque où il travaillait.

— Sympathique personnage, ironisa Luciano. Donc vous êtes partie en croisière avec cette charmante vieille dame pour vous changer les idées.

— C'est un peu ça. Edith est ma voisine, et on a souvent bavardé toutes les deux. Je crois qu'elle a saisi l'opportunité de ma rupture avec Ryan pour m'inviter…

— Vous le regrettez ?

— Je ne regrette jamais rien. Et je suis heureuse d'être à bord du *Liberty*… Et de faire connaissance avec vous, poursuivit-elle, surprise par sa propre audace.

Luciano la contempla sans parler. Une fraction de seconde, ses yeux d'un noir de jais semblèrent plus veloutés que jamais, plongeant en Sophie comme pour la percer à jour. Elle sentit son pouls s'accélérer et s'obligea à sourire, affichant une nonchalance qu'elle était loin d'éprouver.

— Moi aussi, Sophie, je suis enchanté de vous rencontrer, affirma-t-il alors en souriant également. Sincèrement.

Puis d'un geste impulsif, il lui saisit la main, l'embrassa avec douceur et lui tint les doigts encore quelques instants.

— Pardonnez-moi… Ce n'est pas ce que vous imaginez. Je rends hommage à votre beauté et à votre gentillesse, déclara-t-il. C'est tout.

Sophie resta sans voix, le cœur battant, s'efforçant de se ressaisir.

— Merci… Je suis étonnée mais j'apprécie. Merci, oui, répéta-t-elle.

Elle se leva et il fit de même.

— On retourne au bateau ? À moins que vous ne préfériez continuer à visiter la ville ? demanda Luciano.

Il souriait mais semblait plus distant, tout à coup. Peut-être regrettait-il son geste galant qui prêtait à confusion.

Sophie secoua la tête.

— Retournons à bord. Je garde des forces pour reprendre ma nouvelle vie de touriste demain. On jettera l'ancre dans quel port, déjà ?

— *Livorno.* Livourne, sur la côte ouest de la Toscane. Le paysage est totalement différent, et la lumière magnifique, vous verrez. Je ne pourrai pas vous accompagner, mais vous trouverez toutes les informations nécessaires dans les brochures distribuées gratuitement sur le bateau.

— Aucun problème, je me débrouillerai. Merci pour ce moment, ajouta Sophie en se dirigeant vers l'une des rues piétonnes qui menaient au port de Civitavecchia.

— Je vous en prie, tout le plaisir fut pour moi.

Luciano lui emboîta le pas.

Sophie garda le silence. Elle n'avait plus envie de bavarder. Oui, en vérité, là, maintenant, elle aurait préféré être seule. Ce tête-à-tête improvisé avec Luciano lui prouvait à quel point elle était vulnérable. Trop sensible. Nul doute que Luciano Montavano était un charmeur-né… Involontairement, peut-être ? Veuf, il reconstruisait sa vie comme il le pouvait tout en fuyant sa famille et son chagrin. Elle-même essayait également de tourner la page, de croire de nouveau en l'avenir, d'oublier la trahison dont elle avait été victime. Au-delà de leurs tristesses, de leurs blessures, ils s'étaient sans doute compris durant quelques instants, mais entre eux, cela n'irait certainement pas plus loin.

5.

Sophie fit coulisser la porte de la baie vitrée et, pieds nus, sortit sur le pont.

La lune brillait sur la mer, mais des nuages obscurcissaient le ciel couleur d'encre. Une brise soufflait par à-coups, toutefois, l'imposante coque du navire tanguait à peine tout en fendant les flots.

Elle s'accouda au bastingage et inspira l'air iodé à pleins poumons. Que c'était beau…

Et en elle-même, elle se sentait tellement bouleversée ! À croire qu'elle se retrouvait à bord d'une embarcation chahutée par la houle.

Elle ne cessait de penser à Luciano.

Malgré elle.

C'était obsédant… Et incompréhensible.

Même aujourd'hui, en se promenant seule dans Livourne, elle n'avait pas réussi à le chasser de son esprit. En visitant la cathédrale, en se promenant le long des canaux, autrefois utilisés pour le transport des marchandises vers les marchés locaux, elle avait songé à leur tête-à-tête de la veille, et à l'étonnante proximité qu'elle avait ressentie.

Illusions…

Luciano s'était muré dans un silence pesant pendant le court trajet en navette qui les avait ramenés jusqu'au *Liberty*. Il avait également été le premier à débarquer, et l'avait saluée d'un bref sourire tout en la remerciant d'avoir accepté sa compagnie. Après quoi, il s'était éloigné, prêt à reprendre son poste, et elle ne l'avait pas revu depuis.

Tant mieux. Entre eux, et en très peu de temps, la situation était devenue gênante, comme chargée d'électricité. « Ce n'est pas ce que vous imaginez », avait dit Luciano, pensant sans doute qu'elle croyait être courtisée.

Ce en quoi il aurait eu raison… Un homme qui baisait la main d'une femme, puis qui lui tenait tendrement les doigts, n'exprimait-il pas autre chose qu'un simple hommage ?

Tandis qu'elle se faisait cette réflexion, une lumière orange illumina l'horizon nuageux. Le grondement sourd du tonnerre s'éleva, perturbant le clapotis apaisant des vagues, puis une série d'éclairs stria l'atmosphère au large.

Frissonnant, Sophie resserra l'étoffe de sa robe d'été autour de son corps. Il y avait une tempête au loin, mais elle pouvait contempler les éléments se déchaîner sans se sentir en danger.

Elle voulait qu'il en fût de même dans sa propre vie.

Après cette croisière, elle chercherait peut-être un autre poste d'infirmière, ailleurs, dans une autre ville, afin de changer d'ambiance. Cela l'aiderait à tourner la page.

Elle pourrait aussi, pendant ce voyage, s'accorder un moment d'évasion complète et sortir avec un homme, avoir un amant, oui, pour quelques nuits, si elle rencontrait quelqu'un qui lui plaisait !

Mais ce ne sera pas Luciano, se dit-elle à regret. Il souffrait encore trop du décès de sa femme. Il la charmait, plaisantait sans pour autant avoir envie d'aller plus loin.

Dommage…

Sophie se détourna du bastingage et retourna dans sa cabine. Le vent se levait, annonciateur d'un brutal changement de climat, comme cela arrivait souvent en mer. Elle se sentit soudain chanceuse de pouvoir se mettre à l'abri, dans la cabine confortable et joliment décorée. Une chambre pour deux, qu'elle occupait seule… Et au fond, c'était très bien ainsi.

Sophie fut réveillée aux premières lueurs du jour par le mouvement de roulis du bateau – ça tanguait bien plus que d'habitude – et la sonnerie du téléphone près de sa tête. Les rideaux étant fermés, elle n'avait aucune notion de l'heure, mais un rapide coup d'œil au réveil lui confirma qu'elle avait dormi profondément et longtemps.

Elle décrocha, se demandant qui pouvait l'appeler de si bonne heure.

— Allô, Sophie ?

Malgré les crépitements, Sophie reconnut aussitôt la voix à l'autre bout de la ligne.

— Edith ! Quelle joie de t'entendre ! Comment vas-tu ?

— Bien mieux ! affirma la vieille femme. Diagnostic final : j'ai fait une crise aiguë d'hypertension, et j'ai maintenant beaucoup de médicaments à avaler, donc l'équilibre systole et diastole se stabilise lentement mais sûrement ! Ma famille ne me laisse pas lever le petit doigt.

— Tant mieux ! Il faut que tu te reposes le plus possible.

— Pas trop, quand même. Sinon, quand je rentrerai en Angleterre, je ne saurai plus rien faire de mes deux mains !

Edith s'exprimait toutefois avec un tel enthousiasme que Sophie devina à quel point elle était heureuse. C'était sûrement parce qu'elle se retrouvait parmi les siens que tout allait si bien malgré les circonstances.

— Repose-toi, insista-t-elle. Tu guériras plus vite.

— Oui, oui, je le sais bien. Ne t'en fais pas. Tu t'inquiètes toujours trop pour moi.

Sophie rit doucement.

— Peut-être. En tout cas, je suis ravie de t'avoir au bout du fil. C'est une communication qui va te coûter une fortune !

— Pas du tout ! Ce jeune et sympathique médecin s'est occupé de tout. Il m'a téléphoné pour savoir comment j'allais et a pensé que tu aimerais être mise en relation dans la foulée de son appel.

Sophie eut du mal à cacher sa surprise.

— Le Dr Montavano ?

— Lui-même. Il est charmant, n'est-ce pas ?

— Difficile de dire le contraire, admit Sophie. Il est terriblement charmeur ! Et très séduisant. Trop, même…

— Trop ? Pourquoi dis-tu cela ?

Après une courte hésitation, Sophie raconta sommairement la promenade qu'elle avait faite en compagnie du médecin du *Liberty*. Pourvu que la vieille femme, douée d'un sixième sens, ne lui pose pas de questions indiscrètes ! Mais Edith se contenta de s'exclamer :

— Ah ! Et puis ?

Sophie ne put s'empêcher de rire.

— Et puis… Rien. Il est veuf, et il pense beaucoup à sa femme décédée très jeune.

— Il t'a donc parlé de façon personnelle ?

— Oui, on a bu un verre ensemble.

— Ah, très bien !

— Non, Edith, ce n'est pas très bien du tout… Aujourd'hui, je me sens comme une adolescente inexpérimentée, et tous les hommes le devinent sans doute, rétorqua Sophie avec franchise. Je manque de confiance en moi, je rêve de changer de travail…

— Quoi, tu ne veux plus travailler à la maison de retraite ?

— Si, mais dans une autre ville, une autre région, qui sait… Un jour ! Bref, je me questionne beaucoup, et je crains de ne pas avoir fait bonne impression au Dr Montavano, avoua Sophie à regret.

Un court silence s'installa.

— Vis pleinement, ma chérie, conseilla Edith d'un ton guilleret. Oui, vis et évite de trop réfléchir ! Profite à fond de la croisière, régale-toi au restaurant, prends le soleil, nage… et reviens en Angleterre chargée de bonnes énergies !

Sophie sourit. Edith ignorait qu'elle avait sauvé un petit garçon de la noyade lorsqu'elle s'était prélassée au bord de la piscine… Inutile de le lui apprendre, c'était déjà de l'histoire ancienne, et l'enfant s'était parfaitement remis. Mais elle espérait juste que la prochaine fois qu'elle se calerait dans un transat dans l'espoir de se détendre, elle n'aurait à secourir personne ! Elle avait remarqué que cela lui arrivait souvent, comme si, fatalement, elle attirait ce genre de situations.

— Je vais faire de mon mieux pour me sentir en vacances, promit-elle. Et je te tiendrai au courant.

— Parfait. J'attends de tes nouvelles quand tu le pourras. Allez, à bientôt !

— Oui, à bientôt. Merci de m'avoir appelée…

En raccrochant, Sophie se sentit submergée par un soudain sentiment de solitude. Elle se rendait brutalement compte qu'en accompagnant Edith dans cette croisière, elle avait oublié, ou même nié la réalité de sa propre existence. En fait, elle était si seule… Par moments, la vision des familles et des couples qui s'amusaient à bord lui était presque insupportable, comme si elle jalousait leur bonheur.

Un jour, je serai heureuse, moi aussi… , se promit-elle.

Un jour.

En attendant, mieux valait qu'elle applique le conseil d'Edith à la lettre.

Mais avant, elle tenait à remercier Luciano pour son geste généreux. Grâce à lui, elle avait pu échanger quelques mots très rassurants avec Edith, et ça lui avait fait le plus grand bien.

Elle se leva et faillit brusquement perdre l'équilibre. Le bateau tanguait de plus en plus. Surprise, Sophie jeta un coup d'œil à travers le hublot de sa cabine. La mer semblait calme… Une tranquillité sûrement trompeuse. Quelques ondulations massives bousculaient la Méditerranée, comme des vagues sous-marines. *Pour moi qui n'ai pas le pied marin, ça promet*, se dit-elle en gagnant sa petite salle de bains. Heureusement, elle avait emporté un médicament efficace contre le mal de mer… Il fallait qu'elle soit en forme pour aller voir Luciano !

Elle avala deux pastilles et, ignorant l'étrange appréhension qui la gagnait, se prépara.

6.

— Revenez demain et nous changerons le pansement. Je vais aussi vous donner un antalgique et des antihistaminiques pour soulager vos douleurs et vos démangeaisons.

— Merci, docteur.

Le patient de Luciano, un jeune homme anglais d'une vingtaine d'années, se redressa et enfila avec précaution son maillot de foot. Lorsque le tissu glissa sur ses épaules brûlées par le soleil, il esquissa une grimace.

— N'oubliez pas de vous couvrir, de rester à l'ombre et de vous hydrater, ajouta Luciano.

— Oui, docteur. Merci…

Le patient quitta l'infirmerie en penchant légèrement la tête, comme s'il était penaud ou pensif, mais par expérience, Luciano savait que ses conseils ne serviraient à rien.

— Ils ne font jamais attention, du moins pas à cet âge, déclara Patricia, les mains sur les hanches. Je ne compte plus le nombre de passagers qui s'exposent au bord de la piscine pendant des heures sans protection solaire.

— Et pourtant, un coup de soleil est terriblement douloureux et mauvais pour la santé. Au nom du bronzage, les gens se mettent en danger, ajouta Luciano.

Il pensa alors à Sophie.

Encore.

La jeune femme semblait suffisamment bien dans sa peau pour ne pas commettre ce genre d'erreurs ! De toute façon, elle n'avait pas besoin d'artifices, quels qu'ils soient, belle comme elle l'était avec son teint de porcelaine illuminé de taches de rousseur. Quel contraste avec les femmes méditerranéennes à la peau mate et aux yeux sombres !

Il était touché par Sophie… Touché parce qu'elle était naturelle et généreuse, à l'écoute des autres. Une qualité essentielle, pour lui. L'autre jour, elle avait tout entrepris pour sauver le jeune Joshua de la noyade… Sans sa réaction, rapide et efficace, l'enfant ne serait plus en vie à cette heure. Sophie ne s'était pas glorifiée une seule seconde d'avoir secouru ce petit garçon, ils n'en avaient d'ailleurs pas reparlé, comme s'il était juste normal qu'elle ait agi ainsi.

Lorsqu'ils s'étaient retrouvés par hasard à Civitavecchia, il avait également remarqué qu'elle était très sensible. Elle rougissait facilement. Et elle se troublait quand il la regardait… Peut-être l'observait-il avec trop d'insistance ? Il l'avait gênée sans le vouloir, en lui embrassant la main. Au fond de lui, en fait, il aurait voulu la serrer dans ses bras…

Réalisant cette évidence, il s'était réfugié dans le silence, mal à l'aise, conscient de peiner Sophie alors qu'il aurait préféré continuer à converser. Mais ce qu'il avait éprouvé pour elle, et qu'il ressentait toujours à cet instant, modifiait l'ambiance entre eux. Il s'était mis en retrait, espérant ne pas trop la froisser… C'était d'ailleurs avec l'espoir de se faire pardonner qu'il avait organisé l'appel téléphonique entre Edith et Sophie.

— Vous avez de la visite, annonça alors Patricia.

Luciano n'avait même pas entendu frapper. Il fut alors surpris de voir, sur le seuil de la porte, la seule personne qui occupait toutes ses pensées depuis plusieurs heures déjà. Sophie… Elle affichait un sourire réservé, mais son allure était déterminée, comme toujours.

— Je voulais vous remercier…

Elle s'avança. Ses cheveux étaient noués en un chignon fluide, dégageant sa nuque. Elle portait une robe rose pâle, en tissu soyeux, et de fines sandales blanches. *Une apparition merveilleusement féminine et apaisante*, songea Luciano de manière fulgurante.

— Me remercier… De quoi ?

— De m'avoir permis d'avoir mon amie Edith au téléphone ce matin. C'était très gentil de votre part, dit Sophie.

Elle salua Patricia, puis reporta son attention sur Luciano.

— Elle va mieux ! Elle est en famille et bien soignée, maintenant.

— Je sais. Il m'importait de faire un suivi personnalisé, et comme vous êtes liées, je tenais à ce que vous puissiez vous parler avant qu'on s'éloigne davantage de la côte. D'autant que la mer est mauvaise, aujourd'hui… Les communications téléphoniques risquent d'être impactées.

Tandis qu'il prononçait ces mots, le bateau se mit à tanguer encore plus. Sophie pâlit, sans doute effrayée.

— Rassurez-vous, à bord du *Liberty*, tout est très sécurisé, affirma-t-il. N'est-ce pas, Patricia ?

Cette dernière, appuyée contre le mur de l'infirmerie pour garder son équilibre, hocha la tête.

— Il paraît, oui. Ce n'est pas le *Titanic* !

Sophie esquissa une grimace.

— Je n'ai pas le pied marin, pas du tout, et dès que ça bouge trop, je suis plutôt mal à l'aise… Je vais donc retourner de ce pas dans ma cabine.

Mais à ce moment-là, il y eut une secousse brutale, suivie d'une seconde, encore plus violente. Des cris affolés s'élevèrent de la proue à la poupe du bateau.

— Vous êtes certain qu'on est en sécurité ? ironisa Sophie. J'ai plutôt l'impression qu'on est ballottés comme un fétu de paille !

Soudain, la porte de l'infirmerie s'ouvrit à la volée et un marin fit irruption dans la pièce. Il s'adressa aussitôt à Luciano :

— On a besoin de vous, docteur… Il y a eu une monstrueuse, une vague énorme, et sur le pont principal, tout a été balayé… Le restaurant, les tables, les chaises… Tout ! Il doit y avoir des blessés…

Luciano sentit l'adrénaline pulser dans ses veines. Ce genre de situations ne survenait pas souvent, mais quand ça arrivait, il était prêt à bondir pour donner le meilleur de lui-même.

— Patricia, prenez nos deux sacoches de secours et allons-y !

— Je viens avec vous, déclara Sophie.

Luciano la regarda, surpris.

— Désolée, vous êtes une passagère…

— Je suis avant tout infirmière. Comme Patricia. Nous serons trois, et vu l'urgence de la situation, ça compte, vous ne croyez pas ?

— Bien sûr. Eh bien… Merci. Venez !

Sans réfléchir davantage, Luciano sortit de la pièce, suivi par les deux jeunes femmes. Alors qu'ils remontaient sur le pont, il fut impressionné par l'ampleur des dégâts causés par cette courte démonstration de la puissance de Mère Nature. L'équipage faisait de son mieux pour balayer les débris de vaisselle et d'autres objets flottant dans l'eau qui avait envahi cette partie du bateau. Il régnait une forte odeur d'alcool émanant des bouteilles cassées, éjectées des étagères du bar extérieur. Des chaises longues étaient éparpillées çà et là, certaines cassées, d'autres immergées dans la piscine à débordement.

Une dizaine de personnes se trouvait sur place au moment de l'incident, dont des serveurs et le chef barman, un certain Pavel.

— Bon sang, docteur, c'est la catastrophe ! s'exclama ce dernier en avisant Luciano. Une chance qu'il n'y ait pas eu grand monde par ici à cette heure, les gens étaient plutôt dans leurs cabines, je crois, et…

Il esquissa une grimace en se tenant le bas du ventre.

— Bref, on l'a échappé belle ! Mais plus de bar ni de tapas dans ma salle, mes amis…

Luciano jeta un coup d'œil à Sophie. Elle était déjà en train d'examiner les blessés, tout comme Patricia. Toutes deux faisaient équipe, tout naturellement. Il ébaucha un sourire, soulagé de cette entraide spontanée, et reporta son attention sur Pavel.

— Comment ça va, vous ? Pas de problème particulier à signaler à part les dégâts matériels ?

— J'ai mal au cœur, docteur. Très mal. Mais ça a commencé avant la grosse vague…

— Nous n'avons pas de victimes sur le pont inférieur, annonça alors le commandant Delgado en les rejoignant d'un pas rapide.

Il était accompagné de son second. Tous deux affichaient une mine sombre.

— Docteur Montavano, on s'en remet à vous. S'il faut réquisitionner une salle pour créer un poste de secours supplémentaire, s'il faut contacter la côte la plus proche… Dites-moi.

Luciano le regarda, conscient que Sophie et Patricia continuaient à travailler. Elles pansaient, parlaient, réconfortaient. Il avait hâte de les rejoindre, mais il devait se mettre d'accord avec le commandant afin d'organiser au mieux les opérations.

— Je ne sais pas encore si ce sera nécessaire. En revanche, l'une de nos passagères est en train de nous aider, expliqua-t-il en désignant Sophie. Elle est très compétente, et j'ai besoin d'elle. Il faut régulariser son intervention avec un contrat. C'est autant une question d'assurances que de dédommagement. Elle s'appelle Sophie Blythe.

Le premier officier du *Liberty* acquiesça d'un signe affirmatif.

— Aucun problème, on s'en occupe tout à l'heure. On lui proposera une rétribution. En attendant, que peut-on faire ?

— Rien, si ce n'est rassurer les voyageurs. Expliquez ce qu'est une vague monstrueuse, dites pourquoi vous n'avez pas pu l'éviter, et précisez que tout accès à cette partie du bateau est interdit pour l'instant.

C'était étrange de donner des ordres à son supérieur hiérarchique, mais les circonstances l'exigeaient et validaient sa posture.

— Je vous ferai un rapport dès que possible, ajouta Luciano. Pour l'instant, je crois qu'il n'y a pas plus d'une dizaine de blessés. Maintenant, je dois aller les examiner. Sophie et Patricia ont besoin de moi.

— Je comprends. Tenez-nous au courant, dit le commandant Delgado.

Alors qu'il s'éloignait, Sophie s'approcha, suivie de près par Pavel, de plus en plus pâle.

— Il ne se sent vraiment pas bien, annonça-t-elle. Patricia est en train de sécuriser les autres victimes qui souffrent essentiellement d'ecchymoses et de contusions légères. Rien de grave, heureusement. En revanche, M. Pavel, lui, a l'air de souffrir beaucoup.

— Asseyez-vous, dit Luciano au chef barman, en lui avançant une chaise.

Il s'agenouilla près de lui et lui prit le pouls. Trop rapide. De la sueur perlait sur la peau de Pavel. De toute évidence, il avait beaucoup de fièvre.

— Où avez-vous mal ? Là ? demanda Sophie.

Elle lui ouvrit le col de sa chemise blanche et lui défit ses boutons afin de libérer l'abdomen, gonflé et dur.

— Ici, gémit Pavel en montrant le pli de son aine droite.

— Quand la douleur a-t-elle commencé ? interrogea Luciano en appuyant du bout des doigts sur la zone indiquée par Pavel.

Ce dernier fit une grimace.

— Il y a quelques jours.

— Avez-vous d'autres symptômes ?

— Non.

— Prenez-vous un traitement médical ?

— Non. J'allais bien, mais j'ai commencé à avoir mal

au ventre, comme je vous l'ai dit tout à l'heure, marmonna Pavel, livide.

— Et vous ne nous avez rien dit ? On est ici pour vous soigner, Pavel, le réprimanda Luciano.

Il évita d'ajouter que tout souci de santé devait être rapporté au plus vite au cas où il y aurait des risques de contagion. Pavel le savait forcément…

— Je suis désolé, docteur, je m'apprêtais à venir vous voir, mais je croyais que je me sentais mal parce que j'avais trop bu… Avec mon métier, j'ai tendance à me servir quelques verres, c'est la coutume…

Il grimaça de nouveau et émit un hoquet.

— J'ai la nausée, souffla-t-il. Ça s'aggrave. Excusez-moi…

Il se leva rapidement et, plié en deux, s'éloigna vers les toilettes.

— Il aurait une sérieuse crise d'appendicite que ça ne m'étonnerait pas, dit Sophie en croisant le regard de Luciano.

— C'est tout à fait possible. On va lui faire passer une radiographie, on possède l'équipement de base nécessaire dans la salle à côté de l'infirmerie. Si jamais c'est ce que je redoute, il faudra opérer.

L'étonnement se refléta sur le joli visage de Sophie.

— À bord ?

— Oui. De toute façon, ce serait trop long d'appeler le garde-côte et de procéder à un transfert par hélicoptère, précisa Luciano. D'autant que la météo me paraît bien instable. On dispose d'un petit bloc opératoire avec tout ce qu'il faut pour parer au plus pressé.

— Bonne nouvelle !

— C'est un bateau sécurisé, autant que possible en tout cas. Je vous l'avais dit, non ?

Elle ébaucha un sourire.

— Oui… J'étais un peu sceptique, désolée. Si vous voulez, je vous seconde. J'ai longtemps travaillé dans des services d'urgence, et je crains que Patricia soit très occupée.

D'un coup d'œil, Luciano vit l'infirmière qui était en train d'installer un homme d'un certain âge dans un fauteuil roulant. Patricia lui adressa un bref regard et lança :

— Je raccompagne M. Giannini jusqu'à sa cabine, puis je reviens.

— Merci, Patricia. On s'occupe de Pavel.

— Entendu !

Quelques secondes plus tard, Pavel les rejoignit, zigzaguant au milieu des débris et des flaques d'eau que des membres de l'équipage s'efforçaient d'éponger.

— La douleur empire. Je suis mal en point, vraiment, ça tombe si mal…

— Vous avez la force de marcher encore un peu ? demanda Sophie. Sinon, on va chercher un brancard.

— Non, pas nécessaire, je tiens encore debout… Mais peut-être pas pour longtemps, lâcha Pavel. Où va-t-on ?

— On vous emmène passer quelques examens en urgence, répondit Luciano. Venez.

Il lui prit le bras gauche, et Sophie, le droit. Lentement, ils se dirigèrent vers les ascenseurs qui, heureusement, fonctionnaient toujours. Quand Luciano croisa le regard de la jeune femme, il y perçut autant de gravité que de détermination. Une bouffée d'admiration l'envahit alors. Sans elle, il ne serait pas capable d'être aussi réactif… Elle lui devenait vraiment indispensable à cet instant.

Et peut-être le sera-t-elle aussi à d'autres moments, lui souffla alors une petite voix intérieure.

Refusant de l'écouter, Luciano se concentra sur ses pas et les efforts qu'ils déployaient pour accompagner Pavel jusqu'à l'infirmerie.

7.

Bien qu'elle soit débordée par des patients qui demandaient de l'attention, Patricia prit le temps de fournir à Sophie une blouse blanche afin qu'elle puisse se changer.

— Bienvenue à bord, lui dit-elle avec un sourire entendu. Tu vas avoir du travail…

— Je sais.

Elles se trouvaient dans la petite salle adjacente à l'infirmerie, où les médicaments et le matériel étaient stockés.

— Dans un sens, tant mieux. Je finis par m'ennuyer en vacances, s'efforça de plaisanter Sophie.

Patricia sourit, soulagée, sans nul doute, de l'aide apportée spontanément par Sophie. L'éventuelle animosité qu'elle avait peut-être éprouvée quand elles s'étaient rencontrées pour la première fois s'était dissipée. Toutes deux se tutoyaient déjà, comme si elle se connaissait depuis longtemps.

— Bon, eh bien, heureusement que tu es là, dit Patricia. Moi, il faut que j'aille voir tous les blessés, les uns après les autres, et d'autres passagers commencent à éprouver des malaises, psychosomatiques je l'espère, à cause de cet affreux incident sur le pont…

— Je viendrai te seconder dès que possible. Pour l'instant, je dois retrouver le Dr Montavano. Je lui ai promis d'être là pour Pavel.

— Bonne chance. On se retrouve plus tard.

Une fois seule, Sophie enfila la blouse par-dessus son T-shirt, attacha ses cheveux en queue-de-cheval avec un élastique, et rejoignit Luciano dans la pièce principale. Pavel était alité au fond, assoupi.

Une étincelle se refléta dans les yeux de Luciano quand il la vit.

— Content de vous revoir, Sophie. Et merci d'être là. Notre commandant vous prépare un contrat et une rémunération.

— C'est gentil, mais je ne fais pas ça pour gagner de l'argent…

— Tout travail mérite salaire, et vous êtes, en principe, en vacances. J'ai administré un sédatif à Pavel, poursuivit Luciano, changeant vite de sujet. Maintenant, je commence par quelle nouvelle ? La mauvaise ou la très mauvaise ?

Il lui fit signe de la suivre vers l'ordinateur, un modèle ultra moderne. L'écran affichait les radiographies qu'il avait prises peu de temps auparavant.

— C'est bien une appendicite ?

— Oui, à un stade critique. L'appendice s'est perforé.

Il n'y avait pas pire scénario. Une rupture de l'appendice pouvait provoquer une infection générale gravissime, voire mortelle, si on n'opérait pas de toute urgence pour nettoyer la sphère abdominale.

— On intervient tout de suite. Le risque de septicémie est trop fort, ajouta Luciano.

Sophie le regarda dans les yeux, se remémorant aussitôt qu'il avait perdu sa femme de ce mal radical. Ne réagissait-il pas trop précipitamment pour éviter une situation sans issue qui lui aurait rappelé son propre drame familial ? Dans quelle mesure n'avait-il pas culpabilisé après la mort de son épouse ? Ne s'était-il pas mis en tête qu'il aurait pu empêcher une fin aussi terrible ? Quelle part de responsabilité avait-il endossée ?

— Le commandant m'a donné carte blanche, ajouta alors Luciano, comme s'il avait deviné les interrogations de Sophie. En plus de savoir parler anglais, un médecin qui exerce sur un bateau de croisière doit être compétent dans différents domaines chirurgicaux de base. Et au cas où, Sophie, je précise que je ne me laisse pas influencer par mon expérience personnelle. Le décès de ma femme d'une septicémie... Vous y avez pensé, n'est-ce pas ?

Sophie sentit son cœur se serrer. Elle ne se savait pas aussi transparente...

— Je suis désolée, murmura-t-elle, affreusement gênée. Pourtant, je vous fais confiance.

— Merci. Sachez toutefois que je ne regrette pas de vous avoir confié cette partie douloureuse de ma vie, ajouta Luciano. Plus j'en parle, moins ça me ronge... Mais je n'en parle pas à n'importe qui. Moi aussi, j'ai confiance en vous.

Il lui tendit la main d'un geste soudain. Surprise, Sophie la lui saisit et la serra, troublée au contact des doigts francs et vigoureux.

— C'est pour sceller notre collaboration improvisée, proposa-t-il en ébauchant un sourire. Vous et moi, nous nous apprêtons à sauver ce pauvre Pavel...

— Oui... Et ne tardons plus.

Une fois l'anesthésie administrée, Luciano sentit de nouveau l'adrénaline l'envahir.

Il aimait travailler sous pression, comme à l'hôpital la plupart du temps. Cela ne lui était pas arrivé souvent depuis qu'il exerçait à bord du *Liberty.* En général, la priorité était de stabiliser le patient jusqu'à ce qu'il puisse être débarqué à terre et hospitalisé. Dans la mesure du possible, on évitait de recourir à un transfert par hélicoptère, toujours compliqué tant pour la personne soignée que pour l'équipage et les passagers. Un hélitreuillage n'était envisagé que dans les cas d'urgence extrêmes, avec des conditions météorologiques favorables. Autant dire que cela survenait rarement. D'ailleurs, c'était pour faire face aux interventions médicales les plus courantes, telle une appendicectomie, que le bateau disposait d'une petite salle d'opération comportant tout le nécessaire médical.

Luciano observa son patient endormi. Maintenant, c'était à lui d'œuvrer, et Sophie, comme Pavel, s'en remettrait à lui. Il faudrait qu'il soit à la hauteur en dépit des affreux souvenirs qui lui revenaient soudain à l'esprit, si douloureux et déstabilisants. Comment ne pas penser à la septicémie qui avait emporté Renata… Aurait-il pu lui éviter cette mort atroce ?

— Scalpel.

Sophie lui tendit l'instrument et Luciano effectua la première incision dans l'abdomen de Pavel. Si un moniteur cardiaque avait enregistré les battements à la minute de son propre cœur, les normes auraient été largement dépassées. Il ne s'était pas senti aussi stressé depuis une éternité. Ce n'était pas seulement parce qu'il opérait. Les émotions liées aux images imprégnées dans sa mémoire, les analyses si mauvaises de Renata, avec les marqueurs d'infection létale, l'impuissance définitive de la médecine, la spirale qui avait entraîné la jeune femme vers un coma d'où elle n'avait jamais émergé… Il en était encore bouleversé.

Et puis, il y avait la présence de Sophie auprès de lui. Elle était calme, suivait des yeux chacun des gestes qu'il accomplissait, prête à agir. Au-dessus de son masque chirurgical, son regard était ferme et bienveillant. Quelle chance d'avoir l'aide précieuse de Sophie à cet instant ! Elle lui procurait une force bien nécessaire compte tenu des circonstances.

— Il faut irriguer la sphère abdominale, dit-il après avoir ôté les tissus abîmés. On va bien laver la sphère abdominale avec du sérum physiologique, et drainer pour éviter tout risque de contamination.

Sophie et lui réalisèrent le processus ensemble, puis le drainage terminé, Luciano vérifia que la vésicule biliaire et le foie n'avaient pas été touchés pendant l'intervention. Après quoi, il commença à refermer la plaie. Suturer, c'était terminer… Et respirer. Il pourrait bientôt se détendre. Sa mission était accomplie.

— On laisse un drain pour assurer l'élimination de tout

foyer infectieux. On gardera notre patient sous antibiotiques et antalgiques pendant huit jours, mais il pourra être ramené à sa chambre. Il faudra seulement aller lui rendre visite pour les soins postopératoires. Patricia s'en chargera.

— Ou moi, si besoin, proposa Sophie. La convalescence durera environ combien de temps, à votre avis ?

Luciano croisa son regard et son cœur battit plus vite. Il se rendit compte qu'il aimait aussi la voix de la jeune femme, en plus de sa présence, de sa gentillesse et de sa générosité. Sans parler du fait qu'elle était compétente.

— Deux semaines au moins. Les lésions étaient superficielles, mais une perforation de l'appendice, c'est très grave. En tout cas, Pavel est maintenant tiré d'affaires.

Sophie sourit. Du moins Luciano imagina-t-il qu'elle souriait car de fines rides se plissaient au coin de ses yeux bleus.

— Vous lui avez sauvé la vie.

— J'ai seulement fait mon devoir.

— Vous lui avez sauvé la vie, répéta-t-elle. Ce n'est pas rien... Sans vous, Pavel ne serait plus de ce monde.

— Sans nous deux, rectifia Luciano. Vous m'avez aidé à l'opérer. Merci à vous, du fond du cœur, mademoiselle Blythe.

— J'ai également fait mon devoir, répondit-elle. Je ne sais plus si je vous l'ai déjà dit, mais vous pouvez m'appeler Sophie, poursuivit-elle en ôtant ses gants et en allant se laver les mains.

Luciano l'imita. Tandis qu'il se rinçait les doigts à grande eau, il regarda la jeune femme. Son fin visage était si sérieux sous son masque... Et elle évitait son regard, à présent. Regrettait-elle cette franche ouverture vers lui ?

— D'accord, Sophie. Pour vous, je suis Luciano. Vous êtes ma coéquipière, et je crois que nous devrions célébrer le succès de notre opération, ajouta-t-il spontanément. J'aimerais vous inviter à boire un verre en fin de journée, si vous acceptez...

Sitôt les mots prononcés, il s'en voulut. Il s'était toujours promis de ne jamais mêler vie privée et vie professionnelle.

Mais les circonstances étaient exceptionnelles, n'est-ce pas ? Et il avait très envie de mieux connaître Sophie. Cette femme avait du cran. Il l'admirait.

Elle fronça légèrement les sourcils.

— Est-ce vraiment une bonne idée ? Les membres d'équipage risquent de jaser ! Vous êtes le médecin du bateau et moi, une simple passagère !

— Une passagère qui vient de collaborer à une intervention chirurgicale vitale. Quoi qu'il en soit, pour éviter les ragots, j'ai une petite idée…

Luciano improvisait. Il sentait qu'il se dirigeait vers une voie qu'il n'aurait sans doute pas dû choisir, mais pour une fois – peut-être pour la première fois depuis le décès de Renata –, il se laissait guider par son instinct. Un élan qui l'incitait à se rapprocher de Sophie, alors que, raisonnablement, il aurait juste dû lui proposer de boire un verre dans l'un des bars du *Liberty*. Seulement voilà, il avait envie de lui faire plaisir… Et de se faire plaisir à lui aussi.

Sophie l'interrogea du regard.

— Quelle idée ?

— Ce sera une surprise. Si vous êtes d'accord, je viens vous chercher à 20 heures Ne dînez pas avant.

— OK…

Elle hocha la tête et ôta son masque qu'elle jeta à la poubelle. Son visage exprimait autant d'étonnement que de fatigue.

— Vous m'invitez au restaurant ? Ce soir ?

— Ou demain, si vous préférez ? Mais ce ne sera pas vraiment au restaurant, vous verrez… Nous serons tranquilles.

Elle sourit enfin.

— Dans ce cas, ce sera parfait. Je rêve de tranquillité après tout ce qu'on vient de vivre aujourd'hui.

Luciano éprouva une soudaine tendresse pour elle. S'il s'était écouté, il l'aurait serrée dans ses bras. À la place, il retira également son masque chirurgical.

— À vrai dire, moi aussi. Merci d'accepter, Sophie. Et merci encore de m'avoir secondé.

— C'était spontané. Bon, comme je l'ai dit à Patricia, j'avoue que je m'ennuyais un peu à bord… Au départ, j'ai embarqué sur le *Liberty* pour tenir compagnie à Mme Fields, et pour veiller sur elle. Mais sans elle, ce voyage n'est plus pareil…

— Je comprends. Eh bien, ce soir, Sophie, vous vous détendrez, si vous le voulez bien. Vous l'avez bien mérité.

Elle ébaucha un nouveau sourire.

— Autant que vous.

8.

Ce n'est pas un rendez-vous amoureux, se rappela Sophie en se regardant dans le miroir de sa cabine.

Après avoir longuement hésité, elle avait choisi une tenue élégante et passe-partout : une petite robe noire ajustée sans être trop moulante, qui lui arrivait au-dessus des genoux, agrémentée d'un corsage carré, et une veste cintrée bleu myosotis. Elle avait relevé sa chevelure en chignon, et portait une paire de fines boucles d'oreilles en nacre bleutée. Un soupçon de khôl ouvrait son regard, une touche de gloss illuminait ses lèvres… Et aux pieds, des ballerines en cuir pourpre. Elle avait d'abord essayé l'unique paire d'escarpins qu'elle avait emportée dans ses bagages, mais elle n'avait pas l'habitude d'être perchée sur de tels talons. Il ne manquerait plus qu'elle se torde la cheville en marchant à côté du séduisant Dr Montavano…

Non, ce n'était pas un dîner galant. Luciano voulait célébrer la réussite de l'intervention chirurgicale qu'ils avaient réalisée ensemble. Une bonne idée, n'est-ce pas ? Ça partait d'une intention louable ! D'une envie de partage !

Sauf qu'en pensant au moment où elle se retrouverait face à lui, Sophie sentait son cœur s'emballer. S'il n'avait pas été aussi beau, s'il n'avait pas parlé avec cet accent italien tellement sensuel, tout aurait été différent… Et beaucoup plus facile pour elle.

Un dernier coup d'œil à son reflet la rassura. Elle arborait une allure chic et sérieuse. Exactement ce qu'elle voulait. Luciano lui avait bien fait comprendre qu'il était toujours endeuillé, donc il n'était pas question qu'elle envoie un message ambigu quant à un éventuel désir de séduction. Ils s'apprêtaient à passer une soirée strictement amicale, ni plus ni moins. *Il faudra juste que je ne le regarde pas trop dans les yeux,* se dit-elle.

Quelques instants plus tard, on frappa à la porte. Malgré ce qu'elle venait de se répéter, Sophie éprouva une nouvelle bouffée d'émotion déstabilisante. Allant ouvrir, elle sentit son pouls s'accélérer encore davantage. Luciano était vêtu d'un polo noir et d'un pantalon également sombre. Sobre. Impeccable malgré quelques cheveux encore humides sur ses tempes. Les effluves d'une eau de toilette citronnée lui parvinrent, mêlée de notes marines.

Irrésistible…

Luciano l'enveloppa d'un rapide coup d'œil admiratif.

— Vous n'avez pas changé d'avis ?

— Non, pourquoi ? Je vous attendais ! Et je n'ai pas dîné.

Il lui sourit, l'air rassuré, et un court instant, resta silencieux comme s'il ne trouvait pas ses mots.

— Tant mieux. Alors allons-y, chère Sophie.

Elle sortit de la cabine et lui emboîta le pas.

Ils se dirigèrent vers les ascenseurs. Dans la cabine, Luciano appuya sur le bouton de niveau inférieur. Il gardait un léger sourire aux lèvres mais ne fit aucun commentaire tandis qu'ils longeaient la succession de restaurants français, italien et japonais où les passagers affluaient.

Intriguée, Sophie marchait sans poser de question. Au fond d'elle-même, une sensation de fierté la gagna quand des regards curieux se portèrent vers eux. Eh oui, elle se trouvait en compagnie d'un des hommes les plus importants du bateau, et certainement le plus attirant…

— Je vous ai promis un endroit discret, dit Luciano lorsqu'ils parvinrent devant une double porte surmontée de l'inscription « Réservé au personnel ».

Il poussa l'un des battants et s'effaça pour laisser entrer Sophie.

Elle s'avança et découvrit un salon ovale moquetté, aux murs couverts de boiseries ornées, aux hublots spacieux ornés de rideaux de velours ivoire. Au milieu de la salle trônait une table dressée pour deux personnes, ainsi qu'une desserte recouverte d'une nappe blanche. Des bouquets de fleurs étaient disposés sur des guéridons de part et d'autre de canapés de cuir noir.

L'endroit était luxueux et… complètement désert.

Perplexe, Sophie se tourna vers Luciano.

— Il n'y a personne d'autre ?

— Absolument personne, dit-il en refermant la porte derrière eux. Ni clients ni serveurs. Discrétion garantie, je vous l'avais promis.

— Waouh… Comment avez-vous fait ?

— C'est un service que j'ai demandé à notre commandant, expliqua Luciano. Il a accepté sans hésiter.

— Fantastique !

Impressionnée, Sophie regarda autour d'elle. Luciano émit un petit rire.

— Pour la deuxième surprise, c'est par ici ! annonça-t-il en contournant le bar. Venez !

Elle le suivit dans une pièce à l'arrière…

Et pénétra dans une grande cuisine équipée, ultramoderne. Des casseroles et plusieurs saladiers, des assiettes, des fruits et légumes de toutes sortes étaient posés sur le comptoir principal.

— Et où est le cuisinier ? demanda Sophie en regardant autour d'elle.

— Devant vous.

Et pour la première fois depuis leur toute première rencontre à bord, Luciano se mit à rire…

À rire réellement.

Joyeux, détendu, son visage semblait si différent, tout à coup !

Sophie ne put s'empêcher de s'en émouvoir.

— Vous, vous allez cuisiner ?

— Exactement, oui. C'est ma passion, avoua Luciano en relevant ses manches. Mais je ne prépare jamais rien de compliqué, vous savez… En l'occurrence, pour nous, ce soir, ce sera des *pasta* aux tomates fraîches, parmesan et basilic accompagné d'un bon vin rouge de Toscane. Naturellement, vous ne ferez rien. Vous êtes mon invitée.

— Merveilleux ! Je suis honorée, dit Sophie, confondue devant tant de gentillesse, en s'asseyant sur un tabouret.

— C'est moi qui le suis. Sans vous, nous n'aurions pas sauvé Pavel… Ni Joshua.

— Oh ! mais j'ai juste fait ce que j'ai pu ! N'importe qui d'autre aurait agi de même !

Luciano lui lança un coup d'œil sceptique.

— Détrompez-vous. Il faut du courage et avoir des compétences pour effectuer les bons gestes. Tout le monde ne sait pas secourir une vie.

En parlant, il ouvrit le réfrigérateur et prit quelques ingrédients : du beurre, du fromage, de la salade… Il disposa le tout sur le comptoir, puis alla prendre une grande bouteille d'huile d'olive ainsi que des oignons et du basilic frais.

— Enfin bref, ce soir, nous nous détendons, vous et moi, et nous l'avons bien mérité. Patricia m'a posé quelques questions sur l'opération, et quand je la lui ai raconté, elle était admirative.

Sophie le regardait, consciente d'éprouver, elle aussi, de l'admiration pour cet homme qui, subitement, se montrait sous un autre jour. Simple, humain, accessible.

— Donc vous aimez cuisiner ? demanda-t-elle alors qu'il ouvrait le lave-vaisselle pour en sortir deux verres à pied étincelants de propreté.

Il semblait tellement à l'aise !

— Oui, chez moi. Je prenais soin de ma chère Renata de cette manière, autant que possible, elle était si affaiblie qu'elle ne pouvait plus préparer à manger. Mais c'est la première fois que je réquisitionne la cuisine de ce bateau ! avoua-t-il en riant de nouveau. Le commandant a été surpris, mais je crois qu'il est tellement soulagé qu'on ait sauvé Pavel et Joshua qu'il était prêt à tout pour nous remercier.

Il prit une bouteille de vin rouge, l'ouvrit avec précision et en versa un peu. Il huma longuement, fit tournoyer la boisson sirupeuse, hocha la tête d'un air connaisseur et goûta. Puis il invita Sophie à découvrir le vin dans le verre qu'il lui remplit.

— Très bon, dit-elle après avoir avalé une gorgée. Doux et corsé en même temps, c'est délicieux.

— Merci ! Il vient du vignoble familial.

Il lui désigna l'étiquette qui indiquait *Campo Montavano*.

— Je l'ai emporté secrètement à bord !

— Vraiment ? Je suis flattée d'en boire avec vous ce soir ! Vous ne voudriez pas plutôt la conserver pour une meilleure occasion ?

— C'est une excellente occasion, répliqua Luciano. Et je suis heureux de pouvoir la déguster en votre compagnie.

Sophie sourit et avala une gorgée. L'arôme était moelleux, teinté du goût de l'été et des après-midi insouciants au soleil…

— Il ne faut pas trop en boire à jeun, conseilla Luciano. L'alcool nous monterait vite à la tête ! On ne recherche pas l'ivresse…

— Non, juste le plaisir de déguster, compléta Sophie.

Luciano lui sourit.

— Je ne peux pas mieux le formuler.

Il disposa de la farine sur le plan de travail, forma un puits et y versa de l'eau ainsi qu'un filet d'huile d'olive après avoir soigneusement mesuré les quantités. Puis il ajouta des œufs, du sel et commença à pétrir avec dextérité.

Stupéfaite, Sophie le regarda faire. Elle ne s'était certainement pas attendue à cette situation inédite.

— Je suis sincèrement admirative… Quand vous m'avez dit que vous alliez cuisiner des pâtes, je pensais que vous ouvririez un paquet… Vous allez donc fabriquer les pâtes vous-même ?

— Bien sûr. Un Italien qui se respecte ne se contente pas d'acheter des pâtes industrielles !

Il prit une machine métallique assez volumineuse, et disposa un pâton fariné à l'intérieur. Après quoi il tourna une petite manivelle et la pâte ressortie découpée en fines lamelles.

— Vous voulez essayer ? proposa-t-il.

— Avec joie !

— Sauf que vous risquez de salir votre jolie robe…

Une étincelle amusée au fond des yeux, Luciano alla chercher un tablier de cuisine qu'il lui tendit. Sophie le mit et spontanément, il l'aida à l'attacher dans le dos. Le sentant si proche d'elle un court instant, elle ne put maîtriser les battements de son cœur.

— Parfait. Alors vous mettez la pâte ici, et vous enroulez ainsi pour l'aplatir d'abord, la laminer – c'est le terme technique…

Sophie suivit ses conseils et, ravie, vit se former ce qui ressemblait à des spaghettis.

— C'est génial… Et si pratique ! En Angleterre, on adore la cuisine italienne et les pâtes fraîches. Je pourrai me vanter d'avoir expérimenté cet art culinaire à bord du *Liberty* avec vous !

— Si vous voulez, répondit-il en riant. Mais je vous avoue que pour moi, c'est aussi une première. Avant, c'était ma femme Renata qui se chargeait de préparer les pâtes. Nous l'avons fait ensemble, évidemment. Puis j'ai poursuivi pour elle de son vivant. Ensuite, je n'ai jamais réitéré.

Une ombre passa sur son visage.

— Enfin, j'ai eu envie de partager avec vous cet aspect essentiel de notre culture, poursuivit Luciano en s'animant de nouveau.

— Essentiel et connu dans le monde entier ! Merci…

— Merci à vous. Grâce à vous, Sophie, je passe une vraie soirée de détente comme ça ne m'est pas arrivé depuis longtemps.

— Pareillement, avoua-t-elle.

Luciano la regarda dans les yeux, une étincelle chaude au fond de la prunelle, puis il leva son verre et l'approcha doucement de celui de Sophie.

— Trinquons à notre rencontre et, peut-être, à notre amitié. Si vous le voulez bien.

Le cœur battant, Sophie sourit. Cet homme impressionnant et si séduisant lui proposait d'être son ami ? C'était incroyable.

— Bien sûr que je le veux, dit-elle, émue par la tournure que prenait la soirée. À notre amitié…

Ils avaient choisi de manger dans la cuisine, simplement assis au comptoir, sur des tabourets côte à côte. Luciano avait baissé l'intensité des lumières, si bien que l'atmosphère était chaleureuse et cosy.

— C'est délicieux, répéta Sophie.

Elle s'efforçait d'enrouler correctement les spaghettis autour de sa fourchette, en s'aidant d'une cuillère pour maintenir le tout, ainsi que Luciano le lui avait montré.

— Quelle différence quand c'est fait maison ! Les pâtes fraîches ont un goût incomparable.

— Alors vous aimez ? demanda Luciano.

— Beaucoup.

— *Buono.*

— Mon ex-compagnon n'a jamais cuisiné pour moi. Il m'a invitée au restaurant, ou il m'a offert des plats à emporter ! confia Sophie. À la fin de notre relation, on ne mangeait plus du tout ensemble. Il travaillait toujours tard… Du moins est-ce ce qu'il prétendait. Je pense qu'il devait être en train de courtiser sa future femme ! Cette vilaine expérience a sapé ma confiance en moi, avoua-t-elle après une courte hésitation.

— Je ne suis pas surpris. Sincèrement, c'est lui qui devait avoir un problème s'il n'appréciait pas le bonheur de son couple avec vous… Quant à vous, vous serez plus heureuse sans lui, ajouta Luciano.

— C'est sûr. Sauf que j'aurai du mal à croire de nouveau à l'amour.

Luciano la contempla quelques secondes en silence, l'air songeur.

— Je vous comprends. Je n'ai pas connu ce genre de déceptions, Renata et moi, nous nous aimions très fort. Le deuil est douloureux. Encore aujourd'hui, elle est à mon esprit… Bien que différemment.

— C'est-à-dire ?

— Peu à peu, je me prépare à refaire ma vie.

— Une bonne résolution…

— Oui. Encore faut-il que la chance me sourie. Enfin, nous verrons bien…

Luciano remplit de nouveau leurs verres, et ils trinquèrent une fois de plus. Il ébaucha un sourire un peu triste.

— Après avoir perdu notre bébé, en avoir un autre est devenu une obsession pour ma femme et moi. Nous voulions tous les deux une famille et c'était notre principale préoccupation. En tant que couple, nous n'étions plus insouciants, non, plus du tout… Nous nous acharnions à fonder une famille. Si j'avais su que Renata ne resterait pas de ce monde, j'aurais agi autrement… Nous aurions dû profiter au maximum de chaque seconde que nous vivions ensemble.

— À quel stade de la grossesse était-elle ? demanda Sophie, espérant ne pas paraître indiscrète.

— Quelques semaines seulement la première fois. Trois mois la deuxième fois. Nous avions déjà passé l'échographie, entendu les battements du cœur et osé croire au bonheur. Dix jours plus tard, Renata et notre enfant décédaient. Il a fallu beaucoup de temps pour que je réussisse à affronter la réalité.

— Je comprends. C'est si dur…

— Terriblement dur. Et injuste.

Luciano s'interrompit, pensif.

— Bon, j'admets que maintenant, les nuages commencent à se dissiper. Je suis passé du choc initial à la révolte et la colère intérieure. Je pense qu'en m'engageant à bord de ce bateau de croisière, je me suis engouffré dans le déni et, lentement, l'acceptation.

— Les phases du deuil sont toujours longues et éprouvantes.

— Exact. Vous aussi, vous faites le deuil de votre relation avec cet homme qui vous a trahie, fit-il remarquer.

— Oui.

Un silence s'installa quelques instants. Sophie percevait qu'entre eux, l'ambiance se modifiait petit à petit. Ils se comprenaient. Tous deux avaient souffert, et tous deux espéraient un meilleur avenir.

— C'est émouvant qu'on discute ainsi, dans ce salon privé, reprit-elle. Comme si nous étions déjà réellement amis.

Luciano sourit.

— Oui, émouvant en effet. Je suis touché par votre gentillesse, Sophie… Vous me plaisez beaucoup, ajouta-t-il un peu précipitamment, comme sous le coup de l'émotion.

Elle sentit son pouls s'accélérer.

— Vous aussi.

Luciano arqua un sourcil.

— Ah oui ?

— Oui !

Elle se mit à rire.

— Vous vous en rendez bien compte ! J'apprécie votre compagnie… Sinon, je ne serais pas ici, avec vous, ce soir.

— Que feriez-vous ?

— Je serais seule dans ma cabine, sans doute, en train de

lire ou d'écouter de la musique… Je suis heureuse de passer ce moment avec vous. On a bien travaillé, tout à l'heure. Après l'effort, le réconfort !

— Exactement. Vous le méritez. À propos de réconfort, un dessert vous tenterait ? J'ai prévu des tartelettes aux fruits, préparées par le chef cuisinier du *Liberty*, cette fois.

Tandis que Luciano allait chercher des coupelles et d'autres couverts, Sophie débarrassa la table. *Comme c'est étrange de me retrouver ici, avec lui*, songea-t-elle une fois de plus. Mais c'était aussi tellement agréable. Surprenant mais très plaisant, oui… Et au fond d'elle-même, elle aurait aimé que la soirée se poursuive encore longtemps. Comment le lui proposer sans que cela prête à confusion ? Elle avait juste envie de prolonger ces instants de détente en compagnie de Luciano. Edith serait contente pour elle !

Sophie eut alors l'impression d'entendre la voix de la vieille dame qui l'encourageait à formuler ses pensées le plus simplement possible. Juste dire les choses comme elles venaient, sans se poser trop de questions… Oui, c'était la meilleure solution.

Elle s'avança vers Luciano, qui était en train de disposer une magnifique tarte au citron meringuée sur la table.

— En guise de tartelettes, ce sera un gâteau, dit-il. J'espère que ça vous plaira.

— J'adore. Merci ! Après le dessert, j'aimerais respirer le bon air de la mer, et si vous avez le temps, ou l'envie, nous pourrions, ensemble…

— Je voulais justement vous le demander, l'interrompit Luciano en souriant. Et on pourrait aussi se tutoyer, ce serait plus naturel entre nous, je crois.

— Oui, c'est sûr. Surtout après ce qu'on a partagé aujourd'hui.

Elle le regarda, le cœur battant. Si seulement elle n'avait pas ressenti cette attirance presque viscérale pour lui, ce serait quand même plus facile, réalisa-t-elle une fois de plus. Mais elle veillerait à ne rien trahir et tout irait bien…

Tout.

— Vous connaissez… Pardon, tu connais un endroit calme ?

9.

Il y avait une projection de film en plein air près de la proue du bateau, aussi Luciano emmena-t-il Sophie vers la partie plus calme à l'arrière. Durant la journée, des échoppes et stands proposaient différents articles à la vente, essentiellement des vêtements et des jouets.

Il était heureux que Sophie lui ait exprimé son envie de passer plus de temps avec lui, dans un lieu tranquille de surcroît. À défaut, il l'aurait invitée dans l'un des bars chics réservés à l'équipage. Mais ça ne leur aurait pas plu. Ils se seraient retrouvés environnés de monde, ils auraient été obligés de lever la voix à cause de la musique…

Luciano aimait ce tête-à-tête. Il voulait être avec Sophie ; rien qu'avec elle. C'est pourquoi il avait choisi de dîner dans un salon privé, et même de préparer le repas. Elle avait donné l'impression d'apprécier ce moment, elle aussi.

— Comme c'est beau et paisible par ici, murmura-t-elle en posant les mains sur la rambarde.

Elle regardait par-dessus bord, laissant ses yeux errer sur les flots puis à l'horizon. Le ciel d'encre, constellé d'étoiles, se reflétait sur la mer. Une légère brise soufflait.

— Parfois, si j'ai une insomnie ou si j'ai besoin de me ressourcer, je viens ici, confia-t-il spontanément. Je ne rencontre jamais personne à cette heure.

Sophie tourna la tête vers lui et il sentit des effluves de son parfum légèrement vanillé.

— Tu aimes la solitude ?

— En général, oui, admit-il, surpris par cette question. Et toi ?

— Ça dépend. En ce moment, je préfère éviter la foule. Je crois que c'est parce que je me sens encore trop triste, poursuivit-elle en regardant de nouveau la mer. Edith me taquinait gentiment à ce sujet, elle avait tellement envie que je tourne la page, que j'oublie Ryan, mon erreur, ou plutôt, mes erreurs !

Elle lâcha un petit rire.

— Mais ça ne se fait pas facilement, même si je n'aimais plus Ryan. C'est la trahison qui est difficile à pardonner et à gommer de mon esprit… Au fil du temps, j'y parviendrai.

— Il faut être patients… Moi, je suis devenu une sorte d'ermite, ajouta Luciano. Pour être franc, je fuis les lieux où il y a beaucoup de monde.

— Mais tu travailles à bord d'un bateau avec des centaines de passagers et un équipage conséquent ! C'est plutôt contradictoire… en apparence, ajouta Sophie. On peut se sentir tellement seuls alors qu'il y a foule autour de nous.

— Exactement.

Sophie avait dû comprendre ce qu'il ressentait parce qu'elle vivait la même situation.

— En tout cas, reprit-elle, ce soir, j'ai passé un excellent moment en ta compagnie.

— Moi aussi.

Elle lui souriait. Derrière la jeune femme, la mer reflétait la lune à l'infini. Une légère bouffée de parfum vanillé parvint de nouveau aux narines de Luciano.

— On pourrait recommencer ? proposa-t-il, conscient du trouble qui l'envahissait.

Un frissonnement léger, délicieux… Du désir… Oui, c'était du désir qu'il éprouvait à cet instant. Il avait envie de prendre Sophie dans ses bras et de la serrer contre lui, de goûter le grain de sa peau, de découvrir la texture de ses lèvres.

Cela ne lui était pas arrivé une seule fois depuis Renata.

Jamais. Les femmes le laissaient indifférent, comme si une partie de lui-même s'était refermée et détourné du sel de la vie. Mais là, tout à coup, face à Sophie, Luciano sentait un nouvel élan l'animer, une pulsion irrésistible.

— Pourquoi pas ? Mais tu es très occupé, tu travailles à bord, alors que moi, je suis en vacances, répondit-elle simplement.

— On trouvera bien l'occasion… Si on le veut…

— Oui, si on le veut, bien sûr…

Luciano se rendit compte qu'à chaque mot qu'ils prononçaient, ils se rapprochaient progressivement l'un de l'autre. Il tendit une main vers Sophie, lui caressa doucement le visage.

— Ce n'est peut-être pas une très bonne idée, murmura-t-elle.

— Peut-être pas… Mais ça m'est égal, au fond.

— Je suis bien d'accord.

Elle sourit, l'invitant silencieusement à poursuivre. Alors il s'avança encore vers elle, l'enlaça et s'empara de ses lèvres.

D'une seconde à l'autre, elle se réveillerait.

Oui, ce devait être un rêve… Un rêve merveilleux et insensé. Sinon, comment expliquer qu'elle se retrouvait à cet endroit, au clair de lune, dans les bras d'un bel Italien qui l'embrassait passionnément…

La chaleur des mains de Luciano sur ses épaules faisait écho à l'excitation qui se coulait en elle comme de la lave en fusion. Il avait la langue douce mais insistante, et leurs baisers devinrent vite profonds, voluptueux, à couper le souffle. Luciano lui enserra la taille tandis qu'elle s'appuyait au bastingage, et ils s'embrassèrent encore, éperdument, oubliant tout autour d'eux.

— Allez, les amoureux ! Profitez-en ! lança soudain une voix d'homme ivre.

— Vive l'amour ! renchérit un autre.

Sophie s'écarta de Luciano et détourna vivement le visage, espérant que dans l'obscurité, on ne les reconnaîtrait pas.

— Partons d'ici, marmonna Luciano en lui prenant la main. Viens.

Il la conduisit rapidement vers un escalier menant vers le pont inférieur, puis ils empruntèrent un couloir qui longeait différents espaces ludiques, encore pleins de monde à cette heure. Salles de jeux, salon de dégustation de vins et spiritueux, restaurants ouverts toute la nuit… On ne risquait pas de s'ennuyer à bord. Mais Sophie voulait juste retrouver le calme de sa cabine…

Où peut-être elle inviterait Luciano.

Ils y parvinrent peu de temps après, heureux l'un et l'autre d'échapper aux regards curieux.

— Je suis désolé, dit-il. Je pensais qu'on serait tranquilles, mais sur un bateau, on finit toujours par rencontrer quelqu'un… Surtout quand on ne veut pas être vus, comme un fait exprès !

— Exactement. Ne t'inquiète pas, je ne t'en veux pas… J'étais consentante, ajouta Sophie en le regardant dans les yeux.

Elle y perçut autant d'hésitation que de désir. Pas plus qu'elle, il n'avait envie d'arrêter la soirée maintenant.

— Tu veux entrer ? proposa-t-elle en ouvrant la porte.

— Si tu es d'accord, oui, sans hésitation, murmura-t-il, une main posée sur l'épaule de Sophie.

Elle avait l'impression que les doigts de Luciano lui brûlaient délicieusement la peau.

— Alors viens…

Dès qu'ils furent à l'intérieur, elle se tourna vers lui et il s'empara de sa bouche.

— *Amore…*, murmura-t-il. Tu es si belle…

Il l'étreignit passionnément ; la guida jusqu'au lit. Enlacés, fébriles, ils se dévêtirent sans cesser de s'embrasser. La robe de Sophie atterrit sur le sol, à côté du polo de Luciano. Bientôt nue, Sophie fut de nouveau gagnée par une incroyable sensation d'irréalité. Mais elle cessa vite de s'interroger, inondée de plaisir tandis que Luciano la caressait partout, sur les seins, le ventre, le creux des reins, et plus bas encore, plus audacieux et gourmand, traçant une ligne invisible du bout des doigts.

Les yeux mi-clos, Sophie s'abandonna au désir qui l'enveloppait, vaguement consciente des légers roulis du bateau. C'était si bon de se laisser aller… Les baisers de Luciano devenaient de plus en plus ardents, et elle y répondait avec la même ardeur, lovée, serrée, enivrée. Quand leurs corps s'unirent tout naturellement, elle laissa échapper un premier cri et ferma les paupières, les mains sur les épaules robustes de Luciano. Puis elle fut transportée par une vague de jouissance… et oublia tout.

10.

Je veux rester dans ce cocon… Cette bulle amoureuse d'une romance de vacances où tout est possible, songea Sophie, blottie contre Luciano.

À travers le hublot, les rayons de la lune éclairaient la cabine de reflets argentés, et une douce musique s'élevait des enceintes. L'atmosphère était si sereine, l'ambiance tellement romantique ! Elle voulait profiter de chaque minute, chaque seconde de cette parenthèse enchantée, ô combien inattendue.

— On est si bien, soupira-t-elle.

— Oui, *cara mia*. Ça faisait longtemps que ça ne m'était pas arrivé…

— Je croyais même ne plus jamais vivre ce genre de moments.

Sophie garda de nouveau le silence, savourant le calme et la parfaite sensualité de cet instant. Elle se sentait comblée, peu à peu gagnée par une délicieuse plénitude. De façon étonnante, alors qu'ils se connaissaient si peu, leurs souffles, leurs corps, leurs rythmes naturels s'étaient spontanément mis au diapason.

— La vie nous réserve toujours des surprises heureuses, et très souvent quand on ne s'y attend plus, dit-elle finalement en se serrant contre Luciano.

Il l'enlaça et la fit rouler sur le dos, puis il se glissa au-dessus d'elle, et lui saisit les mains au-dessus de la tête.

— Un sacré imprévu, oui. En fait, *Sophia*, j'ai l'impression que tu m'as envoûté. Depuis que je t'ai rencontrée sur ce bateau, je pense tout le temps à toi. Ce n'est pas juste du désir…

Il la regardait dans les yeux, une expression intense sur le visage, comme s'il ne comprenait pas ce qui se jouait en lui.

— Ne nous posons pas trop de questions. Vivons l'instant présent, dit-elle, le cœur battant, consciente de l'envie qui les envahissait de nouveau.

— Tu as raison. Grâce à toi, je me sens de nouveau pleinement en vie. Merci, *mi amore*…

Il déposa un doux et tendre baiser sur les lèvres de Sophie, puis il l'embrassa plus passionnément. Lorsque leurs corps s'unirent encore, Sophie eut la sensation qu'ils se fondaient l'un dans l'autre, si naturellement, si délicieusement… Comment faire pour que cela ne cesse jamais ?

Mais entre eux, il s'agissait d'une aventure sans lendemain, elle le savait. Il ne fallait pas qu'elle espère autre chose. Mieux valait qu'elle en profite pleinement, ainsi qu'elle l'avait suggéré elle-même à Luciano, comme si c'était la dernière fois.

Les yeux clos, elle s'arqua contre Luciano pour mieux l'accueillir en elle, et se laissa porter par des vagues de plaisir de plus en plus puissantes qui balayaient pensées et doutes.

Luciano avait oublié ce que c'était que de se réveiller à côté de quelqu'un. Désorienté, il se demanda d'abord pourquoi il avait si chaud et pourquoi il ne pouvait pas bouger comme il le voulait…

Puis il ouvrit les yeux et vit le corps nu de Sophie lovée contre le sien.

Une vive émotion l'envahit. La jeune femme était si surprenante… et attachante ! Une fraction de seconde, il réalisa qu'il pourrait s'habituer à percevoir son souffle léger contre sa peau, et à sa main fine posée sur son ventre. Il se sentait à l'aise avec Sophie… Rassuré ; tranquillisé. Elle le comprenait. Grâce à elle, à sa gentillesse, à sa simplicité, il avait réussi à ouvrir de nouveau son cœur…

Seulement quelques jours auparavant, il n'aurait jamais cru être capable de vivre cela. Il n'oublierait jamais Renata, bien sûr que non, mais sa rencontre avec Sophie lui prouvait qu'il pouvait peut-être continuer à avancer sur le chemin de la vie et essayer d'être de nouveau heureux.

Luciano se tourna doucement de manière à regarder la jeune femme. Elle somnolait, la tête posée sur son torse, ignorant tout des révélations qui se déroulaient en lui et le désorientaient. En une nuit, elle lui avait ouvert un éventail de possibles, l'éloignant du chagrin qui vivait en lui depuis si longtemps. Il aurait presque pu en oublier pourquoi il s'était engagé sur le *Liberty*.

C'était un instant de bonheur pur…

Un bonheur éphémère.

Bientôt, ils se sépareraient.

Attristé à cette pensée, Luciano lui caressa ses cheveux soyeux. Elle remua un peu puis entrouvrit les yeux.

— Tout va bien ? murmura-t-elle en laissant courir ses doigts le long des épaules de Luciano.

Il frissonna, luttant contre l'envie de plonger encore une fois dans le plaisir et un sommeil bienheureux.

— Oui, mais je vais devoir retourner dans ma propre cabine, *mia cara,* rappela-t-il à regret.

— Maintenant ? Il fait encore nuit…

— Justement, c'est parfait. Je ne veux pas risquer d'être vu sortant d'ici au petit matin.

— Question de réputation ? Je ne suis qu'une passagère !

— Non, c'est une question d'éthique. Je suis médecin à bord et je dois respecter un règlement intérieur : les membres de l'équipage s'engagent à avoir une attitude irréprochable, qu'on soit célibataire ou marié. La discrétion est de rigueur.

Sophie laissa échapper un petit rire et se redressa pour s'étirer. Luciano admira la ligne de ses épaules, son dos mince, sa taille étroite et fine. Ses longs cheveux retombaient en cascades. La douce morsure du désir l'envahit de nouveau. Cette femme lui plaisait tellement… Et il savait que bientôt, il ne la reverrait malheureusement plus. Dès que la croisière serait terminée, ils se diraient au revoir et leurs chemins se sépareraient.

— Mais puisque je suis encore ici, *mia cara*, je veux savourer chaque seconde en ta compagnie. Viens contre moi…

Il l'attira dans ses bras et l'embrassa sur la nuque, se délectant de la douceur de la peau de Sophie. Elle exhalait un parfum de vanille, merveilleusement sucré et envoûtant.

— Je croyais que tu devais retourner dans ta cabine, dit-elle en pivotant vers lui.

— Oui, je vais y aller, mais avant…

Il s'interrompit pour s'emparer de ses lèvres avec gourmandise.

Ils avaient encore fait l'amour, insatiables.

À chaque étreinte, Sophie avait éprouvé un plaisir intense. Entre Luciano et elle, l'accord était… parfait. Leurs sensualités se répondaient de manière fluide, sans gêne aucune, comme s'ils étaient amants depuis longtemps. C'était surprenant…

Et addictif.

Elle aurait vraiment aimé poursuivre cette relation.

Elle aurait voulu qu'ils se revoient une fois la croisière terminée, mais Luciano embarquerait vraisemblablement à bord d'un autre bateau de la même compagnie italienne, et il repartirait pour un long voyage…

Et peut-être rencontrerait-il une autre femme célibataire. Il était tellement séduisant ! Maintenant qu'il s'était rendu compte qu'en vérité, il avait envie de passer du bon temps, il en profiterait probablement !

Sophie ferma brièvement les yeux. Elle était seule à présent, Luciano avait regagné sa cabine. Elle avait peu dormi mais elle éprouvait un tel bien-être… Tout le plaisir qu'elle avait partagé avec lui continuait à se diffuser lentement en elle. Nul doute qu'à cet instant, son corps sécrétait l'hormone du bonheur en abondance !

Heureusement, elle aurait encore l'occasion d'être en compagnie de Luciano durant les jours suivants. Ils avaient prévu de se revoir dès que possible, peut-être même lors de l'escale suivante, en France. Elle avait hâte d'y être, mais elle se préparait également à être déçue au cas où Luciano ne pourrait pas se joindre à elle. Rien n'était simple à organiser dans la vie personnelle de Luciano à cause de son poste de médecin. Malgré tout, il lui avait promis de tout tenter pour se libérer.

— Je veux profiter de nous, *mia cara,* Dieu seul sait ce que l'avenir nous réserve, et j'ai l'impression de recevoir un cadeau de la vie en ta compagnie, avait-il affirmé avec son si bel accent italien.

Il l'avait enlacée, charmée…

Conquise.

Sophie sourit en songeant soudain à Edith. Celle-ci se réjouirait en apprenant la nouvelle ! Elle avait tant souhaité que Sophie puisse se changer les idées et vivre de nouveau en s'amusant pleinement « comme une jeune femme de ton âge » avait-elle insisté. *Eh bien, c'est chose faite*, pensa Sophie. Et une chose était sûre : elle ne pensait plus du tout à Ryan.

11.

Aujourd'hui, ils faisaient escale à Cannes. Sophie n'était jamais allée en France, et elle se réjouissait de visiter le pays le plus romantique au monde en compagnie de Luciano. Sauf qu'il travaillait, évidemment. À quai, il dut superviser les transferts de quelques patients vers l'hôpital le plus proche, principalement des victimes de la déferlante qui avait tout balayé sur le pont supérieur.

Certes, Sophie aurait pu partir en excursion seule, mais spontanément, elle avait préféré attendre qu'il la rejoigne. C'était étrange de constater qu'en si peu de temps, elle agissait comme s'ils formaient un couple…

Ce n'était pas forcément une bonne chose.

D'ici la fin de semaine, elle repartirait dans le Kent, en Angleterre. Cette croisière était censée l'aider à se retrouver, elle, à se vivifier mentalement, pas à se sentir attirée dans les bras d'un homme qu'elle ne reverrait plus ! Edith serait ravie d'apprendre qu'elle avait eu une liaison à bord, mais pour sa part, elle devait garder les pieds sur terre.

Sophie jeta un coup d'œil autour d'elle. Sous un ciel bleu azur, des vendeurs se tenaient çà et là sur la célèbre Croisette, proposant de ravissants chapeaux, d'élégants sacs à main ou des foulards multicolores. Elle venait de se choisir une capeline ivoire qui la protégerait du soleil matinal ; une coiffe qui, sans nul doute, ajouterait une note très « côte d'Azur » à sa tenue.

Luciano insista pour lui en faire cadeau, et elle accepta de bon cœur.

Quelques instants plus tard, ils se dirigèrent vers le front de mer. Avec sa robe trapèze bleu turquoise, ses lunettes de soleil aux montures noire et blanche et son joli chapeau, Sophie s'imagina un bref instant dans la peau de la star américaine Audrey Hepburn… Quant à Luciano, il avait si belle allure qu'il ressemblait à un play-boy de Hollywood des années 1950, un Cary Grant ou un Gregory Peck…

Luciano resterait un magnifique souvenir…

Leur nuit passionnée serait gravée dans l'esprit de Sophie pendant longtemps ! De même, les autres étreintes qu'ils partageraient, s'ils s'accordaient d'autres parenthèses.

Cependant, quoi qu'il advienne, la prudence serait de mise. Hors de question de répéter l'erreur qui l'avait poussée à s'engager trop rapidement avec Ryan. Elle savait ce que Luciano avait vécu, elle avait compris qu'il était encore endeuillé et qu'il avait surtout besoin de se changer les idées… *Comme moi,* s'avoua-t-elle.

Aux yeux de Luciano, elle représentait une simple distraction excitante, momentanée. Par la suite, lorsqu'il aurait surmonté le chagrin et la tristesse qu'il continuait d'éprouver, il chercherait certainement à remplacer la femme qu'il avait perdue et à fonder la famille qu'il n'avait pas pu avoir avec sa défunte épouse. Ce ne serait pas avec elle !

Malgré tout, Sophie pressentait déjà que dire au revoir à Luciano ne lui serait pas aisé. Retourner en Angleterre la démoralisait d'avance. Elle aurait tant voulu que ces instants de flânerie insouciante en compagnie de Luciano s'éternisent…

— C'est un tout autre monde ici, n'est-ce pas ? Il y a beaucoup de gens riches, commenta Luciano.

Sophie contempla les voitures de sport et les luxueuses limousines garées non loin. Les passants qu'ils croisaient étaient tous habillés de manière originale et chic.

— Oh oui, ça se voit… Cette ville qui accueille le célébrissime festival de Cannes est aussi un lieu éminemment touristique. Heureuse de la découvrir avec toi !

Luciano lui lança un coup d'œil amusé.

— Pour tout te dire, je préfère les lieux moins peuplés de la côte méditerranéenne. Les baies tranquilles bordées de sable chaud, où il est possible de s'allonger et rêver.

— Rêver ? On peut rêver partout, même en marchant comme maintenant, ou en découvrant d'autres lieux, d'autres pays…

— Je te comprends, adorable nomade.

Luciano s'arrêta pour la serrer dans ses bras.

— Car tu es nomade dans l'âme… Et en vrai, n'est-ce pas ?

— Je l'ai été, oui, à une époque…

Sophie se mit à rire, touchée qu'il se rappelle les confidences qu'elle lui avait faites.

— Dorénavant, je voyage de nouveau, et j'espère bien continuer.

Sur ces mots, elle se dressa sur la pointe des pieds et lui effleura les lèvres. Il sourit, lui ôta ses lunettes de soleil pour la regarder dans les yeux, et déposa un baiser sur son front. Il avait l'air heureux, libéré de ses obligations à bord du *Liberty*. Personne ne les remarquait, et c'était très bien ainsi.

— Allons visiter les rues des alentours, proposa-t-il. Peut-être que nous tomberons sur un tournage de cinéma quelque part !

— Qui sait… Il y a un parc de l'autre côté de la route. On pourrait couper par-là, indiqua Sophie.

Quittant la Croisette, ils se dirigèrent vers cette petite oasis de palmiers du centre-ville. Ils franchirent un portail noir de fer forgé, et Sophie eut alors l'impression de pénétrer dans un autre monde. Sous les hauts palmiers, l'atmosphère ombragée était si paisible, loin des tumultes de la station balnéaire. Même Luciano semblait impressionné.

— Et si on s'asseyait ? suggéra-t-il. Un peu de *farniente* ?

— Bonne idée !

Ils s'installèrent sur un banc et, tout naturellement, Sophie se blottit contre Luciano. Il sentait bon, sa carrure était si rassurante… Elle aurait pu facilement imaginer qu'ils étaient un vrai couple… Mais non, ce serait une grave illusion, à vite chasser de son esprit.

Sur la pelouse en face d'eux, un petit groupe pratiquait le yoga sur l'herbe. En les regardant, elle songea qu'elle devrait peut-être s'inscrire à un cours similaire quand elle serait de retour en Angleterre. Elle travaillait debout la journée entière, et avait souvent besoin de se détendre, de respirer profondément… Seulement voilà, elle manquait de temps, ou de courage pour s'occuper d'elle…

Mais ça changerait.

Elle voulait que les choses évoluent dans sa vie.

Fermant brièvement les yeux, Sophie savoura la caresse du soleil sur sa peau. Près d'elle, Luciano gardait le silence. Il avait juste posé une main tendre sur le genou de Sophie.

Brusquement, un vacarme assourdissant provenant de l'autre côté du square les fit sursauter. Il y eut des coups de frein, un bruit de klaxon et des cris de détresse.

Luciano se leva d'un bond, et Sophie en fit autant. Ils échangèrent un regard et, dans un même mouvement, coururent hors du parc pour voir ce qui s'était passé.

Un homme gisait sur la chaussée, sur le passage piéton. Une voiture était arrêtée devant lui ; des curieux commençaient déjà à se rassembler.

— Laissez-moi passer, je suis médecin ! s'écria Luciano.

— Il a été renversé par un chauffard, dit quelqu'un en désignant la victime. Mais on a pu photographier la plaque d'immatriculation !

Luciano se précipita près du blessé. Ce dernier, sans connaissance, avait un certain âge. Il était pâle, du sang maculait son front et son pantalon était déchiré au niveau du mollet droit. S'agenouillant auprès du vieil homme, Sophie remarqua que la partie inférieure de la jambe était contusionnée et enflée. La cheville semblait tordue de manière inquiétante.

Pendant que Luciano prenait le pouls de la victime, elle

se chargea de soulager la douleur que leur patient devait éprouver, même évanoui.

— J'ai besoin de tissus épais et de ceintures ou de sangles ! demanda-t-elle à la cantonade. Et appelez vite une ambulance !

Luciano lui lança un coup d'œil reconnaissant, puis il reporta son attention sur la victime.

On ne tarda pas à leur apporter des serviettes de plage, que Sophie utilisa pour créer une protection rembourrée sous la jambe du blessé. L'os n'avait pas percé la peau, il y avait donc moins de risque d'infection ; seules des radiographies confirmeraient l'emplacement et la gravité de la fracture.

De son côté, Luciano traitait la blessure que l'homme présentait à la tête.

En tenant la main de la victime, Sophie se dit que tous deux formaient de nouveau une bonne équipe. Sans parler, ils agissaient de façon efficace. Cela faisait vraiment chaud au cœur. En d'autres circonstances, auraient-ils poursuivi leur collaboration ? Elle ne le saurait sans doute jamais…

Luciano était soulagé que Sophie soit là pour l'aider. Ignorant les curieux qui formaient un cercle autour d'eux, il pouvait se concentrer sur l'état du blessé et noter les détails indispensables qu'il communiquerait aux secours. Ceux-ci ne devraient plus tarder.

La victime venait justement d'entrouvrir les paupières.

— Où suis-je ?

L'homme essaya de bouger.

— Restez tranquille, s'il vous plaît. Vous venez d'avoir un accident, expliqua Luciano.

Sophie se pencha, un sourire rassurant aux lèvres.

— Je m'appelle Sophie, je suis infirmière, et Luciano est médecin. On était dans le coin… Et on s'occupe de vous en attendant l'ambulance.

— L'ambulance ? Je ne veux pas d'ambulance ! protesta le vieux monsieur en essayant de se lever.

Il esquissa aussitôt une grimace de douleur.

— Vous avez été blessé à la jambe et à la tête, dit Luciano. Il va falloir que vous passiez des examens rapidement, un scanner très probablement, à l'hôpital le plus proche.

En parlant, il remarqua que du sang perlait au bout du nez du vieil homme, et dans les oreilles. C'était le signe d'un traumatisme sérieux. Il fallait absolument l'empêcher de s'agiter.

— Comment vous appelez-vous ? demanda-t-il.

— Charles. Et je veux me lever ! s'exclama le vieux monsieur avec une vigueur étonnante.

Il repoussa Sophie qui, agenouillée auprès de lui, fut déséquilibrée. Laissant échapper un petit cri de surprise, la jeune femme se releva.

— Faites attention, gronda gentiment Luciano en regardant Charles.

— Ce n'est pas grave, assura Sophie. Charles ne l'a pas fait exprès.

La bienveillance dont elle faisait preuve intensifia encore l'admiration que Luciano ressentait pour elle.

— Non, bien sûr, mais je préfère que Charles soit attentif.

Sophie acquiesça en silence, l'air préoccupée. Sans doute se demandait-elle quand les secours arriveraient…

Autour d'eux, les badauds commençaient à s'éloigner. Quelques instants plus tard, une sirène se fit enfin entendre au loin. Luciano échangea un bref coup d'œil avec la jeune femme. La victime serait prise en charge, et de leur côté, Sophie et lui pourraient poursuivre leur journée. Ils n'auraient plus qu'à flâner et à profiter enfin l'un de l'autre, autant que possible.

— Ça va ? demanda-t-elle.

Luciano sourit.

— Oui, très bien. On va se promener ?

12.

— Qu'est-ce que tu aimerais faire avant qu'on retourne à bord ? demanda Luciano. Nous avons deux heures devant nous. On embarque au plus tard à 14 heures.

Sophie inspira l'air marin, savourant la liberté qui s'offrait enfin à eux. L'ambulance venait de s'éloigner, les curieux étaient partis, et tout redevenait calme près du parc arboré où ils s'étaient promenés. À leur droite s'étendait la Croisette et, au-delà, la Méditerranée scintillait sous le soleil. À gauche se dressait une succession d'hôtels de luxe réservés aux personnes fortunées et aux stars de toutes sortes. Il était bientôt midi mais elle avait l'impression qu'il était bien plus tard tant elle se sentait éprouvée par l'opération de secours qu'ils venaient de réaliser.

— Je rêverais d'aller sur une île déserte, dit-elle sur le ton de la plaisanterie. Pour être franche, je suis un peu fatiguée.

— Je te comprends. On devait se détendre, faire du tourisme, au lieu de quoi on a aidé un pauvre homme qui venait d'être renversé par une voiture. J'espère qu'on retrouvera le chauffard, ajouta Luciano.

— Moi aussi. Quelqu'un nous a assuré qu'il avait pris la plaque d'immatriculation en photo. Ce sera utile pour l'enquête…

— Oui. Mais pour l'instant, oublions tout ça.

Luciano glissa une main sous le bras de Sophie, et d'un accord tacite, ils se dirigèrent vers la plage. Sophie apprécia l'ombre bienfaisante créée autour de son visage par les rebords de sa capeline.

— J'ai soif… et faim, avoua-t-elle alors qu'ils passaient devant un stand qui vendait boissons et sandwichs.

— Achetons de quoi pique-niquer, et trouvons-nous un coin tranquille, suggéra Luciano. Sauf que dans cette ville, c'est difficile. Il y a du monde partout.

— C'est une véritable fourmilière, renchérit Sophie en jetant un coup d'œil circulaire.

Ils choisirent des salades à emporter, des sodas frais, et retournèrent en direction du même square planté de palmiers où ils s'étaient rendus auparavant.

— C'est peut-être le meilleur endroit pour le moment, admit Sophie en s'asseyant sur un banc. Je n'ai plus envie de marcher, ni de faire du tourisme. Je préfère me poser ici… Ah, les adeptes de yoga ne sont plus là, poursuivit-elle en désignant la pelouse où un groupe pratiquait des postures un peu plus tôt.

— Ils ont dû finir leur séance, ou ils ont été perturbés par ce qui s'est produit. Le lieu n'était plus très zen.

Sophie regarda Luciano et sourit. Il observait les alentours, l'air songeur et détendu. Comme il lui semblait différent de l'homme qu'elle avait rencontré sur le *Liberty* ! Au premier abord, elle l'avait trouvé arrogant, presque antipathique. Et pourtant…

Sentant son regard, il se tourna vers elle et, lentement, se rapprocha, l'air malicieux tout à coup.

— Pardonne mon audace, *Sophia*, j'aimerais juste être plus près de toi.

Elle se mit à rire et appuya la tête sur l'épaule de Luciano. Il lui prit la main et la caressa délicatement ; un frôlement répété, comme s'il lui passait un pinceau sur la peau. Sophie frissonna, soudain envahie d'images érotiques. Le souvenir de leur nuit torride emplissait sa mémoire…

— Qui aurait cru qu'on se retrouverait ici, toi et moi, tels deux amis… et même plus, murmura-t-elle.

— Oui, bien plus que des amis.

Luciano lui caressa la joue.

— C'est la magie de la vie, *mia cara*. Grâce à toi, je sais que je suis pleinement vivant.

— Tu en doutais vraiment ?

— Hélas, oui. J'avais la sensation d'être… anesthésié. J'avais aussi la conviction qu'aucune femme ne me plairait plus jamais. Mais je me trompais.

Il déposa un tendre baiser sur sa bouche.

— Je ne te connais pas depuis longtemps, et pourtant, c'est comme si nous avions toujours été ensemble, pas vrai ?

Elle hésita. Elle partageait ce sentiment, mais était-ce raisonnable de l'avouer ? Bientôt, ils se quitteraient pour toujours.

— C'est sûrement parce que nos désirs se répondent. Je me sens bien dans tes bras…

— Et j'aime te tenir contre moi, ajouta Luciano en glissant une main autour des épaules de Sophie.

Elle se blottit, tourna la tête vers lui et lui offrit ses lèvres. Luciano l'embrassa longuement, profondément, puis il la regarda dans les yeux. Ses prunelles de jais, envoûtantes, évoquaient du velours soyeux.

— Oh ! oui, tout en moi se réveille, avoua-t-il tout bas. Si seulement j'avais pu imaginer un tel changement ! C'est ce qui est magnifique dans la vie… On ne peut jamais prévoir ce qui va arriver !

Il l'enlaça encore, longuement, avec une telle tendresse qu'elle ferma les yeux.

— Je te rends visite dans ta cabine ce soir ? lui chuchota-t-il à l'oreille.

— Tu vas enfreindre le règlement ? dit Sophie, consciente que son pouls s'accélérait

Il se mit à rire.

— Je me débrouillerai pour être très discret. Si tu es d'accord, bien sûr.

— Tu en doutes ?

Luciano sourit.

— Si tu me donnes la permission, *Sophia bellissima*, je viendrai frapper à ta porte après minuit, quand je ne serai plus de garde.

— Je t'attendrai.

— *Fantastico.* Je suis gourmand de toi… Et je meurs de faim !

— Eh bien, mangeons, dit Sophie, amusée, en déballant les sandwichs.

Cette nuit-là, Sophie découvrit qu'elle était capable d'aller au bout de ses désirs. Dans les bras de Luciano, elle se donna encore et encore, sans réserve ni retenue, à en crier de plaisir. Mais au petit matin, quand il s'en alla aussi discrètement qu'il était venu, elle ressentit de la déception, et même une certaine tristesse.

Ce n'était pas ce qu'elle voulait…

Non, pas du tout.

Devenir la maîtresse d'un séduisant médecin à bord d'un bateau de croisière, juste pour quelques heures, ce n'était ni gratifiant, ni épanouissant. Même si elle se sentait libérée comme jamais avec Luciano. Même si leurs corps étaient au diapason. Même s'il était romantique à souhait. En faisant l'amour, il lui avait donné toutes sortes de petits noms en italien, charmants, délicieux… Sophie s'était abandonnée, conquise.

Toutefois, le réveil était brutal.

Jetant un coup d'œil dans le miroir de la petite salle de bains, Sophie vit le visage d'une femme décoiffée, aux joues rosies par des étreintes passionnées, mais dont le regard était dénué de joie.

Elle savait très bien pourquoi…

Elle s'était fait une promesse en embarquant sur le *Liberty* avec Edith. Son but était de retrouver sa dignité, sa fierté, en faisant tout pour oublier la trahison de Ryan, et en restant libre, sans attache, sans regrets. Elle s'était fixé, comme objectif premier, de veiller sur Edith. En s'occupant de la vieille dame, elle avait un rôle, une mission… Et durant son temps libre, elle se serait livrée à des passe-temps ludiques comme bon nombre des passagers. Nager, lire, bronzer… Dormir… Bavarder avec les uns et les autres…

Et la croisière se serait déroulée ainsi, sans réelle surprise, mais très agréablement. *Sauf que je me serais ennuyée à mourir*, songea-t-elle.

Comment nier l'évidence ? Au fond d'elle-même, elle avait envie d'autre chose. Elle adorait les aventures… Elle aimait les voyages, l'inconnu…

Et les lèvres chaudes de Luciano sur les siennes.

Quand se reverraient-ils ? Il ne lui avait rien dit avant de partir… Sans doute parce que cette nuit avait été la dernière. N'était-ce pas ce qu'elle voulait ? Elle désirait plus que tout rester libre et voyager, n'est-ce pas ?

Sophie pivota sur elle-même pour regarder la mer à travers le hublot.

Savoure ta liberté…, lui souffla une petite voix intérieure. Ce qu'elle venait de vivre avec Luciano appartiendrait bientôt au lot de beaux souvenirs qu'elle rapporterait en Angleterre, et ce serait parfait ainsi. Au moins serait-elle en accord avec elle-même.

13.

Palma, sur l'île de Majorque, était leur dernière escale avant Barcelone, d'où Sophie s'envolerait pour l'Angleterre.

Cette sortie ne la rendit pas aussi joyeuse que les précédentes car elle l'effectua seule.

Elle aurait préféré ne pas penser à Luciano… Ne pas regretter qu'il ne fût pas avec elle…

Mais il travaillait.

Tout en marchant le long du port, Sophie admira les villas aux façades blanches, les bateaux amarrés dont les mâts cliquetaient sous la brise, les palmiers verdoyants. C'était beau, et bien plus paisible que Cannes…

Moins excitant aussi… Parce qu'elle n'était pas en compagnie de Luciano.

Elle réalisa subitement qu'il lui manquait. Ils s'étaient aimés durant cette nuit, embrassés, enlacés, puis ils s'étaient quittés, et elle croyait que cela la soulagerait puisqu'elle ne voulait aucune attache, aussi brève fût-elle.

Ce n'était pas le cas.

Et si j'allais le rejoindre sur le bateau ? se dit-elle. À cette idée, son cœur se mit à battre plus vite. Bon, elle serait en totale contradiction avec la résolution qu'elle avait prise… Et alors ? La croisière n'était pas terminée, elle avait donc le droit de continuer à s'amuser !

Ce ne serait pas un engagement, mais simplement une prolongation de leur liaison. Au nom du plaisir, et de l'étonnante complicité sensuelle qu'elle partageait avec Luciano.

Un tel projet serait impétueux et risqué…

Ce serait tout à fait digne de Sophie, l'ancienne Sophie, avant qu'elle ne se compromette, par amour, avec Ryan.

Sophie regarda autour d'elle. À deux pas se dressait une cathédrale à l'architecture splendide. Elle aurait vraiment préféré découvrir ce haut lieu de culte avec Luciano…

Mieux valait qu'elle cesse de penser à lui, et qu'elle chasse ses fantasmes. *Rien de tel qu'un peu de shopping*, décida-t-elle en faisant demi-tour.

Elle se dirigea vers le centre-ville. Les rues étroites abritaient des dizaines de boutiques espagnoles traditionnelles, parfaites pour découvrir l'artisanat local. Poursuivant son exploration, elle tomba sur d'imposants magasins de créateurs, bijoutiers et ébénistes de luxe. Elle en admira les vitrines sans pour autant franchir le seuil de ces commerces. Elle préférait les endroits plus simples.

Lorsqu'elle eut fini d'arpenter la ville, elle marcha en direction de la marina. Elle avait besoin de faire le plein d'énergie avant de poursuivre la journée… Elle s'installa à la terrasse d'un café qui surplombait la promenade le long de la plage. De ce lieu, elle jouissait aussi d'un panorama complet sur la ville. Ravie, elle commanda rapidement à une serveuse souriante.

— *Café con leche, por favor.*

Par ces quelques mots, qu'elle prononçait avec un fort accent anglais, Sophie espérait montrer qu'elle appréciait son séjour et la langue du pays. Son effort fut récompensé car son café fut servi agrémenté gratuitement d'une pâtisserie saupoudrée de sucre glace.

— *Muchas gracias !*

— Excusez-moi, cette chaise est libre ? demanda soudain une voix d'homme derrière elle.

Sophie sentit son cœur faire un bond dans sa poitrine.

Elle avait tout de suite reconnu le timbre chaleureux et les intonations chantantes.

— *Buongiorno* !

— *Buenos dias, señorita*, répondit Luciano en espagnol, une étincelle taquine au fond des yeux. Mais tu m'as joliment dit bonjour en italien. *Grazie*.

— *De nada*, répliqua-t-elle, amusée. Que fais-tu ici ? Je croyais que tu travaillais.

— J'ai eu droit à une pause.

Luciano l'embrassa au coin des lèvres avant de s'asseoir. Jetant un coup d'œil au gâteau qu'elle avait commencé à goûter, il sourit.

— Je vois que tu te gâtes. Tu as bien raison. J'aurais voulu être avec toi pour que ce moment soit encore plus gourmand…

— La gourmandise te perdra, rétorqua-t-elle en abaissant ses lunettes de soleil pour lui décocher une œillade qu'elle voulait coquine.

À la seule évocation de leurs étreintes passionnées et secrètes, l'excitation affleurait de nouveau sur les parties de son corps que Luciano l'avait aidée à redécouvrir.

Il se mit à rire.

— Je crois que je peux te retourner ce compliment… Si c'est un compliment.

— C'en est un.

— Alors on se comprend, toi et moi, dit-il en soutenant le regard de Sophie.

Elle sentit son pouls s'accélérer.

— Donc tu es en pause ?

— Pour le déjeuner. Je te cherchais, ajouta Luciano. Je voulais te retrouver et te parler. Franchement, *bella*, je pense beaucoup à toi.

Sophie s'efforça de maîtriser l'émotion que ces simples mots provoquaient en elle. Si elle restait dans les pensées de Luciano, c'était réconfortant malgré tout. Même si, entre eux, ce n'était qu'une passade.

— Moi aussi, je pense beaucoup à toi, confia-t-elle. Après la nuit d'hier, difficile de faire autrement…

— Je suis d'accord.

Luciano gardait les yeux rivés sur elle, pensif, un léger sourire aux lèvres. Il l'examinait ouvertement ; tranquillement.

Tout se laissant ainsi observer, Sophie songea alors qu'elle serait capable de tordre le cou à ses projets personnels pour suivre Luciano de bateau en bateau dans des eaux inconnues… Et bizarrement, elle avait l'impression qu'elle serait la bienvenue auprès de lui. Il l'avait acceptée… Il l'accueillait dans ses bras et dans sa vie, elle le sentait.

— C'était si bon, murmura-t-il. Tellement bon.

Elle eut conscience que ses joues rosissaient.

— C'est vrai.

— Si nous étions libres, nous recommencerions…

— Parce qu'il y a une sorte d'attirance irrésistible entre nous, compléta Sophie, consciente du martèlement de son cœur dans sa poitrine.

— Irrésistible… *Magnetico.* Une situation tellement imprévue, n'est-ce pas, *dolcezza*… Je voulais te le dire et savoir si tu partages ce sentiment.

Sophie ébaucha un sourire. Luciano était direct ! Et il se montrait si charmeur… Mais il n'était pas question qu'elle se montre trop séduite. Elle s'était fixé une ligne de conduite. Quoi qu'il advienne entre eux, il n'était pas question qu'elle abandonne de nouveau tout pour un homme.

— D'une certaine manière, oui, avoua-t-elle. Je n'aurais pas passé la nuit avec toi si ce n'était pas le cas. Que dis-je, deux nuits…

— Et peut-être plus ? La croisière n'est pas tout à fait terminée.

Sophie fit signe que oui en espérant dissimuler son trouble. La proposition de Luciano venait faire écho à ce qu'elle pensait et espérait…

— Mais ensuite, quoi qu'il advienne, on se dira au revoir, dit-elle.

Luciano la dévisagea un long moment, l'air étonnamment sérieux tout à coup.

— Justement, c'était ce dont je voulais parler. Voilà pourquoi je tenais à te voir.

Il hésita, commanda un café, puis reprit la parole :

— Peut-être qu'entre nous, *Sophia*, ça continuera après ce voyage, même quand tu seras repartie en Angleterre.

Sophie resta muette, sceptique.

— Nous avons fait l'amour sans protection, *cara mia*. Je n'y ai pensé que tout à l'heure, ce qui est un peu bête de ma part, reprit-il. Je sais qu'il est trop tard pour te poser la question maintenant, mais… prends-tu un contraceptif ?

La gorge soudain nouée, Sophie secoua la tête.

Luciano garda le silence, le regard rivé sur elle.

Elle baissa les yeux, atterrée.

Pourquoi n'ai-je pas été plus prudente ?

L'interrogation tourbillonnait à son esprit, cinglante.

Oui, ils avaient été stupides tous les deux… Inconséquents comme des adolescents. Emportée par la romance et la passion, elle avait occulté la réalité et les éventuelles répercussions d'une telle négligence. Aucun des deux n'était ignorant en la matière. Ils auraient dû réfléchir et prendre des précautions. Sauf que l'un et l'autre avaient seulement écouté leurs désirs, et ils avaient agi précipitamment. Le recul ou les excuses n'y changeraient rien. Ils s'étaient amusés tels des invincibles, ils avaient joué avec le feu…

Et ils risquaient fort de s'être brûlés.

— Tu n'es pas plus irresponsable que moi, reprit Luciano sans la quitter du regard. Nous sommes deux adultes, Sophie… Deux adultes avertis. On a le droit à l'erreur… Et il existe la pilule du lendemain.

— Je suis au courant, merci.

Sophie éprouvait un profond malaise, tout à coup. Cette discussion venait mettre un terme définitif au rêve romantique dans lequel elle s'était laissée glisser un peu plus tôt.

— Mais écoute-moi, *carissima*, si jamais, par hasard, tu décidais de ne pas recourir à cette médication radicale, je serais heureux de croire en l'avenir et d'être là auprès de toi. Présent.

Perplexe, elle le contempla.

Elle ne s'était pas attendue à ce genre de paroles... Certainement pas. Elle ne comprenait que trop bien ce que Luciano impliquait. Jusque-là, elle avait été d'accord pour poursuivre leur liaison, flirter, s'amuser. Mais leurs relations n'étaient pas censées être sérieuses.

Comment ai-je pu être aussi inconsciente ? se fustigea-t-elle.

Une grossesse non désirée gâcherait ses projets de voyage en toute liberté. Elle serait obligée de rester dans sa maison du Kent, une région qu'elle voulait fuir...

Elle serait coincée.

Sans se douter de ce qu'elle pensait à cet instant, Luciano poursuivit en souriant d'un air rêveur :

— J'aimerais tant être père un jour, alors si d'aventure, tu étais enceinte, je veux que tu saches que je te soutiendrai. Ce n'est peut-être pas un début idéal pour une relation de couple, ça accélérerait tout, je sais, mais ça nous donnerait une bonne raison de rester ensemble... Et pour moi, ce serait une deuxième chance de fonder une famille.

Sophie resta muette de stupeur. Avait-elle bien entendu ? Luciano avait énoncé son intention de manière totalement sincère. Une lueur joyeuse brillait même dans ses yeux, comme s'il célébrait déjà la naissance future d'un enfant.

Elle sentit une barre d'angoisse lui contracter l'estomac. Ce n'était pas du tout ce qu'elle voulait... Pas du tout. La maternité, elle ne l'envisageait que plus tard, lorsqu'elle aurait assouvi son besoin de découvertes du monde...

— Luciano, même si, dans l'absolu, je te comprends, pour moi, c'est une autre histoire. Je n'ai pas envie de devenir maman maintenant ! Je veux voyager... D'ailleurs, je te l'ai dit, pas vrai ?

— Oui.

Il la regarda, l'air hésitant.

— Mais il fallait que je te parle.

— Eh bien, merci de ta franchise.

Lui, il espérait qu'elle attendrait un bébé parce qu'il souhaitait ardemment être père, sans se soucier de ce qu'elle désirait, elle ! Il n'avait pas précisé qu'il éprouvait des sentiments pour elle. Non, sa seule motivation était la paternité… C'était parfaitement égoïste.

— Sophie, ne te méprends pas sur moi, dit alors Luciano. Ce matin, quand je t'ai quittée, j'avais le goût de tes baisers sur mes lèvres… Et j'ai beaucoup pensé à toi. Beaucoup.

Il s'interrompit pour boire son café d'un trait.

— J'ai même imaginé que nous aurions pu aller chez moi, en Italie, dans ma famille, et je t'aurais présentée à tout le monde. Puisque j'ai vendu ma maison, et en attendant d'en trouver une autre, on aurait vécu chez mes parents, tu aurais été à l'abri, ma mère t'aurait préparé de bons repas, et tu aurais pu t'occuper de notre bébé…

— Quel programme ! s'exclama Sophie, sidérée. Et ma vie à moi, dans tout ça ? Tu y as réfléchi ?

C'était juste incroyable… Deux nuits ensemble et il envisageait déjà de l'installer dans un cocon loin de tout pour que rien n'arrive à leur bébé imaginaire ? Où était passé le médecin naviguant en quête d'horizons inconnus et épris de liberté ?

Soudain, la sonnette d'alarme retentit si fort à ses oreilles qu'elle en eut mal à la tête.

L'idylle paradisiaque, la romance de rêve menaçait de tourner au cauchemar.

Comment Luciano, qui était un homme avisé, expérimenté, pouvait-il supposer qu'elle adhérerait à un tel projet les yeux fermés ? Manquait-il de psychologie à ce point ?

Glacée en elle-même, Sophie s'appuya au dossier de sa chaise, se plaçant ainsi à distance de lui.

— Luciano, je suis sûr que de nombreuses femmes adoreraient te suivre sur ce chemin de vie… Mais pas moi.

Je croyais t'avoir expliqué que j'ai besoin de respirer… J'ai besoin de profiter de l'instant présent. Je ne peux pas me projeter dans ce que tu décris. Et je serais heureuse de connaître ta famille, oui, mais dans un autre but ! Comme une amie, tiens… Une de tes bonnes amies. D'ailleurs, au départ, nous devions rester amis !

— *Sì*. C'est vrai. Mais tu es plus qu'une amie maintenant. Je sais que nous venons juste de nous rencontrer, et c'est exactement pour cette raison que je vois tout si différemment. Est-ce que tu te sens bien avec moi ?

Prise de court, Sophie fut franche.

— Oui, très bien. Sauf quand tu me mets la pression pour…

— Chut !

Luciano lui posa un doigt sur la bouche.

— Je t'ai bien entendue, *carissima*. Tu veux être libre et voyager. Tu pourras toujours le faire ! Avoir un enfant n'empêche pas de vivre ce qu'on veut… Au contraire ! On se sent encore plus épanouis, plus curieux… Sophie, épouse-moi.

— Quoi ?

Elle se leva d'un bond. Le sang bourdonnait à ses tempes. Soit Luciano avait perdu la tête, soit il n'avait strictement compris à ce qu'elle lui avait dit. Une demande en mariage après quelques jours – et deux nuits – passés ensemble était à l'opposé de ce qu'elle voulait. Manifestement, il ne savait ni qui elle était ni ce qu'elle aimait, encore moins ce à quoi elle aspirait…

Ce qui, somme toute, était normal : entre eux, ce ne devait être qu'une aventure, point final.

Luciano se redressa à son tour.

— Sophie, ne te fâche pas. Tu es une femme merveilleuse, et je regrette de ne pas t'avoir rencontrée plus tôt…

— Tu étais en deuil. Tu me l'as dit. Tu n'avais pas la tête à ça.

— C'est vrai. Mais tout a changé depuis que je t'ai vue. Tu m'as ouvert la voie…

— Tant mieux, mais je ne vais pas pour autant abandonner ma vie et tous mes projets d'avenir !

Malgré elle, Sophie se sentait oppressée. Cette conversation lui semblait tellement ahurissante. De plus, la crainte d'être enceinte persistait maintenant à son esprit, car c'était possible. Mais même en recourant à un test de grossesse précoce, elle ne connaîtrait pas la vérité avant trois semaines.

— Je comprends bien, *Sophia*... Je suis un homme pressé de vivre, de revivre, et tu me plais tellement ! Pourquoi hésiter ? insista Luciano. On n'a qu'une vie, non ? Tu m'as fait comprendre que tu te sentais bien avec moi...

— Oui, mais ce que je voulais dire, c'est que...

En fait, il veut remplacer sa femme ! C'est tout !

Cette évidence la frappa de plein fouet.

C'était ce qui motivait Luciano en priorité.

— Je me sens bien avec toi, oui, avec ce qu'on a partagé pendant ce voyage, en tant que collègue de travail, amis... et amants ! Mais je ne veux pas de mari, ajouta Sophie d'un ton plus sec qu'elle ne l'aurait souhaité. Je ne veux pas me lier jusqu'à la fin de ma vie !

Luciano la contemplait, l'air malheureux. Elle essaya de se radoucir :

— Je suis désolée, vraiment désolée... Entre nous, c'était une romance de vacances. Voilà. Mais demain, je retourne chez moi, en Angleterre, et nous ne nous verrons donc plus. On s'écrira peut-être, qui sait...

Elle haussa les épaules.

— Mais je crois qu'il est plus simple qu'on se dise carrément au revoir.

Sur ces mots, elle pivota sur elle-même et s'éloigna d'un pas vif.

Elle tremblait presque, envahie d'un irrépressible mélange de chagrin et d'indignation.

Pas une seule seconde, elle n'avait prévu de mettre un terme aussi brutal à leur aventure. Au contraire, elle avait même aspiré à rejoindre Luciano sur le bateau, espérant qu'ils passeraient encore une nuit ensemble…

Mais vu ce qu'ils venaient de se dire, et compte tenu des désirs de Luciano, elle ne voyait aucune alternative. Strictement aucune.

Mieux valait rompre totalement.

Comment avait-il pu imaginer qu'elle accepterait de s'engager pour le reste de sa vie avec lui, qu'elle connaissait à peine ? Elle se sentirait encore plus gravement piégée que lorsqu'elle avait acheté une maison avec Ryan…

C'est fou, se répéta-t-elle en accélérant l'allure. Luciano croyait-il sincèrement qu'elle aurait déménagé en Italie, un pays dont elle ne parlait pas la langue et où elle aurait toutes les peines du monde à trouver un travail ? Peut-être aurait-il d'ailleurs préféré qu'elle ne travaille plus et qu'elle reste au domicile bien sagement, comme les femmes d'autrefois ? Afin qu'elle dépende de lui ?

Le cœur serré, Sophie secoua la tête, consciente qu'on la regardait sans doute avec curiosité. Peu lui importait. Elle éprouvait un tel tumulte intérieur…

Quand elle débarquerait en Angleterre le lendemain, au lieu de garder de beaux souvenirs enthousiasmants, elle aurait le cœur plus lourd que jamais. Exactement tout l'inverse de ce qu'elle avait espéré en entamant cette croisière. Elle n'aurait jamais dû céder à son désir pour Luciano. Elle s'était trompée, oui… Elle avait vraiment commis une erreur de jugement, une fois de plus. Cet homme n'était pas du tout fait pour elle.

Au moins avait-elle réussi à couper court.

Malgré tout, elle avait le cœur gros. Elle s'en voulait d'avoir été la victime très consentante de ses propres fantasmes, et des tactiques de séduction efficaces de Luciano. Car si elle n'avait pas accepté de boire un verre avec lui après l'intervention chirurgicale qu'ils avaient réalisée ensemble, il n'aurait pas eu l'idée de créer une ambiance des plus originales, et si cosy, dans ce petit salon où tout avait commencé entre eux…

Ensuite, ils ne seraient pas allés se promener sur le pont, au clair de lune… Ils ne se seraient pas réfugiés dans sa cabine… Comment aurait-elle pu se refuser à Luciano ? Elle avait tellement envie de lui, elle aussi ! Elle l'avait trouvé si beau, si charmeur… Irrésistible ! Elle s'était laissée aller et avait pleinement savouré leur liaison.

Mais à présent, c'était fini.

Elle devait continuer sa route. Plus tard, elle serait fière d'avoir tenu bon, de ne pas avoir dévié de son axe, et de ne pas avoir oublié qu'elle était Sophie Blythe, une femme libre et indépendante.

Désarmé, Luciano regarda la jeune femme s'éloigner d'un pas rapide et déterminé

Il aurait voulu lui courir après…

Étouffant un soupir, il régla l'addition et reprit la direction du port avec beaucoup moins d'enthousiasme que lorsqu'il en était parti.

Il avait mal décidément très mal interprété la situation. Pensant que Sophie apprécierait la spontanéité de sa proposition, il s'était lancé sans réfléchir, vraiment sur un coup de tête, emporté par son désir de fonder une famille. Avec elle. En Italie, dans le terroir familial, le berceau de son enfance…

En compagnie de Sophie, il s'était surpris à imaginer une nouvelle vie idyllique, où tout serait de nouveau possible… Il s'était senti tellement vivant, et vibrant, qu'un optimisme démesuré l'avait envahi. Résultat, il s'était montré d'une maladresse désolante, presque risible. Comment avait-il osé lui parler bébé et mariage ? C'était absurde ! Lui-même était-il sincèrement prêt à franchir le pas ?

Curieusement, il avait la sensation que c'était le cas…

Parce que Sophie lui inspirait confiance.

Certes, il ne la connaissait pas depuis longtemps, mais il avait eu l'impression que rien ne pourrait les séparer…

C'était incompréhensible.

Et maintenant, il avait tout gâché. Son empressement avait fait fuir Sophie.

Luciano s'aperçut que la jeune femme s'apprêtait à monter à bord du navire.

De nouveau, il céda à une impulsion.

— Sophie ! Attends !

Elle ralentit et se retourna vers lui à contrecœur.

— On ne peut pas en rester là. Oublie ce que je t'ai dit. C'était complètement idiot. J'ai parlé sans réfléchir ! avoua-t-il en se hâtant de la rejoindre.

Elle le dévisagea d'un air perplexe. Ses yeux brillaient comme si elle retenait des larmes.

— Qu'est-ce qu'il faut que j'oublie ? Que je risque d'avoir un bébé avec quelqu'un que je connais à peine ? Qu'il faudrait peut-être que je t'épouse ? Que j'abandonne tous mes projets personnels pour venir vivre dans ton domaine et mettre au monde le prochain descendant de la famille Montavano ?

Elle haussa les épaules.

— Impossible. Sache que je ne veux rien de tout ça, et je ne t'épouserai pas, ni maintenant ni jamais.

Luciano accusa le coup. Elle ne laissait vraiment aucune place à une possible réconciliation.

— D'accord. Je suis désolé. Le mariage est hors de question, message reçu. Mais nous pourrions toujours être ensemble, d'une manière ou d'une autre ! Tu m'as expliqué que tu voulais voyager… Je sais que c'est très important pour toi, comme ta liberté. Eh bien, tu es la bienvenue en Italie… Et on apprendrait à mieux se connaître.

Sophie leva les yeux au ciel.

— Tu ne comprends donc rien. Pour le moment, j'aspire à autre chose. On n'est pas du tout sur la même longueur d'onde. On est à l'opposé l'un de l'autre.

— Les contraires s'attirent, répliqua-t-il, dans une ultime tentative de la convaincre.

— Oui, paraît-il…

Sophie ébaucha un sourire un peu triste.

— Entre nous, l'alchimie a été très forte. Pourtant, on est incompatibles par rapport à l'essentiel… J'ai déjà vécu ce genre de relation où chacun fait des compromis au nom d'un idéal… Et ça ne fonctionne pas. Trop de frustrations s'accumulent, et tôt ou tard, ça casse. Je n'ai aucune envie de recommencer l'expérience.

— Tu as raison, admit Luciano. Mais quand même… Dis-moi ce que tu veux, et je te suivrai. Dis-moi tout ce que tu veux.

Visiblement surprise, Sophie le regarda dans les yeux, puis elle secoua la tête.

— Et voilà ! Tu pourrais oublier ce qui est important pour toi pour me rendre heureuse, moi ! Ce n'est pas une bonne idée si on veut qu'un couple dure longtemps. Ce n'est pas être honnête envers soi-même. J'ai été attirée par toi parce que tu représentes une forme de liberté…, poursuivit-elle. Tu es médecin sur un bateau, donc j'ai cru que tu aimais voyager. Mais en réalité, tu as fui la vie que tu menais avant, une vie que tu veux retrouver dès que possible, avec une autre femme. Il n'y a rien de mal à cela évidemment, je comprends tes motivations, mais ça ne colle pas avec mes projets… Si un jour, j'abandonnais mon travail et ma maison, ce serait pour entreprendre quelque chose d'extraordinaire et de très enthousiasmant.

Une fois de plus, Luciano accusa le coup. Sophie faisait preuve d'une telle froideur, presque hostile, que c'en était déstabilisant. Pourtant, écoutant son propre cœur, il ne parvenait pas à s'éloigner, à tourner définitivement les talons. Il aurait peut-être dû…

Il n'y arrivait pas.

— Si je comprends bien, pour toi, ce qu'on a partagé n'est ni extraordinaire ni enthousiasmant.

— Si…

Elle s'efforça de sourire.

— J'ai passé d'excellents moments que je n'oublierai jamais. Mais j'ai envie de continuer à voyager… Bon, j'avoue que tout aurait peut-être été différent si tu m'avais invitée à poursuivre notre belle aventure à bord de ce magnifique navire !

D'un geste ample, elle désigna le *Liberty* amarré dans le port et, contre toute attente, se mit à rire.

— J'aurais été l'amante du médecin… On aurait découvert des horizons exotiques au gré des croisières, et on aurait vécu une passion torride dans une cabine pour deux ! Mais revivre dès maintenant une vie de couple classique, ordinaire, non merci. Pour l'instant, je ne veux pas. En fait, ça me fait fuir.

Elle soutint le regard de Luciano.

— Tu resteras dans ma mémoire… Et maintenant, on doit se dire au revoir. Il vaut mieux qu'on ne se rencontre plus d'ici à la fin du voyage.

Luciano demeura immobile, consterné. Quand Sophie esquissa un sourire résigné, il devina que cette fois, elle lui avait vraiment tout dit.

Il n'arrivait pas à croire que tout se terminait si brutalement alors que, la veille au soir, leur avenir semblait plein de promesses…

Ce matin, quand il avait pris conscience qu'ils n'avaient pas utilisé de contraceptifs, il avait d'abord éprouvé de l'inquiétude, puis de la colère envers lui-même, puis… de l'espoir…

Un espoir insensé.

Il avait alors laissé libre cours à son imagination. S'il existait la moindre chance qu'il puisse devenir père, ne fallait-il pas la saisir ?

Cette perspective avait miraculeusement adouci la douleur et la tristesse larvées en lui depuis la mort de Renata. Soudain, il avait cru qu'il pourrait de nouveau être heureux.

Il avait confondu illusions et réalité.

Le visage fermé, la jeune femme s'avança vers lui et le regarda longuement dans les yeux.

— Je suis désolée, Luciano…

Elle se dressa sur la pointe des pieds et l'embrassa rapidement sur la joue. Puis elle tourna sur ses talons et se dirigea vers la passerelle du *Liberty*.

Elle ne se retourna pas.

Le cœur serré, Luciano eut la sensation qu'une fois de plus, le bonheur lui échappait. Il éprouva un chagrin brutal, profond, comme si on venait de lui arracher une partie de lui-même.

Il ne connaissait pas Sophie depuis longtemps, et pourtant, il savait que la vie ne serait plus jamais la même sans elle. Par sa simple présence, sa générosité et sa gentillesse, elle lui avait prouvé qu'il ne pourrait pas fuir pour toujours. Il avait une famille à retrouver. Ses parents, ses sœurs, son frère… Le cercle familial l'attendait.

Il aurait juste tellement aimé que Sophie l'accompagne…

C'était un rêve qu'il avait intérêt à vite oublier s'il ne voulait pas souffrir davantage.

14.

Cela faisait cinq semaines que Sophie était rentrée chez elle.

Parfois, elle avait la sensation que cinq ans s'étaient écoulés depuis son dernier jour à bord du *Liberty*…

À d'autres moments, elle avait l'impression que cinq heures à peine venaient de se dérouler.

Et pour cause…

Ce qu'elle avait découvert avait tout bouleversé.

Tout.

Son corps commençait déjà à changer, de façon discrète, mais elle remarquait chaque modification, même la plus infime. Ses seins qui se gonflaient chaque jour davantage ; sa peau qui semblait plus ferme, comme gorgée de sève ; les légers tiraillements dans le bas de son ventre…

Dès qu'elle avait constaté du retard dans son cycle, elle avait acheté un test.

Face au résultat positif, elle avait d'abord voulu nier la réalité. Deux nuits avec un homme, seulement deux nuits, et elle se retrouvait enceinte ?

Elle avait vérifié en se rendant dans un laboratoire d'analyses médicales. Le compte rendu biologique ne laissait aucune place au doute.

De sa croisière en Méditerranée, elle ramenait des souvenirs, des photos…

Et un enfant en devenir.

C'était une nouvelle tellement fracassante qu'elle n'en avait parlé à personne, pas même à Edith, curieuse de tous les détails de ce voyage qu'elle avait raté.

Sophie retourna au travail le surlendemain de son arrivée, retrouvant la maison de retraite aux façades grises dans laquelle elle exerçait. Elle fut heureuse de revoir ses collègues, ainsi que ses patients. Elle raconta sa croisière à plusieurs reprises, l'abordant sous un aspect différent selon la personne à qui elle s'adressait. À l'une, elle décrivait la mer imprévisible avec la vague qui avait déferlé sur le pont… À l'autre, elle racontait l'opération qu'elle avait menée avec Luciano.

À chaque fois, elle revivait des moments différents du voyage.

Ainsi, elle colorait son quotidien de nuances plus gaies, et réussissait ainsi, vaille que vaille, à être moins atteinte par les difficultés de son travail. Les personnes âgées et handicapées étaient, pour la plupart, adorables, et la connaissaient bien. C'était comme une famille…

Mais ce n'était ni palpitant ni exaltant, et Sophie avait du mal à accepter le fait qu'elle serait à ce poste pour longtemps encore.

Un samedi après-midi, Edith vint sonner chez elle à l'improviste.

En voyant la vieille dame, Sophie faillit fondre en larmes.

— Je suis si heureuse de te voir !

— Ma foi, on ne dirait pas ! lança Edith en l'observant d'un air sceptique.

Puis elle sourit gentiment.

— Allons, allons, que se passe-t-il ? M'invites-tu ou vas-tu me laisser me geler sur le pas de ta porte ?

— Oh ! pardon, entre vite.

Sophie s'écarta pour laisser sa voisine à entrer. Elle essayait encore de s'habituer au changement de température conséquent – presque 15 ° en moins puisqu'on était en octobre, une époque automnale quasi hivernale en Angleterre, alors qu'en Italie ou en Espagne, la saison demeurait estivale. Elle avait l'impression d'avoir froid tout le temps. S'adapter aux autres changements n'était pas plus facile ! Le matin, quand elle se levait pour aller travailler, il faisait encore nuit. Elle préparait ses repas seule, mangeait seule… La nuit, blottie sous la couette, elle s'efforçait de ne plus penser à Luciano. Ses rêves l'emmenaient alors vers la Méditerranée sous un ciel bleu azur…

Edith s'affala sur le canapé en laissant échapper un petit soupir.

— Oh ! là, là, l'humidité réveille mes rhumatismes !

Sophie l'aida à ôter son manteau qu'elle posa sur une chaise à côté.

— Mais tu as quand même l'air en forme, remarqua-t-elle.

Elle s'assit près de son amie et la contempla, toujours ravie de la revoir. Edith avait de belles couleurs aux joues, et une étincelle joyeuse pétillait dans son regard. Elle était heureuse, cela se voyait. Forcément. Suite à son malaise à bord du *Liberty*, elle avait retrouvé les siens et s'était épanouie en leur compagnie.

Moi aussi j'étais épanouie avec Luciano, songea Sophie, la gorge nouée.

Même si leur idylle n'avait pas duré longtemps, elle s'était sentie légère, bien dans sa peau et gourmande de la vie… Depuis son retour en Angleterre, elle avait la sensation de se recroqueviller telle une fleur à l'ombre, et pas seulement à cause du mauvais temps. Une part d'elle-même se trouvait loin, quelque part en Méditerranée, auprès de Luciano…

Elle avait bien conscience de se contredire, mais la vérité s'imposait à elle. Impossible de maîtriser le flux de ses pensées. Le contraste s'avérait trop brutal entre son quotidien ici, dans sa petite maison du Kent environnée d'un brouillard tenace à cette époque de l'année, et l'insouciance qu'elle avait connue durant la croisière. Malgré les événements dramatiques qui avaient jalonné les vacances, elle s'était sentie dynamique et emplie d'optimisme…

Si seulement Luciano lui avait donné le temps de s'habituer à partager à nouveau sa vie avec un homme, elle aurait réagi différemment. Elle ne l'aurait certainement pas épousé, non, mais elle aurait pu envisager de déménager en Italie, de vivre sur une terre ensoleillée et de goûter aux saveurs d'une nouvelle relation amoureuse.

Alors que maintenant, elle avait le moral à zéro.

Edith l'observait attentivement.

— Hum, hum. Si moi, j'ai en l'air forme, toi, tu dépéris.

Sophie ne put s'empêcher de sourire. Le caractère direct de la vieille dame ne cesserait donc jamais de la surprendre.

— Je m'en doute.

— Tu étais pourtant bien partie pour retrouver la forme, lorsque je t'ai laissée à bord du *Liberty*...

Sophie garda le silence.

— Que s'est-il donc passé ?

— Rien.

— Ta, ta, ta, ta.

Edith posa une main affectueuse sur le bras de Sophie.

— Je te connais assez pour savoir quand tu broies du noir. Il s'est produit quelque chose qui ne t'a pas fait du bien... Tes parents t'ont contactée, peut-être ?

— Non... J'aimerais bien ! J'ignore toujours où ils sont.

Edith connaissait l'histoire familiale de Sophie, et les liens distendus entre Sophie et les siens.

— Alors, c'est peut-être parce que tu as fréquenté ce beau médecin ? Quel était son nom, déjà ? Le Dr Mantavo ?

— Le Dr Montavano.

— Ah oui. Très gentil, ce Dr Montavano... Et surtout, extrêmement séduisant ! Et son accent italien, oh, quel charme ! ajouta Edith avec enthousiasme.

Puis elle lança un clin d'œil à Sophie.

— Il ne t'a pas invitée à boire un verre ?

Sophie acquiesça. Edith avait toujours lu en elle. Lorsqu'elle venait lui rendre visite à l'époque où elle vivait avec Ryan, elle voyait tout de suite si Sophie faisant semblant d'être heureuse.

— Justement, ça m'a surprise, avoua-t-elle.

Une légère nausée la gagna soudain et, d'instinct, elle posa une main sur son estomac.

— Un problème ? s'inquiéta Edith.

— Pas du tout.

Mais Sophie sentit que son démenti était trop rapide pour être plausible.

— J'ai un peu mal au ventre. Un virus, sans doute…

Les yeux d'Edith la scrutèrent pour tenter de percevoir ce qu'elle cachait.

Et si elle lui racontait la vérité, qu'est-ce que cela changerait ? Edith s'inquiéterait, poserait des questions, essaierait peut-être d'aider Sophie, de la conseiller… Et au final, Sophie n'accepterait pas que la vieille dame se mêle de sa vie à ce point. Même si elles étaient amies.

— Tu as sûrement besoin de te reposer, affirma Edith en esquissant un sourire malicieux. Ou de vacances.

— Ah, ah. Très drôle. Pour être franche, je ne pense pas que je voyagerai de nouveau avant un bon moment.

— Vraiment ? Quel dommage… Voyager pimente la vie !

— Je le sais bien, Edith. Mais je viens de reprendre le travail !

— Évidemment.

Edith garda le silence un court instant, les yeux toujours pétillants.

— À mon tour d'être franche. Je pensais que tu repartirais le plus vite possible pour rejoindre le beau Dr M.

Stupéfaite, Sophie contempla la vieille dame. Avec ses cheveux blancs coupés court, ses boucles d'oreilles bleu pervenche et son sourire, elle était absolument radieuse.

— Pourquoi imaginerais-tu une chose pareille ?

— Parce que j'ai bien vu que vous vous regardiez de manière, comment dire, insistante !

— Insistante ?

— Oui, ma très chère, comme deux adultes encore jeunes

et emplis d'énergie, seuls et finalement très libres… Libres et séduisants.

Sophie ne put s'empêcher de rire.

— Il est séduisant.

— Et tu es très jolie. Même si tu manques de confiance en toi, sache-le. Tu es très jolie, répéta Edith. Ne l'oublie jamais. En plus, tu es intelligente et généreuse. Bref, tu as tout pour plaire au Dr M.

— Edith ! protesta Sophie. On dirait que tu me pousses dans ses bras !

— Oh ! oh…

La vieille dame gloussa d'un air ravi.

— Je parie que je n'aurais pas du tout besoin de faire ça ! Je parie également qu'il y a eu une sorte d'étincelle entre vous, quelque chose de magnétique, on pourrait même penser à un coup de foudre et… Enfin, toujours est-il que ce sympathique Dr M. s'est débrouillé pour que je puisse te téléphoner à bord, alors que ce n'était pas du tout évident ce jour-là. Mais il tenait à ce que je puisse te donner de mes nouvelles parce qu'il savait que tu t'inquiétais pour moi.

Sophie baissa les yeux quelques instants. À quoi bon cacher la vérité quand, de toute façon, Edith avait tout compris ?

— C'est vrai, il a été très gentil. Et prévenant. En fait, Luciano et moi avons vécu une petite aventure.

Sophie essayait de feindre la nonchalance, mais le simple fait d'en parler la fit rougir, et son cœur se mit à battre plus fort.

— Je le savais !

Edith tapa dans les mains, visiblement ravie de la nouvelle.

— Je suis si contente pour toi ! Vous étiez faits l'un pour l'autre !

— Une minute, Edith, ce n'était qu'une romance de vacances ! Nous ne sommes pas restés en contact, et je ne le reverrai donc jamais.

— Jamais ?

Edith la contempla d'un air navré.

— Pourtant, vous étiez faits l'un pour l'autre..., répéta-t-elle obstinément.

— Pourquoi en es-tu si persuadée ? s'étonna Sophie, un peu irritée par une telle insistance.

— Je ne sais pas... C'est mon petit doigt qui me souffle cette intuition ! Je vous ai vus sur le bateau, j'ai écouté vos voix quand vous vous parliez, et j'ai eu l'impression que vous étiez au diapason.

— Alors que tu étais mal en point à l'infirmerie, tu as senti tout ça ?

Sophie lâcha un rire moqueur.

— Edith, malheureusement, la réalité est très différente. Luciano est un homme séduisant, et compétent, mais il a aussi beaucoup souffert puisqu'il a perdu sa femme... Il est encore en deuil, et il n'est pas prêt à refaire sa vie.

— Ah... Je comprends.

Edith ne put cacher sa déception.

— Tant pis. Je me suis fait des illusions.

— C'est gentil de ta part... Tu voudrais tellement que ma vie change pour le mieux, je le sais bien. D'ailleurs, j'ai une bonne nouvelle, poursuivit Sophie. Comme j'ai pris conscience, grâce à cette belle croisière, que je dois bousculer mes habitudes, je vais quitter mon travail, et vendre la maison.

Ses paroles la surprirent tellement qu'elle resta silencieuse ensuite pendant quelques secondes.

Qui l'eût cru ? Elle venait de prendre cette décision à l'instant même, grâce à sa discussion avec la vieille dame.

Edith écarquilla les yeux.

— Vraiment ? Tu démissionneras de la maison de retraite ? Et où iras-tu ?

— Je l'ignore encore. Pour l'instant, j'amorce le changement. Mais si je n'avais pas fait ce voyage, Edith, je n'aurais pas eu le courage de mettre un terme à tout ce qui me sape le moral depuis un moment. Pour oublier définitivement ce que j'ai vécu ici, avec Ryan, il faut que je déménage… Et le plus vite possible, ajouta-t-elle le cœur battant.

Et le bébé ? Comment ferai-je ? s'interrogea-t-elle simultanément.

Elle verrait bien… Elle s'organiserait. Elle ne serait pas la première femme, ni la dernière, à être enceinte tout en étant célibataire ! En tant qu'infirmière, elle trouverait facilement un nouveau poste. Dans son domaine, il y avait souvent beaucoup d'offres.

Il ne lui resterait plus qu'à déterminer où elle voudrait vivre. En Angleterre… ou au soleil, en Italie, par exemple ? À cette idée, elle réprima un sourire. La réponse s'imposait, évidente.

— J'aurais voulu t'en parler avant, mais tout s'est enchaîné très vite, reprit-elle, remarquant à quel point Edith était stupéfaite.

— Tant mieux ! Ma chérie, ne t'en fais pas pour moi… Je suis heureuse que tu aies pris cette décision. C'est la meilleure chose que tu puisses faire, affirma la vieille dame.

— Merci, Edith. Sans toi, rien ne serait peut-être arrivé, avoua Sophie. La croisière m'a en quelque sorte aéré l'esprit ! Et j'y vois plus clair, maintenant. Je vais partir d'ici… Sauf que ça me chagrine de te laisser et…

— Pas de souci ! l'interrompit gaiement Edith. Je me réjouis sincèrement que tu aies enfin le courage de tout quitter ! Parce qu'il faut du courage, oui… Ce n'est pas simple. Tu as tes habitudes, ton travail, tes amies…

— Mes amies sont surtout à l'étranger, puisque j'ai beaucoup voyagé. Quand j'étais petite, mes parents déménageaient souvent, si bien que je n'avais pas la possibilité de lier amitié avec qui que ce soit. Adulte, j'ai toujours beaucoup travaillé, donc je n'avais pas franchement le temps de sortir.

Sophie haussa les épaules.

— Mais j'ai décidé de changer de vie !

— Et c'est fantastique, renchérit Edith. D'autant que je

viens aussi te confier une grande nouvelle. En fait, mon fils John veut que j'aille vivre avec lui et sa famille en Espagne. Il a contacté un agent immobilier pour mettre ma maison en vente… J'ai accepté, évidemment. J'ai des soucis de santé, et comme je vais mieux pour l'instant, je veux profiter au maximum du temps qui me reste pour être avec les miens.

— Quelle magnifique nouvelle ! Je suis très heureuse pour toi…

Sophie la serra affectueusement dans les bras.

— Je suis heureuse, répéta-t-elle, mais ça me fait de la peine de savoir que je ne te reverrai peut-être plus.

Edith fronça les sourcils.

— Mais il n'est pas question qu'on se perde de vue ! Tu viendras me rendre visite ! John me charge de te dire qu'il y aura toujours une chambre pour toi quand tu en auras envie ou besoin. J'ai raconté à mon fils et à ma belle-fille comme tu t'es occupée de moi et je sais qu'ils sont impatients de te rencontrer. Tu passeras me voir à l'occasion de tes voyages, n'est-ce pas ?

Sophie sentit soudain que la vieille dame s'inquiétait, elle aussi.

— Bien sûr !

Elle lui prit les deux mains et les serra doucement.

— Tu es une vraie amie. Je t'écrirai, je t'appellerai, et nous nous retrouverons chez John. Et quand je serai installée dans ma nouvelle maison, j'espère que tu pourras venir me rendre visite.

— Ce sera ma destination prioritaire, assura joyeusement Edith.

Sophie sourit. Depuis qu'elle avait tissé de nouveaux liens avec sa famille, la vieille dame avait une vie enthousiasmante, c'était évident. Et pour cause ! Avant, elle passait ses journées seule, assise dans son salon au coin du feu, à regarder la télévision.

Et moi, peut-être qu'un jour, dans pas trop longtemps, je dînerai dehors, sous le ciel étoilé d'Italie, songea-t-elle.

Cette pensée lui semblait si naturelle…

D'autant plus qu'elle était enceinte de Luciano. Qui n'en savait toujours rien. Mais il serait sûrement très heureux d'apprendre la nouvelle…

Un bébé viendrait combler les espérances qu'il nourrissait, elle le savait.

Le fantastique rétablissement d'Edith prouvait que l'amour et l'amitié permettaient d'accomplir des miracles et de soulever des montagnes.

Quelques semaines plus tôt, lorsqu'elle était encore en voyage, Sophie n'avait pas pu croire que Luciano ait pu tomber amoureux d'elle si rapidement. Elle avait pensé qu'il était juste euphorique parce qu'ils venaient de se rencontrer…

Paradoxalement, au fond d'elle-même, elle savait pertinemment qu'il ne lui aurait pas demandé sa main s'il n'avait pas été sincère. Le mariage et la famille étaient très importants pour lui.

Si seulement elle n'avait pas aussi peur de tomber amoureuse… Elle se sentait si vulnérable ! Guidée par la crainte et les appréhensions, elle avait fui Luciano, et maintenant, elle avait le cœur gros.

— Allô, allô, la Terre à Sophie !

Edith interrompit brutalement le vagabondage mental de Sophie.

— Pardon, j'étais effectivement sur la Lune, avoua Sophie en s'efforçant de rire.

— Sur la Lune… Ou en compagnie secrète d'un bel Italien ? la taquina Edith.

Elle contempla Sophie d'un air indulgent.

— N'y a-t-il donc aucun espoir que vous vous remettiez ensemble ?

Sophie secoua la tête, consciente que, pour Edith, une femme et un homme ne pouvaient simplement pas vivre une aventure éphémère. La vieille dame avait épousé son premier amour cinquante ans plus tôt, et ne s'était jamais vraiment remise du décès de son mari.

Elle pensa alors à Luciano et au deuil douloureux qu'il s'efforçait de faire. Il avait été persuadé, lui aussi, que personne ne remplacerait celle qu'il avait tant aimée et qui voulait lui donner des enfants.

Mais il m'a demandée en mariage… Moi !

Ce n'était peut-être pas seulement pour remplacer sa défunte épouse…

Il éprouvait peut-être des sentiments sincères pour elle.

— C'est impossible. Je lui ai dit des choses trop dures… Et de toute façon, je ne saurais même pas où le trouver.

— Donc tu as envisagé de le rechercher ?

Oh oui…

Sophie avait même réfléchi, encore et encore, aux différents moyens de rester en couple avec Luciano, afin d'essayer de bâtir une vie de famille. Puisqu'ils auraient un enfant…

— Bien sûr. Ça m'a traversé l'esprit, admit-elle avec un sourire qui ne tromperait pas Edith.

— Je suis certaine que la compagnie de croisière pourrait le retrouver pour toi.

— Il faudrait que je le leur demande…

Edith arqua un sourcil légèrement moqueur.

— Mais justement, Sophie, oui ! Sollicite-les ! Crois-moi, les seules choses qu'on regrette sont celles pour lesquelles on n'a pris aucun risque. L'amour nécessite du courage… Et de l'audace. Il ne faut pas trop hésiter quand le destin est au rendez-vous, et qu'on rencontre, sur notre chemin, un être qui nous plaît corps et âme. Quel que soit l'âge, qu'on soit jeune ou non, il est essentiel de croire en nos sentiments, et de ne pas trop écouter la voix parfois très démoralisante de la raison !

Sur ces paroles vibrantes, Edith se leva et reprit son

manteau. Sophie l'aida à l'enfiler, puis elle la raccompagna jusqu'à la porte.

Ce que son amie venait de lui déclarer avec véhémence résonnait à son esprit, renforçant ce que son instinct et son cœur lui dictaient déjà.

Cours le risque…

— Je vais réfléchir à tout ça, ma chère Edith. Merci de tes conseils. Tant que tu es dans le quartier, poursuivit Sophie, n'hésite pas à me dire si tu as besoin de quoi que ce soit.

— Je n'y manquerai pas. John s'occupe de tout pour moi, mais je tiens à te revoir avant de repartir. J'espère que ce jour-là, tu auras réservé un billet d'avion et que tu sauras où est Luciano, insista Edith, décidément tenace.

Bien qu'admirant la force de son amie – son caractère ainsi que sa manière de croquer la vie l'avait certainement aidée à se rétablir –, Sophie resta franche.

— Je ne te promets rien.

Edith lui tapota gentiment la joue comme seule une grand-mère peut le faire.

— J'ai compris. Pas de promesse. Mais ne vis pas avec des regrets, surtout pas. Allez, à bientôt…

Elle commença à descendre les marches du perron, puis se retourna et sourit d'un air malicieux.

— Au fait, dis-lui vite à propos du bébé. Ce serait juste… Et cet homme fera certainement un très bon père.

Sophie resta bouche bée. Comment Edith avait-elle pu déceler le secret qu'elle-même commençait à peine à accepter ?

— Je le vois, c'est tout, dit la vieille dame. Je le sais… Tu as une main sur le ventre, tu souffres de nausées, et tu as cet éclat très particulier dans les yeux… Ma chérie, je te conseille vraiment d'oublier ta fierté et de penser à l'avenir en compagnie d'un homme qui t'aime sûrement déjà.

— Merci, Edith… Je te tiendrai au courant…

Après le départ de son amie, Sophie se dirigea vers la cuisine et se servit un grand verre d'eau. En vérité, elle avait déjà envisagé de contacter Luciano en passant par la compagnie maritime. Mais comment lui annoncerait-elle la nouvelle ? Même s'il rêvait de fonder une famille, il n'avait aucune obligation envers elle. Et comment réussirait-il à jouer son rôle de père s'il continuait à être un médecin navigant ?

D'un autre côté, peut-être avait-il déjà tourné la page définitivement. Peut-être l'avait-il déjà oubliée. Après le tourbillon exaltant d'un fantasme romantique, la réalité reprenait ses droits. Peut-être avait-il rencontré la femme qui l'accompagnerait dans ses désirs. *Alors que moi, j'ai peur de ce qu'il me propose. Le mariage, la vie de couple, la vie de famille… Je refuse ce qu'il veut*, songea Sophie.

Sauf que maintenant, avec la perspective de devenir maman, il faudrait qu'elle chasse ses craintes et qu'elle soit à la hauteur du défi qui l'attendait. Élever un enfant… Seule ou secondée par Luciano, ce serait le plus extraordinaire des voyages, elle le savait déjà. Voilà ce qu'elle commencerait par lui dire…

15.

— Laisse-moi au moins mettre la table, *mamma*, insista Luciano, espérant pouvoir se rendre utile.

— Non… Assieds-toi. Tu es notre invité, aujourd'hui.

Sa mère lui tint les épaules et le força à s'installer à l'avant de la grande table dressée sous la tonnelle.

— C'est la place de *papà* ! Qu'est-ce que j'ai fait pour mériter cet honneur ? s'étonna Luciano.

Il était gêné par cet empressement autour de lui. Ses parents, ses sœurs et son frère le traitaient comme s'il était une célébrité !

— Tu nous es revenu, mon fils, déclara alors son père avec fierté. C'est très important pour nous.

Luciano s'obligea donc à rester assis, et à regarder sa famille s'activer autour de lui. Ils garnissaient la tablée avec tant de nourriture qu'il y aurait eu de quoi sustenter une armée.

Sa gorge se noua. Pourquoi avait-il l'impression d'être un imposteur ? Un escroc qui bénéficiait de la générosité de personnes vulnérables ? Il ne méritait pas qu'on le complimente ou qu'on le flatte… Il ne tenait pas à célébrer ses échecs passés ou présents. En vérité, livré à lui-même, il se serait glissé discrètement dans son ancienne vie comme s'il ne l'avait jamais fuie.

— Je suis rentré à la maison il y a déjà un mois. Vous m'avez déjà accueilli, rappela-t-il.

Lorsqu'il était arrivé à l'improviste, les larmes de joie, les étreintes et les embrassades l'avaient convaincu qu'il avait pris la bonne décision, même s'il n'avait pas imaginé recevoir une telle profusion de signes d'affection.

Au fond de lui, Luciano voulait juste revenir à une existence normale. Du moins aussi normale que possible, sans Renata ni Sophie.

Il n'avait pas cessé de penser à Sophie. Quoi qu'elle ait pu penser, elle avait compté pour lui. Ça n'avait pas été qu'une simple aventure… Une *romance de vacances*, ainsi qu'elle l'avait formulé. Quand elle avait débarqué du bateau, il avait eu la sensation que son cœur se refermait, et la vie à bord du *Liberty* avait perdu tout son sel.

Pendant environ trois semaines, il avait espéré recevoir des nouvelles d'Angleterre, un courrier ou un appel de Sophie qui lui apprendrait que leurs nuits d'amour avaient permis la conception d'un bébé… Il avait continué à rêver.

Puis, au fil du temps, il s'était résigné. Il avait remis les pieds sur terre. Dans un sens, c'était grâce à Sophie, car elle l'avait incité à sortir de sa coquille et à revivre…

Et, oui, il aurait sincèrement adoré poursuivre avec elle, main dans la main.

Mais ce n'était pas le cas.

Il fallait qu'il l'accepte, tout comme il avait dû s'habituer à l'absence définitive de Renata.

Ce samedi, sous un soleil resplendissant pour un mois de novembre, il savourait sa chance d'être entouré et soutenu par sa famille, même si celle-ci ne savait rien de son dernier chagrin. Depuis son retour, c'était aussi la première fois que tout le monde se réunissait.

— Luciano, tu crois que nos parents oublieraient de célébrer le retour du fils prodigue ?

Carlotta, sa plus jeune sœur, lui tapota affectueusement l'épaule tout en portant, calé sur une hanche, son jeune fils. Elle posa un bol d'olives vertes sur la table et ajouta :

— En même temps, chez nous, toutes les occasions sont bonnes pour faire la fête !

— Oui, mais je suis le fils préféré, la taquina Luciano.

En prononçant ces mots, il se rendit compte à quel point cette simple complicité familiale lui avait manqué durant l'année qui venait de s'écouler. Revenir lui faisait vraiment chaud au cœur.

— Tu l'étais. Il y a d'autres jeunes garçons qui se battent pour ta couronne maintenant !

Et elle posa son chérubin potelé sur les genoux de Luciano.

— Il a tellement changé, observa Luciano en souriant. Ils ont tous beaucoup changé. Je regrette d'être resté loin si longtemps…

Il câlina son neveu, qu'il connaissait à peine, et regarda les enfants de son frère et de son autre sœur, l'aînée, qui jouaient dans le jardin. Ses regrets étaient sincères, tant parce qu'il n'avait pas vu grandir les petits que parce qu'il restait, lui, toujours sans descendant à ce jour.

Dans son malheur, il avait parfois envié les naissances successives dans sa famille. Puis son chagrin l'avait tenu à l'écart, isolé tel un solitaire qui ne voulait s'engager avec personne. En désespoir de cause, il avait fini par s'enfuir en s'engageant sur un bateau pendant près de un an.

Pendant tout ce temps, accablé par le deuil, préoccupé par son travail, persuadé qu'il serait incapable d'être lui-même père un jour, il avait délaissé les siens.

Dorénavant, il ne les ignorerait plus jamais. Certes, le mauvais sort l'avait jusque-là empêché d'être un mari ou un papa, mais il pouvait malgré tout être un bon fils, un frère et un oncle ! Dans ce cercle familial généreux, une nouvelle existence l'attendait.

— Nous sommes heureux que tu sois de retour, lança alors Sylvestro, son frère, en lui assénant une claque dans le dos. Au moins, maintenant, on peut te demander de faire du baby-sitting sans craindre que tu ne fasses une grosse bêtise.

— Sylvestro ! s'écria leur mère, indignée, en laissant tomber des couverts sur la table.

Tous les yeux se tournèrent vers Sylvestro. En silence, chacun exprimait la même désapprobation.

— Quoi ? fit Sylvestro, mains levées, la mine surprise.

Il était plus petit que Luciano, l'allure trapue, un peu en surpoids.

— On le pense tous, non ?

— Tu aurais pu le dire avec plus de tact, répliqua Emilia, l'aînée de la fratrie.

Et elle lui lança une olive sur la tête.

— Sylvestro n'est pas connu pour sa subtilité, intervint Carlotta.

— Ne vous inquiétez pas, je suis disponible pour faire du baby-sitting, et je me sens bien, affirma Luciano. Je vais nettement mieux.

Il ne voulait pas qu'il y ait le moindre malaise à cause de lui. Après tout, son frère s'était simplement montré franc.

Subitement, il se rendit compte de ce qu'il avait fait subir à sa famille. Ils s'inquiétaient de son état d'esprit, de son équilibre personnel… Qu'avaient-ils ressenti quand il était parti en mer sans rien expliquer réellement de ses motivations ? De plus, il avait réduit au minimum les contacts, ne téléphonant que rarement…

— Bon, tout est bien qui finit bien, et nous sommes tous heureux que tu sois là, Luciano. Santé !

Leur père leva un verre de vin et le reste de la famille l'imita, portant un toast.

Bouleversé, Luciano trinqua avec tout le monde sans lâcher Galen, le fils de Carlotta. Il le serrait tendrement contre lui, conscient du réconfort que celui lui procurait.

— Qui vient nous voir ? lança soudain son père d'un ton surpris. On attend encore quelqu'un ?

Il désignait un taxi qui venait de franchir le portail et roulait vers la villa.

Luciano balaya l'assemblée du regard. Tous les membres de la famille étaient bien présents à table.

Le véhicule s'immobilisa devant le perron, la portière s'ouvrit, et une jeune femme aux longs cheveux bruns en sortit. Elle portait une robe blanche ornée d'une ceinture jaune, et tenait une valise.

— *Ciao, possiamo aiutarti ?* demanda leur mère en se précipitant pour l'accueillir.

Luciano sentit son pouls s'accélérer.

Rêvait-il ?

Le cri joyeux que poussa au même instant le petit Galen lui prouva, si besoin était, qu'il était bien réveillé.

Il se leva de table et tendit l'enfant à sa sœur tout en captant les paroles prononcées par leur visiteuse.

— Pardon de vous déranger, je cherche Luciano…

— Oh… Tu la connais ? souffla Carlotta.

Luciano se contenta de sourire, le cœur battant.

— Oui. Tu vas vite tout savoir, promit-il.

Si Sophie venait le rejoindre sans avoir prévenu, c'était sûrement parce qu'elle avait une bonne nouvelle…

Il se hâta de la rejoindre en bas des marches. Ignorant les regards curieux qu'on braquait sur eux, il prit Sophie dans ses bras et l'étreignit doucement. Elle laissa échapper un doux gémissement, comme si elle s'abandonnait. La fatigue se lisait dans ses yeux bleus, mais elle était toujours aussi ravissante.

— J'aurais dû appeler avant, dit-elle. Désolée d'arriver à l'improviste.

Il se contenta de lui saisir la main.

— Viens.

Luciano craignait qu'elle ne se volatilise aussi vite qu'elle était apparue. Près d'eux, sa mère les observait d'un air incrédule et émerveillé.

Il paya le chauffeur de taxi.

— Comment m'as-tu trouvé ? demanda-t-il.

— Ça n'a pas été facile, avoua Sophie. J'ai d'abord réussi à joindre Patricia, puisqu'elle travaille toujours pour la compagnie de croisière qui t'avait embauché. Elle m'a indiqué que tu étais reparti dans ton village, dont elle m'a donné le nom. Ensuite, j'ai contacté la mairie et j'ai pu obtenir l'adresse de votre domaine familial.

— Et te voici… J'en suis si heureux, *Sophia*…

Il glissa un bras sous celui de la jeune femme et l'invita à le suivre vers la tablée familiale. Avisant soudain le groupe qui les contemplait, elle s'immobilisa net.

— Oh ! vous êtes entre vous… Il vaut mieux que je prenne une chambre dans un hôtel.

— Il n'en est pas question, ma mère ne le permettrait jamais.

— Absolument, renchérit celle-ci en s'emparant d'autorité de la valise de la jeune femme. Soyez la bienvenue, mademoiselle…

— Sophie. Sophie Blythe. Je suis une amie de Luciano.

— Je m'en doutais ! Une bonne amie, sûrement ! Venez donc déjeuner avec nous, ou boire un café si, par hasard, vous avez déjà mangé !

Et souriant d'un air ravi, Mme Montavano retourna s'asseoir à table après leur avoir fait signe de la suivre.

— J'aurais dû appeler avant, répéta Sophie, gênée.

— Ne t'inquiète donc pas. C'est merveilleux que tu sois là, affirma Luciano en lui prenant de nouveau la main. J'habite ici en attendant de trouver une nouvelle maison… Et tu es la bienvenue, tu l'as bien compris.

— Merci…

Elle lui jeta un coup d'œil et sourit.

— *Buongiorno…*, lança-t-elle à la cantonade.

Tous se levèrent pour la saluer et se présenter. Sophie serra la main à tout le monde tandis que Luciano sentait les regards emplis de curiosité braqués sur lui et la jeune femme. Comment expliquerait-il l'arrivée de Sophie alors qu'il ne savait pas, avec certitude, ce qui l'avait guidée jusque chez eux ? Il opta pour la simplicité :

— Sophie, voici toute ma famille. Vous tous, membres de ma chère famille, je vous présente Sophie !

Elle s'assit à côté de lui, et remercia poliment quand on lui servit des minipizzas dans une assiette.

— Comment vous êtes-vous rencontrés ? demanda Carlotta.

— Sur le bateau. Sophie était en vacances, mais comme elle est infirmière, elle m'a beaucoup aidé suite à différents incidents qui se sont produits à bord. Je vous ai parlé de cette vague, vous savez, la déferlante... Eh bien, Sophie s'est portée volontaire pour me donner un coup de main lorsqu'on a dû soigner les blessés.

Sa mère se signa rapidement.

— Je suis si heureuse que mon fils soit sur la terre ferme, à présent. Dis-moi, Sophie, qu'est-ce qui t'amène ici, à part mon fils ?

Sylvestro lui versa un verre de vin rouge, mais Sophie secoua la tête.

— Je vous remercie, je préfère un peu d'eau fraîche...

Surpris, Luciano l'observa. Elle gardait une main sur son ventre. Elle refusait de boire de l'alcool. Et...

Soudain, il sut pourquoi elle était là. C'était forcément pour lui annoncer une nouvelle merveilleuse, celle qu'il avait appelée de ses vœux sans plus y croire. Hélas, entourée de toute la famille de Luciano, obligée de répondre aux questions des uns et des autres, elle ne pourrait pas lui parler...

Il fallait qu'ils se retrouvent tous les deux. Vite.

Quand il croisa le regard de la jeune femme, il devina qu'elle pensait la même chose.

Il se leva de table et l'invita à l'imiter. Elle se redressa aussitôt, visiblement soulagée.

— *Mi scusi !* lança-t-il. Sophie et moi allons faire une petite promenade...

— Vous nous abandonnez ? protesta Carlotta.

— Juste un moment. On revient vite. Sophie va dormir ici et...

— Dans ta chambre, c'est mieux, intervint sa mère. Ah, je comprends mieux pourquoi je te trouvais changé à ton retour...

Elle sourit.

— *Amor e amor !*

Sophie rougit. Espérant dissimuler son émotion, Luciano lui prit la main. Elle le laissa faire. Ses doigts étaient doux, tièdes, si fins. S'il s'était écouté, il l'aurait enlacée devant tout le monde.

Il l'emmena vers un patio ombragé et fleuri, au bout du jardin, où il avait toujours aimé se réfugier.

— Je suis désolé que tous t'aient ainsi questionnée… Et ma mère qui ordonne presque que tu dormes dans ma chambre ! ajouta-t-il en s'asseyant sur un banc. La famille, que veux-tu… La famille italienne !

Sophie prit place près de lui.

— Ils sont très gentils et sympathiques. Tu as de la chance.

— Je le sais. Depuis mon retour, je m'en suis rendu compte plus que jamais.

Luciano regarda la jeune femme, résistant de nouveau à l'envie de l'embrasser, plongeant dans ses yeux bleus comme la Méditerranée.

— Pourquoi es-tu venue, *cara mia ?*

Elle ébaucha un sourire mystérieux.

— J'ai quitté mon travail et j'ai vendu ma maison. Edith, qui est en pleine forme maintenant, est partie vivre à Séville avec son fils… Et moi, j'ai décidé de changer de vie. Ici, c'est la première étape de mon nouveau voyage. Peut-être.

Perplexe, il la dévisagea.

— Tu ne resteras pas ?

— Je ne sais pas encore. Tout dépendra de ce qui va se passer quand…

— Quand quoi ?

Sophie leva les yeux vers le ciel, songeuse. Elle semblait chercher ses mots.

— Il faut que tu saches…

Enfin ! se dit Luciano, rongeant son frein.

— On a beaucoup parlé, toi et moi, de ton désir d'être papa, tu te souviens ?

— Évidemment. Comment pourrais-je l'oublier ?

— Eh bien, ça va arriver. Je suis enceinte.

— De moi ? Tu en es sûre ?

En prononçant ces mots, Luciano prenait lentement conscience de ce que cela impliquait. Une chaleur inconnue l'envahissait peu à peu, se diffusait dans tout son corps, de la tête aux pieds. Son cœur battait vite, très vite, bousculé par les émotions.

— Oui, je suis sûre, répliqua-t-elle sur un ton de reproche. Comment pourrais-je en douter ? Je n'ai pas rencontré d'autre homme depuis toi.

— Pardonne-moi. C'est que j'ai du mal à y croire. Un bébé ? Tu vas avoir un bébé…

Sophie fit signe que oui.

— Deux nuits… Et une vie entière pour en assumer les conséquences ! ajouta-t-elle, s'efforçant peut-être de plaisanter.

Mais Luciano n'éprouvait aucune envie de rire.

— Deux nuits d'amour, oui, et nous voilà ici, Sophie, à réaliser que nous avons conçu un enfant. C'est extraordinaire… J'en suis si heureux ! Je serai là, tout le temps, si tu le veux bien…

Sophie le contempla, une lueur incertaine au fond des prunelles. Puis elle sourit.

— Je le veux, oui, mais tout est allé si vite… Tout est si imprévu ! Quand je te mentionnais mon voyage il y a quelques minutes, c'est évidemment du voyage de la vie dont je parle. Parce que maintenant, je ne vais plus aller bien loin… Je vais d'abord penser au bébé…

Je vais d'abord penser au bébé…

Ces mots lui donnaient l'impression de rêver.

Mais elle était là, à côté de Luciano, à aborder cette nouvelle existence qui s'annonçait pour elle…

Et pour lui.

Il venait de réagir avec l'élégance qu'elle avait imaginée. Cet homme était décidément un gentleman. Elle n'en avait pas douté une seule seconde. Il y avait toutefois bien des doutes à dissiper encore.

— Luciano, merci, mais je ne voudrais pas que tu te sentes obligé de te sentir responsable de quoi que ce soit. Je vais chercher du travail, un logement, et nous nous entendrons sur les modalités de garde de notre enfant quand ce sera le moment…

En prononçant ces mots, Sophie s'efforçait de ne pas paniquer. En réalité, elle n'avait pas réfléchi sérieusement à la situation. Elle avait eu envie de quitter l'Angleterre, oui, et ensuite…

Elle verrait bien.

Sauf qu'avec un bébé, plus rien ne serait comme avant. Il fallait qu'elle soit lucide et responsable. Bien sûr, en venant annoncer la vérité à Luciano, elle espérait bien qu'il se montrerait toujours aussi bienveillant et ouvert… Ce qui se passait était tellement incroyable !

Luciano lui lança un regard sombre.

— Qu'est-ce que tu racontes ? Pourquoi compliquer les choses ? Pourquoi ne resterais-tu pas ici avec moi ? Je t'ai dit que je serai là pour toi… Pour vous deux. Je sais que je t'ai fait peur en te demandant en mariage, en imaginant que nous pourrions vivre ensemble, mais je voulais vraiment que ça marche entre nous…

Sophie le dévisagea en silence, le cœur battant.

— Et maintenant ? Tu le veux toujours ?

— Toujours, évidemment ! Je crois que je suis tombé amoureux de toi dès notre première rencontre sur le bateau, avoua-t-il. Je n'ai pas réussi à t'oublier… Au contraire, j'ai pensé à toi chaque jour depuis qu'on s'est quittés. J'espérais tellement que tu viendrais, mais je n'osais pas te contacter.

— Comment aurais-tu fait pour me retrouver ?

— Je me serais adressé à Edith. Elle était ma patiente, j'ai ses coordonnées.

Sophie sourit, touchée.

— Alors tu étais déterminé.

— Oui… Très. Sauf qu'il n'était pas question que je ne respecte pas ta volonté de conserver ta liberté. Donc je ne me suis pas manifesté.

— Tu aurais dû…, murmura Sophie. Moi aussi j'ai pensé à toi. Moi aussi je voulais qu'on se retrouve… Parce que j'éprouve des sentiments pour toi.

— Des sentiments…

Luciano lui prit la main et la caressa doucement.

— Les mêmes que les miens ? *Amore, amore*… Je t'aime, Sophie… Je t'aime de toutes mes forces depuis le premier jour ! *Ti amo*…

Elle le regarda encore, envahie d'une émotion étourdissante. Cet instant, elle l'avait rêvé.

— Moi aussi, je t'aime.

— *Cara mia*, tu m'as tellement manqué…

Luciano se pencha vers elle et appuya son front contre le sien.

— Toi aussi…

Toutes les incertitudes et inquiétudes que Sophie avait ressenties se dissipèrent miraculeusement lorsque les lèvres de Luciano rencontrèrent les siennes dans un tendre baiser. Il la regarda, une lueur émue au fond de ses prunelles veloutées.

— Je sais bien que tout va très vite, mais donnons-nous une chance, dit-il en posant doucement la main sur le ventre légèrement arrondi de Sophie.

— Je suis d'accord. On se connaît très peu et pourtant… J'y crois. Je crois en nous. Donc, je suis venue te retrouver, tout simplement.

Contre attente, Sophie réalisait à quel point ses priorités avaient changé. Elle était prête à bouleverser tous ses projets de vie pour être auprès de l'homme qu'elle aimait… Le père de son enfant.

— Merci, ma chérie, dit Luciano en l'enlaçant amoureusement. Je ne t'obligerai jamais à vivre ce que tu ne veux pas vivre. Si tu le souhaites, on pourrait commencer par louer une maison ensemble, et de cette manière, on verra comment ça se passe entre nous ? Pour le travail, je suis médecin au service des urgences de l'hôpital local, poursuivit-il. Peut-être que tu y trouveras un poste… Ou on pourrait aussi créer notre propre cabinet médical. Si on s'entend bien, qui sait où cela nous mènera ?

— À une nouvelle demande en mariage, peut-être ? suggéra Sophie, taquine.

Il se mit à rire.

— Il y a de fortes chances, oui…

— D'accord.

Il plongea son regard dans celui de Sophie.

— D'accord ?

— Oui… Et financièrement, nous n'aurons pas de problèmes parce que j'ai l'argent de la vente de ma maison en Angleterre, ajouta Sophie. Donc ça nous permettra de nous organiser sans précipitation.

— C'est parfait. Pas de précipitation, répéta Luciano.

Elle sourit.

— Pour le coup, on n'est pas très romantiques.

— La dernière fois que je l'ai été, tu m'as tourné le dos, rappela-t-il.

— C'est vrai. Mais tout a changé en si peu de temps… Je suis heureuse d'être ici avec toi… Et je crois en nous.

— Moi aussi, *amore mio*…

Luciano l'embrassa à nouveau, ravivant la passion qu'elle avait connue dans ses bras. Une passion qui semblait encore plus vive depuis qu'ils avaient partagé leurs sentiments.

Voyager jusqu'en Italie, enceinte, pour rejoindre un homme qu'elle ne connaissait que depuis peu de temps, aurait paru insensé à bon nombre de personnes, mais c'était exactement le genre de décisions que l'ancienne Sophie aurait pris. Elle ne pouvait que s'en réjouir…

Épilogue

Un an plus tard

— *Sei propria bella, cara !*

— Je pensais que ça portait malheur de voir la mariée avant le mariage ?

Sophie se détourna vite en voyant Luciano entrer dans la pièce.

— Depuis quand on s'en tient aux règles ?

Il se rapprocha vite, lui prit la main et la fit pivoter sur elle-même pour admirer sa robe de mariée.

— Tu es très belle…

— Tu n'es pas mal, toi aussi.

Sophie ne s'habituait toujours pas à sentir son cœur battre la chamade à chaque fois que Luciano paraissait devant elle. Ce jour-là, c'était encore plus percutant… En smoking, qu'il était beau ! Séduisant à en couper le souffle.

Même s'ils avaient opté pour une cérémonie discrète dans l'enceinte de la villa de ses parents, ils avaient chacun choisi une tenue de mariage traditionnelle. Sophie s'était amusée à découvrir des boutiques de mode italienne chic, en compagnie des sœurs de Luciano, et avait jeté son dévolu sur une longue robe de soie ivoire ornée de dentelle fine ; la coupe était simple, élégante et joliment près du corps.

La serrant tendrement contre lui, Luciano admira les fleurs qu'elle arborait dans ses cheveux. Ses yeux brillèrent.

— Tu sais, on pourrait sauter la cérémonie et commencer directement notre lune de miel…

Sophie éprouva une bouffée de désir lorsqu'il l'embrassa dans la nuque.

— C'est tentant… Sauf qu'on ne va quand même pas abandonner nos invités !

Elle songea à sa mère, qui venait d'arriver d'Angleterre, très émue à l'idée d'assister au mariage de Sophie et Luciano.

— Mais… Je pensais qu'on passait notre lune de miel à la maison ?

Elle attendait avec impatience ces quelques jours avec Luciano qui avait prévu d'être enfin en congé.

Les mois qu'ils avaient partagés sous le même toit pendant sa grossesse n'avaient fait que renforcer leur lien. Ils avaient appris à se connaître, et leurs sentiments n'en étaient que plus profonds. Après avoir d'abord loué un appartement, ils avaient fini par acheter une maison peu de temps avant la naissance de leur fils Alessandro.

Sophie ne s'était jamais sentie aussi heureuse… Elle ne travaillait plus pour l'instant, s'occupant à plein temps de leur bébé – et contrairement à ce qu'elle aurait pu imaginer, elle appréciait d'être totalement disponible pour sa famille. Elle savait toutefois que par la suite, le moment venu, elle reprendrait son activité professionnelle. Luciano et elle avaient le projet de créer leur propre cabinet médical dans le quartier où ils vivaient.

Luciano lui sourit d'un air espiègle.

— Tu n'as pas voyagé depuis un an… J'imagine que ça te manque ! ajouta-t-il en sortant deux billets de la poche de sa veste.

— Oh… Tu nous emmènes en croisière ?

En vérité, Sophie se moquait de l'endroit où ils se rendraient car elle prévoyait des câlins à profusion, de longues heures dans les bras de Luciano… De grandes pauses d'amour entre les moments de douceur consacrés à leur nouveau-né.

— Pas du tout. Le bateau, pour l'instant, c'est fini ! J'ai pris deux billets d'avion en première classe pour les Seychelles.

— Les Seychelles ? Tu es sérieux ?

— *Sì*. Juste toi, moi et des cocktails sur la plage.

— Le paradis, en somme ! Sauf que tu oublies notre petit Alessandro, on dirait…

Luciano se mit à rire.

— Tu sais, mes parents meurent d'envie de faire du baby-sitting, et en ce qui me concerne, je meurs d'envie que tu sois seule avec moi.

Sophie sourit, exaltée à la perspective de ces vacances au soleil, en compagnie de l'homme de sa vie. Un frisson de plaisir mêlé d'impatience l'envahit.

— Qu'est-ce qu'on attend, alors ? Allons vite nous marier !

Elle glissa un bras sous celui de Luciano. Elle avait hâte de prononcer ses vœux…

Des vœux de bonheur et d'amour pour toujours. Cette fois, elle ne se trompait pas, elle le savait…

JULIE DANVERS

Retrouvailles au Salvador

Traduction française de
CAROLINE JUNG

BLANCHE

HARLEQUIN

Titre original :
FALLING AGAIN IN EL SALVADOR

1.

Cassie Andover attendit plus de deux heures à l'arrêt de bus de Miraflores avant de se faire une raison : le bus ne passerait pas.

La journée avait été laborieuse. Après des adieux émouvants avec ses parents à l'aéroport de Manhattan, elle s'était acheminée vers la porte d'embarquement pour le Salvador quand on avait annoncé que le vol aurait du retard. Elle n'avait eu d'autre choix que d'attendre. Une fois arrivée à destination, le bus qu'elle aurait dû prendre pour Miraflores était parti sans elle depuis longtemps. Un autre bus était passé, tellement chargé qu'elle n'avait pas pu embarquer avec son énorme sac à dos. Elle avait pu monter à bord du troisième, par miracle presque vide.

Elle sursauta et prit conscience qu'elle avait somnolé pendant tout le trajet. Elle regarda par la fenêtre en clignant des yeux. Sur les collines, des plantations de café verdoyantes s'étendaient à perte de vue, devant les montagnes couronnées d'une brume bleue qui se dressaient dans le lointain.

— Miraflores, annonça le chauffeur du bus en se tournant vers elle.

Il ouvrit les portes et attendit.

Elle jeta un autre coup d'œil par la fenêtre. Il n'y avait aucune trace de bâtiments, rien qui indique la présence d'une ville.

— Mais il n'y a rien. Miraflores est une ville, dit-elle. Ici, il n'y a rien.

— Ça, c'est l'*arrêt de bus* de Miraflores, répondit le chauffeur. Mais si vous voulez aller à Miraflores à pied, il vous faut couper vers l'est. Il y a un peu plus de trois kilomètres. Ou trouver quelqu'un pour vous y emmener par la route. C'est à une dizaine de kilomètres.

Cassie regarda ce que le chauffeur venait de désigner comme « arrêt de bus » : un carré d'herbe flanqué d'un plot en béton qui devait être une borne kilométrique, devant laquelle la route s'étirait à l'infini au milieu d'un paysage identique à celui que le bus avait traversé au cours de la dernière heure du voyage.

— On doit venir me chercher à l'arrêt de bus de Miraflores, vous êtes sûr que c'est bien ici ?

— C'est le seul arrêt de bus de Miraflores que je connaisse, dit le chauffeur. Ensuite, moi je continue sans m'arrêter jusqu'à San Alejo.

Elle jeta un coup d'œil à son portable. Pas de réseau. Si elle poursuivait jusqu'à San Alejo, elle pourrait au moins téléphoner. Mais cela signifiait prolonger le voyage en bus encore plusieurs heures. Après la journée qu'elle venait de passer, elle avait besoin de faire une pause. Même si cela impliquait de rester assise sur une borne kilométrique au milieu de nulle part.

Elle extirpa son sac à dos de la soute et s'écarta sur le bas-côté en regardant le bus repartir dans un nuage de fumée. Le ciel était clair, l'atmosphère, silencieuse et paisible, animée à l'occasion par le chant d'un oiseau. La route longeait les plantations de café et des étendues de fougères qui se transformaient rapidement en une dense forêt tropicale.

À part les plantations de café, aucun signe de civilisation n'était décelable. Cassie était seule. Du moins, presque. Une poule sortit de sous les fougères pour aller picorer le bord de la route.

C'est toi qui as voulu quitter New York, se dit-elle, *tu voulais te rapprocher de l'essentiel. Avec une poule pour seule compagnie, tu es en bon chemin…*

C'était un besoin désespéré de changer d'air qui l'avait

amenée au Salvador. Être considérée comme la meilleure gynécologue obstétricienne de New York avait un prix, et des années passées à satisfaire les exigences des mères de la jet set l'avaient à la fois épuisée et désabusée. Jamais elle n'aurait imaginé que donner naissance à des bébés puisse mener au surmenage.

Cassie était elle-même née avec une cardiopathie congénitale. Rien n'était à ses yeux plus important que de pouvoir aider les mamans et leurs bébés dans la période charnière qu'était la naissance. Mais sa réputation avait fini par donner une tournure inattendue à sa carrière, et toutes les familles les plus aisées et les plus célèbres de New York s'étaient mises à vouloir s'attacher ses services. Au début de sa carrière, il n'était pas rare que certaines patientes demandent d'accoucher dans l'eau ou qu'on diffuse une musique particulière en salle d'accouchement mais, dans ce milieu-là, il était devenu banal de mettre son enfant au monde au son d'un quatuor à cordes ou dans un bassin empli d'une eau hors de prix ayant au préalable traversé certaines roches volcaniques. La patientèle de Cassie voulait vivre une maternité sur mesure et n'hésitait pas à manifester son mécontentement si ses requêtes souvent extravagantes n'étaient pas satisfaites.

« J'ai l'impression de ne plus savoir qui je suis, avait-elle dit un jour à sa collègue Vanessa. Je m'épuise à la tâche pour des patientes qui se plaignent que les noix de cajou de leur salade macrobiotique sont hachées trop fin, ou que la conseillère en lactation ne sait pas utiliser leur tire-lait Vuitton. »

« Les gens riches pensent qu'ils peuvent acheter tout et n'importe quoi, avait répondu Vanessa. La semaine dernière, la femme d'un sénateur a hurlé pendant une demi-heure parce que je refusais de baigner son bébé dans de la San Pellegrino – l'idée venait d'une chanteuse qui avait eu des jumeaux quelques mois auparavant. Elle m'a presque menacée et dit que j'aurais de ses nouvelles si son enfant n'était pas pris à la Collegiate School de New York. »

Cassie avait secoué la tête.

« Moi qui m'imaginais à trente ans avec un métier passionnant et un homme dans ma vie. Aujourd'hui, je suis toujours célibataire et j'en viens à me demander si je suis encore faite pour être médecin. »

« Tu as peut-être simplement besoin de changer d'air. C'est normal que tu ne saches plus qui tu es. Nous passons notre temps à supporter les caprices de parents immatures, cela n'a plus rien à voir avec ce qui nous plaît dans notre métier. Peut-être que changer de cadre te ferait recouvrer ton enthousiasme… »

Les paroles de Vanessa lui avaient trotté dans la tête pendant des semaines. Son cœur battait un peu plus vite à l'idée de quitter le Brooklyn General Hospital pour autre chose de plus… De plus quoi ? Elle n'en avait aucune idée. Elle avait un travail stable et bien payé dans la meilleure maternité de la ville. Que voulait-elle de plus ?

Cela n'avait aucun sens de quitter son poste. D'ailleurs, elle ne l'aurait certainement pas fait spontanément si on ne lui avait pas proposé une promotion.

Les administrateurs du Brooklyn General lui avaient demandé de devenir chef du service maternité. Elle avait réfléchi mais, juste avant d'accepter, elle avait eu un flash des dix prochaines années de sa vie : plus d'heures en service, plus d'exigences abracadabrantes de la part de patientes fortunées, moins de jours de congé. Des centaines de bébés plus riches qu'elle le jour de leur naissance. Des heures passées à tranquilliser des parents non pas parce que l'accouchement les impressionne et les stresse mais parce qu'on n'a pas saupoudré la quantité précise de cannelle qu'ils avaient exigée sur leur cappuccino. À expliquer à des mères que non, elles ne peuvent pas garder leur placenta, même si d'autres célébrités prétendent, sur les réseaux sociaux, avoir conservé le leur…

Visualiser son avenir à l'hôpital lui avait donné un haut-le-cœur. Elle ne pouvait plus ignorer la petite voix qui lui rappelait qu'elle avait envie d'autre chose. Du reste, cette voix n'était plus si petite. De fait, jamais elle ne s'était exprimée aussi fort.

Devant les administrateurs, elle avait ouvert la bouche pour dire oui à son avenir sécurisé et prévisible, mais s'était entendue dire : « Je démissionne. »

Ensuite, elle avait profité de son nouveau temps libre pour éplucher les propositions d'embauche à l'étranger. Médecine Internationale, une organisation humanitaire qui envoyait les travailleurs médicaux dans le monde entier, avait besoin de gynécologues obstétriciens.

Voilà comment, six mois plus tard, elle se retrouvait assise au bord d'une route déserte du Salvador, avec pour seule compagnie une poule. À se demander dans quoi elle s'était fourrée.

Depuis combien de temps n'avait-elle pas pris de risques ? Elle avait grandi entourée d'adultes bien intentionnés passant leur temps à vouloir la protéger de tout. À cause de sa cardiopathie, ses parents ne cessaient de lui dire d'aller doucement, de faire attention, même quand il s'agissait simplement de faire du vélo ou de jouer à chat avec les autres enfants.

Ils avaient de bonnes raisons d'être surprotecteurs mais elle ne pouvait s'empêcher de pester contre toutes les règles et les restrictions qui avaient régi sa vie. Jusqu'à la guérison, du moins. S'était ensuivie une phase de libération, à l'époque où elle était entrée à la fac de médecine. Son cœur était en forme et, pour la première fois de sa vie, elle était bien décidée à vivre sans peur. Elle s'était donc jetée à corps perdu dans des activités plus téméraires les unes que les autres. Elle s'était acheté une moto pour aller explorer la campagne autour de New York. Elle avait pris des cours d'escalade et adoré le frisson que lui procurait l'altitude. Elle avait aussi passé beaucoup de temps dans les bars à karaoké, où elle s'époumonait sur toutes sortes de chansons de variété.

Et elle était sortie avec un interne en chirurgie qui supervisait son stage clinique.

Les internes et les étudiants en médecine n'étaient pas censés sortir ensemble, mais Cassie en avait assez des règles. Elle avait envie de suivre son cœur, pour une fois, au lieu de chercher à le protéger à tout prix. Une histoire magnifique, jusqu'à ce qu'elle commette une erreur terrible.

Ses professeurs avaient toujours loué sa capacité à prendre des décisions rapides et audacieuses dans les situations cliniques. Étudiante brillante et douée, ivre de liberté et de confiance pour la première fois de sa vie, elle n'hésitait jamais à contester si à elle, cela paraissait juste.

Ce soir-là, il lui avait paru juste d'inciter l'équipe de chirurgie à prendre un risque avec un patient. Elle n'était pas responsable de la décision finale – qui appartenait à l'interne – mais il était évident que, si elle n'avait pas insisté, si elle ne l'avait pas persuadé de passer à l'action, il n'aurait jamais fait un choix aussi hasardeux.

De plus, s'il n'y avait pas eu une histoire entre eux, il l'aurait peut-être simplement remise à sa place et ignoré ses protestations.

Et la rupture qui s'était ensuivie n'aurait probablement pas eu lieu.

Le patient avait survécu mais tous deux avaient fait l'objet de mesures disciplinaires. L'interne en question avait été soumis à une période probatoire et s'était vu refuser une bourse pour laquelle il avait postulé. Elle, par contre, n'avait reçu qu'une réprimande de la part du comité chargé de la formation à l'hôpital. Elle avait encore honte de la facilité avec laquelle elle s'en était tirée.

Rongée par la culpabilité, elle avait rompu avec lui afin de ne pas lui causer davantage de tort qu'elle n'en avait déjà provoqué, si de surcroît les gens apprenaient qu'ils avaient une relation.

Elle lui avait laissé un mot bref, incapable d'exprimer autrement ce qu'elle ressentait. Elle s'était trouvée un peu honteuse de disparaître au milieu de la nuit mais savait qu'une fois en face de lui, elle n'aurait jamais le courage de rompre. Or, il fallait rompre. Et, si elle pouvait gérer son chagrin d'amour, il lui était par contre impossible de supporter l'idée de faire du mal à une aussi belle personne que lui.

Elle avait demandé un congé à l'université et était retournée vivre un temps chez ses parents. Elle avait repris sa formation à l'automne suivant, en se jurant de faire preuve de davantage de prudence et de discernement à l'avenir. Cela n'avait pas empêché la culpabilité de la consumer.

Elle avait atterri dans un nouvel hôpital. Toutes les personnes qu'elle fréquentait auparavant étaient passées à autre chose. Y compris, apparemment, le jeune chirurgien dont elle avait été amoureuse. Elle n'avait pas entendu parler de lui dans le milieu médical new-yorkais et elle était bien décidée à ne pas partir à sa recherche. En sortant avec lui, elle avait enfreint les règles dès le départ. Cela faisait partie de sa période rebelle et irresponsable, qu'elle comptait bien laisser derrière elle.

C'était le meilleur moyen pour que personne d'autre ne souffre, ni dans sa vie sentimentale ni dans sa vie professionnelle. Elle s'était immergée dans le travail. Au lieu d'aller escalader des parois et chanter dans les karaokés, elle faisait des services de douze heures à l'hôpital. Ses collègues la complimentaient et admiraient son dévouement. Mais, en son for intérieur, elle n'estimait pas mériter leur reconnaissance. Elle travaillait d'arrache-pied pour recouvrer un peu d'estime d'elle-même, après avoir commis une erreur monumentale.

Cela dit, ses efforts s'étaient révélés payants : cinq ans plus tard, elle était la gynécologue la plus demandée de New York. Elle avait du succès, elle était respectée dans sa profession.

Et très seule.

Le travail occupait ses journées et elle n'avait plus le temps de s'amuser. Mais cette envie de « quelque chose de plus… » la taraudait, même si elle s'efforçait de la chasser de son esprit.

Elle était persuadée que, si elle avait accepté la promotion et était restée à New York, elle aurait totalement mis en veilleuse son besoin d'aventure. Alors que, pour la première fois depuis l'université, elle avait décidé de prendre un risque. Et elle était déterminée à en profiter à fond, sans faire de mal à quiconque, cette fois.

Elle scruta les montagnes au loin et éprouva un frisson d'excitation, en dépit de la fatigue. Elle avait lu que le Salvador était l'un des pays les plus beaux du monde. Ce qu'elle avait sous les yeux le confirmait. La part d'elle qui avait besoin de changement se réveillait doucement.

Cela dit, avant de se lancer dans l'aventure, il fallait déjà trouver le camp médical. Elle leva les yeux vers le ciel, où le soleil commençait à décliner.

Si le point de rendez-vous était bien celui-là, pourquoi personne n'était venu la chercher ?

Elle se leva et s'étira. Cela lui avait fait du bien de s'asseoir un moment mais, à présent, il fallait qu'elle bouge. La forêt tropicale et les plantations de café étaient magnifiques en plein jour, mais l'idée de passer la nuit dehors ne l'enchantait pas.

Elle jeta un coup d'œil à son énorme sac à dos et eut un pincement au cœur en pensant à la moto qu'elle avait dû vendre avant de partir. Non qu'elle ait tellement eu l'occasion de rouler avec, puisque sa Kawasaki Z650 était restée enfermée dans son garage pendant qu'elle travaillait soixante heures par semaine.

Tu voulais revenir à l'essentiel, se rappela-t-elle. *Tu y es, non ?*

De fait, il s'agissait simplement de marcher encore un peu. *Trois kilomètres et quelques en coupant par là. Le corps courbatu et quelques heures de sommeil en retard. Tout en trimbalant un sac à dos géant contenant la totalité de tes biens matériels.*

Elle soupira, hissa le sac à dos sur ses épaules et se mit à marcher en direction de Miraflores.

Bryce Hamlin eut la confirmation que le bébé se présentait par le siège. Il s'en doutait. Il suivait la grossesse de Mme Martinez de près depuis qu'elle était arrivée au camp avec toute sa famille souffrant de malaria. Son mari n'avait pas survécu. Mme Martinez et son fils de dix ans, Manuel, avaient guéri mais elle était enceinte de six mois, à l'époque. Bryce savait qu'une grossesse difficile aboutissait souvent à un accouchement périlleux.

Aussi n'avait-il pas été surpris quand Enrique Garcia, le directeur médical du camp, lui avait annoncé que le travail de Mme Martinez avait commencé et que la sage-femme avait besoin de renfort. Enrique l'avait arrêté alors qu'il était déjà sur sa moto, s'apprêtant à aller chercher le nouveau gynécologue qui était censé l'attendre à l'arrêt de bus de Miraflores – et qui devait se demander pourquoi personne ne l'y avait accueilli.

Bryce entra dans la tente qui servait de salle d'accouchement. Anna, l'une des sages-femmes, l'accueillit avec un soulagement manifeste.

— Le col est dilaté mais le travail ne progresse pas. Je ne suis pas sûre qu'un accouchement par voie basse soit possible. Il va peut-être falloir faire une césarienne pour éviter les complications.

Bryce hocha la tête. Même si la césarienne évitait certaines complications, il préférait l'éviter dans la mesure du possible. Sans appareils à ultrasons ni moniteurs fœtaux, la césarienne pouvait générer autant de problèmes qu'elle n'en évitait.

Un léger tremblement de sa main lui rappela que le manque d'équipement moderne n'était pas le seul facteur de risques. Il s'efforça de l'ignorer et se concentra sur le bébé, dont il vérifia la position. Il posa la main sur l'abdomen de la patiente, soulagé de voir qu'elle restait calme.

— Vous ne pouviez vraiment pas attendre que je revienne avec le nouveau gynéco ? dit-il en plaisantant.

Mme Martinez lui sourit.

— Le bébé voulait naître avec vous, dit-elle, un faible sourire sur les lèvres. Vous vous êtes tellement bien occupé de nous depuis notre arrivée au camp.

— On va tenter la voie basse, dit-il, mais il faut être prêt à faire une césarienne si nécessaire.

Bryce encouragea la patiente à pousser à chaque contraction et attendit patiemment que les fesses du bébé apparaissent. Anna lui jetait par moments un regard inquiet mais il continua à laisser Mme Martinez et son bébé accomplir le travail naturellement. C'était le meilleur moyen pour que la situation évolue favorablement, même si tout le poussait à intervenir, y compris les regards appuyés d'Anna. Dans ce cas précis, mieux valait attendre.

Sa confiance fut récompensée et il put tirer les jambes du bébé tout en prenant la serviette que lui tendait Anna.

— C'est une fille, murmura Anna à Mme Martinez dont le visage affichait un mélange de souffrance, de joie et d'épuisement.

Il enveloppa les jambes du bébé dans la serviette et se mit à le tirer doucement à chaque contraction, jusqu'à ce que l'épaule et le bras gauches soient sortis.

Le plus compliqué restait à faire.

Lentement, il fit pivoter le bébé à 180 ° et sentit ses pommettes sous ses doigts. Il fit un signe de tête à Anna.

— On y va, dit-il.

Anna posa la main sur le ventre de la patiente et appuya tandis que Bryce tirait de son côté. Soudain, la procédure qui avait commencé très lentement s'accéléra, et Bryce se retrouva avec un petit corps glissant et gigotant entre les mains. Le bébé emplit ses poumons d'air et se mit à crier haut et fort pour annoncer son arrivée.

Il le déposa dans les bras de sa mère et sourit face à cette image intemporelle d'un parent découvrant le petit être qu'il vient de mettre au monde.

— Félicitations à toutes les deux, dit Bryce. Vous avez été courageuses.

— Merci d'avoir été là, docteur, dit Mme Martinez en souriant, sans quitter son bébé des yeux. Je sais qu'avec vous, nous étions entre de bonnes mains.

Bryce sentit ses mains tressaillir. Les tremblements étaient toujours plus forts quand il était fatigué.

— Je vous laisse faire connaissance, dit-il avant de sortir de la tente.

Une fois dehors, Bryce alla s'asseoir sous un gros balsa et s'adossa au tronc. Il poussa un gros soupir. Ses mains traîtresses s'étaient apaisées. Elles tremblaient rarement, désormais, mais toujours au moment le plus inopportun. Il s'étira les doigts et prit quelques minutes pour se détendre.

Il avait été chirurgien, à deux doigts de terminer son internat. Il avait toujours rêvé de devenir neurochirurgien, de réaliser des opérations du cerveau et de la moelle épinière. Mais, à cause d'un conducteur ivre sur l'autoroute, sa vie avait volé en éclats. Après l'accident, il lui avait fallu des heures de rééducation pour recouvrer la souplesse et la maîtrise de ses doigts. Mais aucun traitement ne lui permettrait jamais de récupérer totalement l'usage de ses mains ni d'empêcher les tremblements qui se manifestaient par moments. Jamais plus il ne pourrait être chirurgien.

Il s'était imaginé que l'accident marquerait la fin de sa carrière de médecin, mais l'un de ses professeurs lui avait suggéré de plutôt changer de spécialité. S'il ne pouvait exercer la neurochirurgie, pourquoi ne pas devenir gynécologue obstétricien ? Dans ce métier, les risques que les tremblements passagers de ses mains faisaient courir à ses patients étaient négligeables.

L'obstétrique n'était pas aussi séduisante que la neurochirurgie. Elle ne procurait pas la même excitation. Mais elle avait d'autres avantages. Il avait découvert le plaisir du lien qui se créait entre ses patientes, leurs familles et lui. Lien parfaitement incarné dans les petites mains fouillant la poche de sa blouse blanche.

— Je n'ai pas de chocolat, Manny, dit-il en croisant le regard coupable du petit garçon pris la main dans le sac. Mais j'ai un autre cadeau pour toi, aujourd'hui : tu as une petite sœur.

Manuel Martinez fronça les sourcils.

— Je l'ai vue. Je vais m'ennuyer avec une fille !

— Un jour, tu changeras d'avis, dit Bryce en riant.

— Elle s'appelle Rosibel.

— C'est un joli prénom. Il lui va bien.

— Mais c'est un bébé. Elle ne sait rien faire.

— Elle est encore petite. Comme toi quand tu es né. Tu étais comme elle, à ta naissance.

Manny lui décocha un regard dubitatif. Le petit garçon s'était lié d'amitié avec lui dès son arrivée au camp et le regardait avec des yeux emplis d'admiration.

— Je croyais que les docteurs qui font naître les enfants étaient des femmes.

— Eh bien, tu te trompais. Tout le monde peut faire naître un bébé. C'est un métier passionnant, et très important, tu sais.

Manny le regarda d'un air pensif.

— Oui, parce que s'il n'y avait pas de docteurs pour faire naître les bébés, il n'y aurait plus de gens.

— C'est vrai, acquiesça-t-il.

Les mots du petit garçon lui mirent du baume au cœur.

Être obstétricien n'avait évidemment pas moins de valeur qu'être chirurgien. Mais l'idée de ne pas être tout à fait à la place où il était censé être lui traversait encore l'esprit, par moments. L'idée que l'obstétrique, aussi passionnante qu'elle était, n'était qu'un prix de consolation.

La plupart des membres de sa famille et de ses amis étaient

chirurgiens et, même si personne ne l'avait formulé explicitement devant lui, il avait le sentiment qu'ils le prenaient en pitié. Cela avait constitué une raison supplémentaire pour quitter New York. Au Salvador, personne ne se souciait de ce qu'il avait fait auparavant. Personne ne lui demandait d'être le meilleur chirurgien du monde. Médecine Internationale lui avait donné l'opportunité de repartir de zéro.

— Le nouveau docteur qui va venir aujourd'hui, c'est une femme ? demanda Manny.

Bryce fit un bond et poussa un juron qui fit éclater de rire le petit garçon.

— Tu dois mettre une pièce dans la tirelire ! s'exclama-t-il.

Avec l'accouchement compliqué de Mme Martinez, l'arrivée du nouveau médecin lui était complètement sortie de la tête. Il n'avait même pas pensé à demander à qui que ce soit d'aller la chercher à sa place.

Le soleil touchait déjà presque la ligne d'horizon. Il se couchait vite, au Salvador.

Il traversa le camp et rejoignit Enrique qui était en train de charger des cartons de vaccins contre la malaria sur un petit camion de livraison blanc.

— Enrique ! Est-ce que quelqu'un est allé chercher le nouveau médecin ?

— Je croyais que tu y allais.

— Je devais, mais j'ai été retenu par l'accouchement de Mme Martinez et je n'ai pas vu l'heure passer.

Enrique cessa de charger les cartons.

— Prends le camion. La nuit tombe, tu seras plus en sécurité.

— J'irai plus vite à moto.

Enrique secoua la tête.

— Je sais que tu es fou de ta moto mais ils ont prévu de la pluie.

— Les villages de montagne ont besoin de ces vaccins,

dit-il. Tu m'as toi-même dit hier qu'on avait déjà une semaine de retard.

— Nous ne sommes pas à une journée près.

— Si, justement, dit-il en se dirigeant vers sa moto. Je vais chercher le médecin à moto, tu continues de charger les vaccins.

Bryce était effectivement très attaché à sa moto, dont il s'occupait avec grand soin. Elle n'était jamais tombée en panne, mais il faisait toujours très attention aux pierres et aux racines d'arbres peu visibles sur les routes poussiéreuses qui reliaient le camp à la civilisation.

— Et s'il se met à pleuvoir ?

— Je serai rentré. Et toi, tu gardes le camion pour faire la tournée dans les montagnes. On se voit demain.

Il démarra la moto ce qui lui procura, comme toujours, un frisson d'excitation.

— Tu ne seras jamais revenu avant la nuit ! cria Enrique.

Mais le bruit du moteur couvrit sa voix.

Cassie avançait sur la route en cherchant le côté positif de la situation : après des heures de voyage, elle pouvait enfin se dégourdir les jambes. Et le vent frais qui lui balayait le visage la dynamisait. Cela dit, il aurait été plus facile de penser au positif si les lanières de son sac à dos ne lui sciaient pas les épaules et si elle n'avait pas les pieds en compote.

Accueille le moment présent, se répéta-t-elle en se concentrant sur le chant des oiseaux. Mais il lui sembla entendre un bruit de moteur.

Une moto. Elle avait beau ne pas avoir chevauché la sienne pendant des mois, elle savait reconnaître le bruit d'un moteur de moto à des kilomètres. Celui-ci avait l'air très bien entretenu. Son conducteur devait s'y connaître.

Le bruit s'intensifia et elle vit effectivement surgir de la forêt un très bel engin. Une Suzuki V-Strom 650, si sa mémoire était bonne. L'une des motos les plus performantes sur les terrains accidentés.

Le conducteur arrêta la moto à côté d'elle. Son visage était éclaboussé de boue et à moitié dissimulé derrière de grosses lunettes. Elle prit un instant pour apprécier l'intérêt de ce qu'elle avait sous les yeux. Un corps très bien fait, robuste et élancé, irradiant une chaleur presque magnétique.

La moto n'était pas mal non plus.

Elle eut l'impression qu'il la dévisageait mais ne put voir l'expression de son visage. Était-ce la personne censée venir la chercher ?

L'homme coupa le moteur et descendit de la moto. Un mètre quatre-vingt de muscles dans des vêtements éclaboussés de boue – un blouson en cuir et un jean ajusté. Il releva ses lunettes, repoussant les mèches brunes qui flottaient sur son front et elle put enfin voir ses yeux. Des yeux noirs qu'elle reconnut aussitôt. Des puits de tendresse dans un visage anguleux. Qu'elle n'avait pas croisés depuis cinq ans. Depuis la faculté de médecine.

— Bryce ? dit-elle d'une voix étranglée par la surprise et l'émotion.

— Cassie ? Désolé pour le retard.

2.

Bryce scruta le visage de Cassie en accusant le coup. Cinq ans s'étaient écoulés depuis la dernière fois qu'il l'avait vue mais elle n'avait pas changé. Elle avait simplement coupé ses cheveux blonds et ses yeux bleus étaient légèrement cernés. Mais ils provoquaient la même réaction en lui que lors de leur première rencontre.

Il avait eu du mal à se remettre de l'accident qui lui avait presque coûté une main mais il y était arrivé tant bien que mal. Par contre, il avait eu l'impression qu'il ne se remettrait jamais du départ de Cassie.

Pourtant, le temps avait passé et il avait fini par tourner la page.

Quand il avait trouvé le mot sur la table de nuit, il n'en avait pas cru ses yeux. C'était la première femme, la *seule* femme avec qui il était parvenu à envisager l'avenir, persuadé qu'ils attendaient la même chose de leur relation : une vie commune et, peut-être, un jour, une famille. Et la rupture avait été un véritable coup de poignard dans le cœur.

Au départ, il pensait que c'était à cause de la décision qu'ils avaient prise ensemble à l'hôpital et qui avait conduit à une mesure disciplinaire à son encontre. Cassie l'avait incité à procéder à une opération risquée mais, comme elle, il était persuadé que le risque valait la peine d'être pris. Malheureusement, le conseil d'administration ne l'avait pas entendu de cette oreille : on lui avait refusé une bourse prestigieuse et on l'avait soumis à période probatoire. Cassie s'en était beaucoup voulu d'avoir insisté – c'est pourtant lui qui avait pris la décision, pas elle.

Mais elle était partie, du jour au lendemain, sans d'autre explication qu'un petit mot sur la table de nuit. Alors il s'était dit que la culpabilité d'avoir commis une erreur à l'hôpital n'était pas la seule raison de son départ. Il devait y avoir autre chose.

En tout état de cause, il s'était totalement leurré sur la profondeur de leur relation. Il n'avait vu que ce qu'il voulait voir – et qui était loin de la réalité.

Plus il y pensait, plus cela lui paraissait évident. Il avait été attiré par l'audace de Cassie, l'intrépidité avec laquelle elle abordait la vie. Alors que lui avait été couvé par des parents surprotecteurs, chirurgiens tous les deux, habitués à voir défiler sur les tables d'opération les traumatismes les plus graves, et qui le mettaient en garde contre tout. Sa rencontre avec Cassie, aventurière prête à tout, avait été une grande bouffée d'air frais. Jusqu'à ce qu'elle disparaisse et qu'il se demande si elle avait vraiment eu des sentiments pour lui ou si c'était la clandestinité de leur histoire qui l'avait excitée. Les étudiants et les internes n'étaient pas censés frayer ensemble, après tout. Leur relation avait peut-être été simplement un défi de plus pour elle.

Dans son mot, elle lui demandait de ne pas l'appeler. Il avait respecté son vœu. Y compris quand, quelques mois plus tard, il s'était fait renverser par ce chauffard ivre. Il lui avait ensuite fallu des années pour se remettre à la fois de l'accident et du départ brutal de Cassie. C'est au Salvador qu'il avait pu enfin bâtir une nouvelle vie – dans laquelle personne ne lui demandait d'être celui qu'il n'était plus.

À présent, en voyant Cassie face à lui sur cette route au fin fond du Salvador, il eut l'impression qu'un fantôme resurgissait du passé. Il fut tenté de remonter sur sa moto pour s'enfuir. Curieusement, l'envie de la prendre dans ses bras et de l'embrasser l'assaillit avec la même force.

Étant donné qu'aucune de ces deux options n'était envisageable, il se contenta de scruter son visage. Elle le regardait, les yeux écarquillés, manifestement aussi ébahie que lui.

— Mais... Comment... ?

Il ne dit rien, pour lui laisser le temps de digérer l'information et se préparer lui-même à la suite. Elle finit par se ressaisir et trouver les mots.

— Désolé pour le retard ? Cela veut dire que...

— Que j'étais censé venir te chercher à l'arrêt de bus, oui. Et que nous allons travailler ensemble au centre médical de Médecine Internationale.

Elle secoua la tête.

— Ce n'est pas possible !

Il partageait son incrédulité. Mais ce qu'il avait traversé au cours des cinq années qui venaient de s'écouler lui avait appris à accepter les situations qu'il ne pouvait changer. Et à aller de l'avant, coûte que coûte.

Il s'efforça d'avoir l'air le plus détendu possible, priant pour que Cassie ne décèle rien de son trouble. La situation était déjà suffisamment compliquée sans que s'en mêlent les émotions contradictoires qui se bousculaient dans sa poitrine.

— C'est pourtant vrai, dit-il sur un ton le plus dégagé possible. À moins que l'un d'entre nous décide de démissionner.

La lueur qu'il vit dans le fond de ses yeux lui rappela la passion qui l'animait jadis, et sa détermination à ne pas se laisser abattre, quels que soient les obstacles qui se trouvaient devant elle. Puis son expression impétueuse se transforma en une émotion qu'il n'avait pas l'habitude de voir sur son visage, à savoir une prudence teintée de méfiance.

Cassie Andover, casse-cou et amatrice de sensations fortes, serait-elle en train d'hésiter ? Il l'avait connue agissant d'abord, réfléchissant ensuite, suivant son intuition et prenant ses décisions à l'instinct. Il admirait sa détermination, même si elle lui avait brisé le cœur.

Mais ce n'était pas le moment de s'attarder sur ce point.

Il redémarra la moto.

— La nuit tombe vite, par ici, dit-il. Mieux vaut ne pas traîner.

Cassie brûlait d'impatience de monter sur cette moto, de sentir le moteur vrombir entre ses jambes et l'air frais balayer son visage.

Mais une autre partie d'elle se remémorait la dernière fois qu'elle s'était rebellée contre les règles de sécurité et de prudence qu'on lui avait serinées toute son enfance. Et qu'elle avait gâché la vie de Bryce.

Lequel se trouvait à présent à deux mètres d'elle.

Comme par hasard, il réapparaissait au moment où elle venait de décider de renouer avec son côté aventurier. Cela dit, elle n'avait pas l'impression de retrouver exactement le Bryce qu'elle avait connu. Quelque chose en lui avait changé. Son physique, pour commencer. De toute évidence, il s'était mis au sport. Le T-shirt blanc sous son blouson soulignait chaque muscle visible de son torse, ne laissant pas grand-chose à l'imagination. De plus, sa posture était plus détendue, plus décontractée. L'ancienne version de Bryce Hamlin était drôle et adorable. Elle avait souvent envie de le protéger. La version qu'elle avait sous les yeux était autrement plus virile. Plus sexy.

Elle avait mis du temps à s'habituer à son absence. Si tant est qu'elle y soit parvenue. Cinq ans, trois mois et six jours sans le voir. Sans voir cette peau bronzée sous son T-shirt blanc, ces cheveux bruns, ces yeux noirs.

Elle secoua la tête. S'ils devaient vraiment travailler ensemble, mieux valait ne pas emprunter cette pente, trop glissante pour ne pas conduire à la catastrophe. Mieux valait ne pas s'imaginer à califourchon derrière lui sur sa moto, traversant la forêt tropicale…

C'était pourtant ce qui l'attendait. Bryce lui tendit un casque. Elle était tellement fatiguée que le casque lui échappa presque des mains et qu'elle vacilla.

— Hé… dit Bryce en se précipitant vers elle. Donne-moi ton sac. Je vais l'accrocher à la moto. En attendant, assieds-toi.

Elle éprouva un soulagement indescriptible quand il retira le sac à dos de ses épaules et une sensation très agréable quand leurs corps se frôlèrent – pour la première fois depuis cinq ans.

Il lui reprit le casque des mains et le lui posa sur la tête.

— Je peux le faire, dit-elle en ajustant elle-même la lanière.

Elle ne supportait pas qu'on la traite comme une petite chose fragile, comme on l'avait traitée une partie de sa vie, jusqu'à ce qu'elle décide qu'il en serait autrement. Et il lui semblait préférable de ne pas multiplier les contacts physiques avec Bryce.

Vu son état de fatigue, elle estimait avoir bien encaissé le choc de sa présence. Ce qui ne l'empêcha pas de déglutir lorsqu'il retira son blouson.

— Mets ça, dit-il en le lui tendant.

Elle le regarda d'un air interrogateur.

— Cela te protégera, en cas de chute. Aux urgences, j'ai vu arriver des motards qui n'avaient plus de peau sur les bras et, crois-moi, ce n'était pas beau à voir.

Il lui rappela le Bryce qu'elle avait connu : prudent, prévoyant, à cheval sur la sécurité.

Elle enfila le blouson et reconnut aussitôt le parfum viril et familier qui en émanait. Une avalanche de souvenirs la submergea. Curieusement, les bons souvenirs étaient aussi douloureux que les mauvais. Où en serait-elle, à présent, si elle n'avait pas rompu avec lui, cinq ans auparavant ? Si elle ne l'avait pas mis dans une position plus que délicate ?

Elle connaissait la réponse. Elle n'avait pas eu d'autre choix que de rompre. Loin d'elle l'idée qu'il risque sa carrière à cause d'elle. Il était trop doué pour ne pas exercer le métier qu'il aimait.

Mais que faisait un chirurgien aussi talentueux que lui dans une maternité du Salvador ? Elle se retint de lui poser la question et enfourcha la moto derrière lui. Elle était venue pour recouvrer le goût de l'aventure et elle n'allait pas laisser la présence de Bryce contrecarrer ses plans.

— Prête ? cria-t-il par-dessus le vrombissement du moteur.

Elle n'était pas certaine d'être tout à fait *prête*, mais avait-elle le choix ?

Elle hocha la tête et s'agrippa à lui.

Les pensées de Bryce étaient aussi confuses et entremêlées que les lianes de la forêt tropicale qui se déployaient autour d'eux. La route cahoteuse retenait toute son attention, lui évitant d'avoir à se confronter à des émotions et des sentiments qu'il avait mis de côté pendant cinq ans.

Les bras de Cassie lui enserraient le torse. Depuis combien de temps quelqu'un ne l'avait-il pas serré dans ses bras ? Il prit conscience qu'il roulait peut-être plus vite qu'il ne le fallait. Il ne ralentit pas pour autant. Plus vite ils arriveraient au camp et descendraient de la moto, mieux ce serait. Ils endosseraient le rôle de deux confrères travaillant dans la même structure. Il fallait se concentrer sur le présent et l'avenir, pas sur ce qui s'était passé entre eux. Comme Cassie l'avait manifestement fait. Elle n'avait certainement pas passé cinq ans à penser à lui.

Il accéléra comme pour contrer la tombée de la nuit. Mais le soleil finit par disparaître et l'obscurité le contraignit à ralentir.

— Que se passe-t-il ? demanda Cassie.

— Je ne vois plus la route. Je n'ai pas envie de… Oh non !

La moto se mit à toussoter.

— Allez, ma belle, ne me fais pas ça. Ce n'est pas le moment.

Il essaya d'accélérer mais la moto heurta une pierre et fit une embardée. Cassie poussa un cri et glissa derrière lui. Il freina et se pencha pour l'empêcher de tomber. Elle parvint à se maintenir de justesse sur la moto.

Il coupa le moteur et se retourna.

— Ça va ?

Elle posa la jambe sur le siège et se massa la cheville.

— Je me suis cogné la cheville mais ça va.

— Fais voir, dit-il.

Mais elle le repoussa brusquement.

— Ça va, c'est juste un bleu, dit-elle avant de retirer son casque. Que s'est-il passé ?

— On a heurté une pierre. J'ai peur que le moteur soit noyé.

Il tenta de redémarrer, en vain.

— Il faut que je regarde les bougies.

Cassie descendit et l'aida à détacher le sac à dos de la moto. Il ouvrit le coffre et en sortit une petite mallette à outils.

— On est encore loin ? demanda Cassie.

— Huit kilomètres, à peu près. Le camp est au cœur de la forêt, ce qui facilite l'accès aux routes qui mènent aux villages de montagne. Mais le chemin à pied est difficile à suivre, la nuit. On risque de se perdre. Ou de se faire attaquer par les animaux ou des gangs.

En dépit de la faible luminosité, il lut le dépit sur son visage.

— Ce qui signifie que si on n'arrive pas à réparer la moto…

— Il faudra passer la nuit ici, acquiesça-t-il. J'ai une tente et un sac de couchage dans le coffre.

Il se retint de dire qu'il n'avait qu'un exemplaire de chaque.

— Mais… Les animaux ? Et les gangs ?

— Tant qu'on reste près de la route, il y a peu de chance d'être embêté. La plupart des animaux n'attaquent que si on les agresse.

Cassie s'éloigna de quelques pas, probablement pour réfléchir. Une heure auparavant, jamais il n'aurait imaginé tomber sur elle et encore moins devoir passer la nuit avec elle dans la jungle.

— Je vais essayer de réparer ça, dit-il. J'espère que…

Il n'eut pas le temps de finir sa phrase qu'une grosse goutte de pluie lui tomba sur le nez, suivie d'une autre. Le bruit de la pluie frappant le feuillage au-dessus d'eux s'intensifia. Il leur restait à peu près deux minutes avant de se faire tremper. Ce qui ne lui laissait évidemment pas le temps de réparer la moto.

— On va passer la nuit ici ? dit-elle, lisant dans ses pensées.

— J'en ai bien peur. Je ne peux rien faire sur la moto s'il pleut. Je ne vois même plus le moteur.

La pluie se mit à tomber plus dru. Cassie plaqua ses cheveux mouillés en arrière, découvrant son visage harmonieux.

— Il vaudrait peut-être mieux monter la tente, dit-elle.

La tente n'était pas conçue pour deux personnes, à moins de se serrer l'une contre l'autre.

J'aurais dû écouter Enrique et prendre le camion…

Cassie frissonna. Elle était trempée et grelottait.

Bryce avait insisté pour lui laisser le sac de couchage. Il était étendu à côté d'elle, le bras replié en guise d'oreiller. Elle jouissait du luxe de pouvoir se blottir dans le duvet. Ce n'était pas le grand confort mais c'était mieux que dormir à même le sol.

— Tu trembles, dit-il.

Elle espérait qu'il ne remarque rien mais, dans un aussi petit espace, il était difficile de cacher quoi que ce soit à l'autre.

— Ça va, mentit-elle.

— Je n'en suis pas si sûr. Je pense qu'il vaut mieux que tu retires tes vêtements. Ils sont trempés.

Elle ne demandait pas mieux, à condition de pouvoir le faire tranquillement chez elle et de pouvoir enfiler un pyjama sec et chaud. Sans ex collé à elle dans une tente trop petite.

Rêve ! pensa-t-elle.

— On peut à peine bouger. Et il pleut encore. Je ne vais pas te demander de sortir pendant que je me change.

— Je peux me tourner pendant que tu te déshabilles.

— Pas sûre d'avoir assez de place, dit-elle, sceptique.

— Je me tourne, tu te caches derrière le duvet. Comme en colo.

Elle n'était jamais allée en colonie de vacances. Cela faisait partie des activités estimées bien trop dangereuses pour la santé de son cœur. Mais elle pouvait essayer de suivre la suggestion de Bryce. Ce qui ne résoudrait pas tout, cependant.

— Mais toi ? dit-elle. Tu es aussi trempé que moi, et tu n'as même pas de quoi te couvrir.

— Ce n'est pas grave. J'ai connu pire. Rien qu'avoir une tente au-dessus de la tête, c'est un luxe incroyable par rapport à certaines situations dans lesquelles je me suis retrouvé, depuis que je suis ici.

— J'ai quand même l'impression que ce que nous sommes en train de vivre est vraiment bizarre, non ?

Il ne put s'empêcher de sourire.

— C'est vrai que tomber sur toi dans cet endroit, comprendre que nous allons travailler ensemble et finir par dormir dehors avec toi pour ta première nuit ne correspond pas exactement à la journée telle que je l'avais vaguement imaginée en me levant ce matin.

Elle fut soulagée d'entendre que la situation était aussi incongrue pour lui que pour elle. Mais elle ne pouvait pas le laisser grelotter par terre toute la nuit. Elle aurait du mal à s'endormir le sachant aussi mal installé.

Il y avait bien une solution, même si…

— Bryce, dit-elle d'une voix hésitante. Je ne peux pas te laisser dormir par terre, dans des vêtements trempés pendant que je dors au chaud dans le duvet. Nous sommes adultes. Mets-toi en caleçon. On peut ouvrir le sac de couchage et s'en servir comme couverture.

Ce fut au tour de Bryce d'hésiter.

Elle s'en voulut d'avoir lancé une idée pareille alors qu'une heure plus tôt, elle se promettait de faire en sorte que la présence de Bryce n'interfère pas dans sa nouvelle vie. Cette promesse n'incluait pas de lui demander de se glisser à moitié nu avec elle sous un duvet pour se tenir chaud sans réfléchir une seconde aux conséquences qu'une telle situation pourrait avoir.

Bryce demeura silencieux quelques instants.

— D'accord, finit-il par dire, à sa grande surprise. Je me retourne, et chacun fait ce qu'il a à faire. C'est le seul moyen de dormir un peu au sec.

Dix minutes plus tard, Cassie était couchée en sous-vêtements sous le duvet avec Bryce. Le sac de couchage était à peine assez large, si bien qu'ils s'étaient allongés sur le flanc. Bryce, blotti derrière elle, la tenait serrée contre lui.

La situation était surréaliste. Au moins avaient-ils plus chaud. Elle était plus détendue sans ses vêtements dégouttants. Bryce aussi, sans doute. La chaleur de leurs corps emplit leur chambre improvisée, rendant presque agréable le fait d'être couchés là, ensemble, et d'écouter la pluie tambourinant sur la toile de la tente.

Impossible d'ignorer l'odeur boisée de son parfum. Elle inspira aussi profondément et aussi silencieusement que possible.

Ensuite, elle se mit à bouger, pratiquement indépendamment de sa volonté. Impossible de rester immobile. En bon médecin, elle se mit à poser un diagnostic. *Manque de sommeil associé à des accès de démence… Tu as dû tomber sur un ex au milieu d'une forêt tropicale.*

— Pourquoi tu ris ?

— Je suis en train de repenser à la journée que j'ai passée. Tout à l'heure, je parlais avec une poule et maintenant…

Elle s'interrompit, incapable de refréner son rire.

— C'est vrai que c'est une journée bizarre, dit-il en lui frottant le bras d'une façon amicale.

— Oui, super bizarre, acquiesça-t-elle. Ça fait vingt-quatre heures que je n'ai pas dormi. Et je n'en reviens toujours pas que tu sois arrivé comme ça, sur ta moto, au milieu de nulle part. Jamais je n'aurais pu imaginer un tel scénario.

— Moi non plus, je ne m'attendais pas à te voir ici. J'étais très en retard et j'allais simplement chercher le nouveau gynéco du camp. J'étais loin de me douter que c'était toi.

Il s'était passé tellement de choses dans cette journée et ils n'étaient même pas encore arrivés au camp. Ils n'avaient pas eu le temps d'encaisser le choc de leur rencontre inattendue.

— Cela te convient qu'on travaille ensemble ? demanda-t-elle.

— Si mes souvenirs sont bons, nous avons toujours bien travaillé ensemble.

— Jusqu'à ce que ce ne soit plus le cas, dit-elle, assaillie par le souvenir de leur rupture.

Pour pouvoir rompre avec lui, elle n'avait eu d'autre choix que de partir en catimini en lui laissant un mot. Lui parler en face aurait été trop difficile. Il aurait cherché à la convaincre de rester et elle n'aurait pas pu résister.

— Cassie, dit-il dans un soupir. C'est du passé. Ce qui est fait est fait. Et beaucoup de choses ont changé depuis. Ressasser le passé ne sert à rien. Mieux vaut passer à autre chose.

Elle sentit son haleine effleurer son oreille. Depuis quand Bryce ne l'avait-il pas tenue dans ses bras ?

Depuis cinq ans, trois mois et six jours.

Elle n'était pas fière de ce qu'elle avait fait. Mais elle ne voyait pas d'autre solution, pour qu'il puisse poursuivre sa carrière de chirurgien. Elle ne pouvait supporter l'idée de lui faire du mal. Or, elle était persuadée qu'elle lui aurait fait encore plus de mal en restant avec lui qu'en le quittant. Elle se demandait comment il pourrait continuer à la regarder sans voir en elle la femme qui l'avait privé d'une bourse prestigieuse et avait mis sa réputation en péril. Et à cause de qui il risquait carrément de perdre son poste si on apprenait qu'ils sortaient ensemble. Alors elle était partie, de peur que leur relation les trahisse un jour ou l'autre.

Et là, sous cette tente minuscule, au bord d'une route

poussiéreuse du Salvador, Bryce était en train de lui demander s'ils pouvaient laisser le passé derrière eux.

Son corps était chaud contre le sien. Son bras était posé avec le plus grand naturel sur sa taille. Comme la dernière fois qu'ils étaient allongés l'un contre l'autre.

Avait-elle envie de passer à autre chose ? Elle n'avait probablement pas le choix. Être couchée près de lui et respirer son parfum en cachette était agréable mais ne la menait nulle part. Bryce avait raison : elle ne pourrait pas travailler avec lui si elle restait accrochée au passé.

— C'est vrai que nous travaillions bien ensemble. Et, en dépit de tout ce qui s'est passé entre nous, le fait que tu sois là en dit long sur Médecine Internationale. Les médecins d'ici doivent être compétents pour que tu travailles avec eux.

— C'est gentiment dit, docteur Andover. Tu vois, notre passé ne nous empêche pas d'être professionnels.

— C'est vrai. Cela dit…

Elle hésita un instant.

— Nous ne sommes peut-être pas obligés de parler de notre nuit sous la tente à nos collègues.

— Tu lis dans mes pensées.

Quelques minutes plus tard, la respiration de Bryce s'apaisa. Elle se réjouit qu'il ait pu s'endormir. Elle-même avait plus de mal à trouver le sommeil.

Cela faisait trop longtemps qu'elle ne s'était pas blottie dans les bras d'un homme. Et longtemps aussi qu'elle n'avait pas couché avec un homme.

Cinq ans, trois mois et six jours, en fait.

Bryce remua dans son sommeil et resserra le bras autour d'elle.

Il n'allait pas être facile de rester professionnels.

Pas facile du tout.

3.

L'arrivée de Cassie et Bryce au camp, le lendemain, provoqua un certain remue-ménage. La moto de Bryce était plus endommagée qu'il ne l'imaginait et ils avaient dû faire la route à pied, en la poussant. La cheville de Cassie était toujours douloureuse. Elle dit à Bryce que c'était dû à la longue marche qu'elle avait faite la veille pour ne pas l'inquiéter en lui disant qu'elle avait mal. Elle détestait qu'on s'affaire autour d'elle en s'inquiétant.

Le Dr Enrique Garcia, le directeur du camp, vint à leur rencontre.

— Tu es content d'avoir opté pour la moto ? dit-il sur un ton ironique.

— J'étais en retard. La moto est plus rapide.

— Tellement rapide que tu reviens avec douze heures de retard sur l'heure prévue. Je n'ose pas imaginer ce que notre nouvelle gynécologue va penser de nous, dit-il en riant avant de se tourner vers elle. Je ne peux pas vous dire à quel point nous sommes contents de vous avoir parmi nous, docteur.

Il lui serra chaleureusement la main.

— Je suis ravie de vous rencontrer.

— Venez vous installer. Je vous rassure, nous avons à peu près tout le confort moderne, en dépit des apparences, dit-il en désignant d'un geste les cloisons en parpaings et les tentes plantées dans la clairière derrière lui. Mais hier Internet est tombé en panne et nous avons dû affronter plusieurs urgences en même temps, dont un accouchement par le siège, dont s'est chargé Bryce avant de venir vous chercher.

Bryce s'éloigna brusquement d'eux.

— Je vais voir Mme Martinez ! lança-t-il par-dessus son épaule.

Elle le regarda s'éloigner à grands pas. Peut-être était-il pressé de mettre un peu de distance entre eux. Elle ne pouvait pas lui en vouloir. Même s'ils étaient décidés à ce que leur relation soit désormais strictement professionnelle, il se demandait peut-être comment ils allaient pouvoir retravailler ensemble. Pour être honnête, elle se posait la même question.

— Pourquoi est-il intervenu dans un accouchement par le siège ? demanda-t-elle en se tournant vers Enrique qui eut l'air un peu surpris.

— Puisque Bryce est occupé, je vais vous faire visiter les lieux moi-même, proposa-t-il sans répondre à la question.

— Je peux le faire, se proposa un petit garçon d'une dizaine d'années qui venait de les rejoindre.

— Pas maintenant, Manny, dit Enrique. Par contre, tu peux emporter le sac à dos du docteur Andover dans sa chambre. Elle est dans le bloc 7.

Cassie n'eut pas le temps d'ouvrir la bouche que le petit garçon avait déjà chargé le gros sac sur son épaule et tourné les talons.

— Il y a beaucoup d'enfants ici ? demanda-t-elle alors qu'ils approchaient d'un autre ensemble de bâtiments en parpaings.

— Une poignée, dont Manny s'est autoproclamé le chef. Il est très curieux, il s'intéresse à tout. N'hésitez pas à être ferme avec lui, notamment s'il insiste pour que vous lui donniez du chocolat, docteur.

— Je prends note. Et, je vous en prie, appelez-moi Cassie.

Enrique était en train de lui montrer une partie des bâtiments lorsqu'elle se rappela que sa question était restée sans réponse.

— Tout à l'heure, vous avez dit que Bryce était intervenu lors d'un accouchement difficile. Que s'est-il passé ?

— Rien de plus que d'habitude, si ce n'est que le bébé

s'est présenté par le siège et que la maman avait eu une grossesse à risque.

— Mais alors, pourquoi Bryce est-il intervenu ?

Il la regarda d'un air intrigué.

— Nos sages-femmes sont très compétentes, mais certains cas complexes requièrent la présence d'un obstétricien.

— Bryce est… obstétricien ?

— Oui, comme la plupart des médecins, ici. Nous sommes une maternité, comme vous le savez.

Sa tête se mit à tourner. Elle savait, en venant ici, que le camp était essentiellement orienté vers le soin des femmes enceintes et de leurs bébés mais n'avait pas fait le rapprochement avec Bryce quand il était venu la chercher. Submergée par l'émotion de ces retrouvailles impromptues, qui s'ajoutaient à tout ce qui s'était passé depuis son départ de l'aéroport de New York, elle ne s'était pas posé la question de savoir ce qu'un grand chirurgien comme Bryce faisait dans une maternité au fin fond du Salvador.

De fait, il n'était plus chirurgien, mais obstétricien.

Que s'était-il passé ? Avait-il perdu son poste après qu'elle était partie ? Il était inimaginable que Bryce ait renoncé volontairement à sa passion pour la chirurgie. Même elle, qui n'était qu'une jeune étudiante en médecine quand ils s'étaient rencontrés, avait compris que Bryce était un artiste dans une salle d'opération. La passion irradiait sur son visage quand il parlait de son métier.

Mais, en admettant qu'il ait perdu son poste, pourquoi aurait-il changé de spécialité ? Il aurait pu trouver un autre poste de chirurgien n'importe où dans le monde.

Y avait-il un lien avec leur histoire ? Avait-elle provoqué un désastre total dans sa vie, comme elle le redoutait ? Il fallait qu'elle sache ce qui s'était passé.

— Quand j'ai connu Bryce, reprit-elle, il était chirurgien. Un chirurgien brillant. Pour quelles raisons a-t-il changé de spécialité ?

Enrique hésita.

— Depuis combien de temps le connaissez-vous ?

Ce fut son tour d'hésiter.

— En fait, nous avons été amis à la faculté de médecine. Mais nous nous étions… perdus de vue. En fait, nous ne nous sommes pas vus depuis cinq ans.

— Ah…

Enrique hocha lentement la tête et sembla choisir ses mots avec précaution.

— Tout ce que je peux dire, c'est que Bryce est arrivé à un point où il a éprouvé la nécessité de changer de vie.

C'était certainement vrai mais demeurait désespérément flou. Bryce était un chirurgien promis à un avenir radieux. Comment pouvait-on souhaiter changer de vie quand l'avenir s'annonçait aussi prometteur ?

Vu la façon dont s'exprimait Enrique, elle eut la sensation qu'elle n'obtiendrait de réponse précise qu'en interrogeant le principal intéressé.

— Je pense que Bryce et vous avez des tas de choses à vous raconter, après cinq ans, dit Enrique comme s'il avait lu dans ses pensées. En ce qui me concerne, je suis ravi qu'il travaille ici depuis trois ans. Je n'ai jamais rencontré meilleur obstétricien.

Trois ans. Cela expliquait en partie qu'elle n'ait pas entendu parler de lui à New York. Après la rupture, elle s'était efforcée de ne pas prêter l'oreille aux ragots circulant dans le milieu médical. Mais, assez rapidement, elle avait eu l'impression que Bryce avait disparu de la circulation. Maintenant, elle comprenait pourquoi.

Elle porta de nouveau son attention sur les installations que lui montrait Enrique mais son esprit ne cessait de revenir à Bryce et à son changement incompréhensible de vie.

— Quel genre de patientes avez-vous ici ? demanda-t-elle.

— Nous avons pas mal de cas de virus Zika. La plupart des patientes sont sous-alimentées ou ont vécu des traumatismes pendant la grossesse si bien que, souvent, le fœtus est en danger. Nous ne sommes pas aussi bien équipés que nous le souhaiterions, mais l'absence de haute technologie est largement compensée par le sens de l'improvisation incroyable de notre équipe.

Elle n'aurait pas pu trouver une ambiance plus éloignée de celle du Brooklyn General Hospital. Elle éprouva un frisson d'excitation à l'idée de pouvoir exercer enfin la médecine telle qu'elle l'entendait.

Enrique désigna le bloc des sanitaires d'un air contrit. Il s'agissait de six cabines de douche en bois, en plein air. Un tuyau d'arrosage pendait au-dessus de chaque cabine, en guise de pommeau de douche. Elle repensa avec nostalgie au luxe et au confort des salles de bains du Brooklyn General, avec leur savon au jasmin et leur shampoing à l'huile essentielle d'arbre à thé biologique.

— Nous avons de l'eau chaude, dit Enrique sur un ton encourageant. Cela dit, mieux vaut faire sa toilette de bonne heure pour en profiter. Les réserves s'épuisent vite. Et faites attention, les portes s'ouvrent en grand au moindre coup de coude.

Il lui fit visiter la pharmacie, où le personnel se faisait soigner et traiter contre la malaria. Elle se promit de revenir chercher une bande et des antalgiques pour sa cheville, dès qu'Enrique aurait terminé la visite.

Le camp était plus grand qu'elle l'imaginait. Il était implanté en pleine forêt. Le matin, en arrivant avec Bryce et la moto en panne, elle avait eu du mal à voir l'allée menant au portail principal.

Enrique lui expliqua l'intérêt de cet emplacement retiré.

— D'ici, nous pouvons nous rendre dans n'importe quelle partie du Salvador, mais le camp ne se trouve pas sur un axe majeur, si bien qu'il ne risque pas de devenir la cible d'une guérilla entre gangs, dit-il. Beaucoup de familles et de femmes qui viennent ici fuient les violences domestiques ou les altercations entre bandes rivales qui se disputent des territoires. Nous ne nous cachons pas vraiment mais nous sommes contents de ne pas être trop exposés.

— Il paraît que la guerre des gangs est un problème majeur, dit Cassie.

— L'un des aspects les plus délicats de notre travail consiste à nous adapter aux frontières artificielles créées par les gangs, poursuivit Enrique. Les différentes factions revendiquent des terres dans la forêt et dans les montagnes et nous avons du mal à apporter des médicaments et des traitements à certaines populations qui en ont pourtant le plus besoin. À cet égard, Bryce a nettement amélioré la situation en allant négocier des accords afin que nos médecins puissent passer, quel que soit le gang qui contrôle le territoire.

Cassie n'était pas certaine d'avoir bien entendu. Enrique donnait l'impression que Bryce était régulièrement en pourparlers avec les chefs de gangs.

— Grâce à lui, il y a de plus en plus d'endroits que nous pouvons traverser à peu près librement. À part certaines zones de montagne, dans lesquelles nous utilisons des hélicoptères pour livrer les fournitures et, parfois, le personnel médical quand il faut intervenir sur place. Certaines femmes seraient mortes en couches si nous n'avions pas pu aller les faire accoucher chez elles.

— Vous envoyez les médecins par hélicoptère ? dit Cassie.

— Oui, mais ne vous inquiétez pas, dit-il en prenant sa surprise pour de la crainte. C'est surtout Bryce qui s'y colle. La plupart des autres médecins préfèrent avoir les pieds bien ancrés sur la terre ferme. Mais vous connaissez Bryce et son goût pour l'adrénaline.

— Oui, répondit-elle en espérant que son incrédulité ne soit pas trop manifeste.

Des négociations avec les chefs de gang ? Des sauts en hélicoptère ? De qui Enrique était-il en train de parler ? Il devait confondre Bryce Hamlin avec quelqu'un d'autre.

Décidément, le mystère autour de Bryce s'épaississait. En cinq ans, il ne s'était pas contenté de faire du sport en salle. Mais qu'avait-il donc fait pendant toutes ses années ?

Lorsqu'ils étaient enfin arrivés au camp, Bryce s'était félicité d'avoir à rendre visite à Mme Martinez et avait foncé tout droit vers la tente. En réalité, il avait besoin de réfléchir. Depuis qu'il avait retrouvé Cassie sur la route de Miraflores, il était déchiré entre deux envies contradictoires.

D'un côté, il souhaitait mettre entre eux la plus grande distance possible.

De l'autre, il mourait d'envie de la prendre dans ses bras et de ne plus jamais la lâcher.

Le fait de dormir à moitié nu à ses côtés sous la tente une place n'avait pas favorisé la résolution de ce conflit intérieur. Ce moment avait été à la fois magique et frustrant. Il avait retrouvé des détails, comme le creux de sa taille, que son bras épousait parfaitement, ou la courbe de sa nuque, qui n'avait pas changé mais sur lesquels il lui semblait poser un regard neuf.

Ils étaient tombés d'accord sur la nécessité de laisser le passé derrière eux et de créer une nouvelle relation sur des bases purement professionnelles.

Tourner la page après le départ de Cassie n'avait pas été facile, à plus forte raison après l'embardée de ce chauffard qui avait fait voler sa vie en éclats. Il avait fait des mois de rééducation, mais ce n'était rien à côté de ce qu'il avait dû affronter en conséquence. Plus que les blessures physiques, c'est la nécessité de mettre un terme à sa carrière de chirurgien qui l'avait totalement anéanti.

Ses grands-parents, ses parents et sa sœur étaient tous chirurgiens. Une affaire de famille, comme on disait chez eux. Plus jeune, Bryce ignorait s'il suivrait le même chemin mais, dès qu'il avait eu un scalpel dans la main, il avait compris que sa place était devant une table d'opération. Dès le début de son internat, il s'était forgé la réputation de savoir gérer des cas particulièrement difficiles, qui exigeaient une patience et une dextérité singulières. Les autres médecins applaudissaient son travail et le qualifiaient de « star » et de « surdoué » de la chirurgie.

Un jour, son père était entré avec lui en salle d'opération et l'avait regardé travailler.

« Tu sais, mon fils, lui avait-il dit par la suite, certaines personnes sont de bons chirurgiens. Mais toi, tu es un chirurgien-né. »

Ses paroles l'avaient beaucoup touché. Mais, après son accident, elles pesaient comme un joug sur sa nuque. Qu'était censé devenir un chirurgien-né qui avait perdu l'usage de ses mains ?

Sa famille et ses amis ne savaient pas comment se comporter avec lui. On continuait à lui adresser des compliments et à louer ses qualités de chirurgien mais ces mots ne faisaient que lui rappeler tout ce qu'il n'avait plus.

Il sentait bien que certains le prenaient en pitié. Au lieu de le féliciter pour la manière dont il avait rebondi, ils pleuraient la vie qu'il avait perdue.

Pour être tout à fait honnête, sa vie d'avant lui manquait aussi. L'intensité liée au fait de tenir la vie des gens entre ses mains, la fierté de sa famille, le sentiment d'être à sa place au bloc plus que partout ailleurs. Il regrettait le temps où on faisait appel à lui dans les cas les plus complexes et les plus délicats. La chirurgie donnait à sa vie toute sa beauté et sa grandeur – c'est du moins ce dont il s'était persuadé jusqu'à ce que Cassie Andover croise sa route.

Cassie qui, après avoir disparu, était réapparue tout aussi brusquement. Et qui, sans le vouloir, lui rappelait une version de lui-même qui n'existait plus depuis cinq ans. Une version à laquelle il en avait eu assez de se mesurer et qu'il avait fini par fuir.

Il avait fait beaucoup d'efforts pour se construire une nouvelle vie au Salvador. Il était fier d'avoir opéré un tel changement de vie et avait pratiquement réussi à laisser derrière lui les regrets liés à son ancienne vie.

Pratiquement.

La réapparition de Cassie avait fait resurgir des tas de souvenirs de l'époque où ils étaient ensemble et de l'homme qu'il était alors. Mais, justement : c'étaient des souvenirs.

Il était las de devoir rivaliser avec cette ancienne version de lui-même. L'ancien Bryce faisait partie d'un passé révolu, et devait y rester.

De même que sa relation amoureuse avec Cassie. Elle appartenait au passé et devait y demeurer.

Il ressentit de nouveau en lui la tension de ces deux besoins contradictoires, celui de s'éloigner et celui de se rapprocher. Étant donné qu'il ne pouvait pas s'éloigner d'elle, vu les circonstances, il fallait simplement qu'il ignore l'envie de la serrer contre lui comme il l'avait fait la nuit précédente pour lutter contre le froid. Ce genre de situations ne se reproduirait pas. Il y veillerait.

Cassie avait elle-même été distante et un peu brusque, quand ils s'étaient réveillés sous la tente froide et humide et qu'ils avaient dû remettre leurs vêtements encore humides. Il n'en revenait pas qu'ils aient accepté de se déshabiller l'un comme l'autre. C'est vrai que la pluie les avait trempés et gelés et la perspective de retrouver un peu de chaleur l'avait emporté.

Mais il faudrait faire en sorte, à l'avenir, de ne pas se retrouver dans une situation aussi ambiguë avec Cassie. À plus forte raison si leur relation était professionnelle, comme ils l'avaient décidé d'un commun accord.

Avait-il vraiment envie que sa relation avec Cassie soit purement professionnelle ?

Il se répétait ce qu'il avait dit, la veille, à Cassie : il fallait passer à autre chose et aller de l'avant. Mais il était très difficile de tendre vers un avenir dans lequel ils seraient uniquement collègues de travail tant qu'il garderait en mémoire la douceur de sa peau humide se réchauffant peu à peu sous le duvet.

Ce n'est qu'une attraction physique, se dit-il. *Cassie est très belle. Elle l'a toujours été. C'est un fait indéniable.*

Il pouvait surmonter une attraction physique. C'était une question de temps. Cela durerait quelques semaines et finirait bien par passer. Depuis leur rupture, cinq ans auparavant, aucune femme ne l'avait vraiment ni attiré ni intéressé. Il avait eu quelques aventures mais rien d'important à ses yeux.

Quand il avait rencontré Cassie, il avait été attiré par son audace. Dans sa famille de chirurgiens, on passait son temps à parler des traumatismes multiples et variés dont souffraient les patients allongés sur la table d'opération. Tout petit, il avait appris à faire preuve d'une extrême prudence pour ne pas faire lui-même partie de ces victimes un jour. À son tour, il était devenu chirurgien, obsédé par la nécessité de prendre soin de ses mains, de les protéger. Ses mains étaient son gagne-pain, lui répétait sans cesse son père. Le moindre problème aux mains pouvait mettre fin à sa carrière. Sur ce point, il devait reconnaître que son père avait raison, il l'avait appris à ses dépens.

L'esprit intrépide et insouciant de Cassie offrait un contraste bienvenu avec l'attitude surprotectrice de ses proches. Au départ, il se demandait ce qu'il allait faire avec cette jeune femme déterminée qui semblait être au-dessus de la cohorte des étudiants de médecine, toujours prête à répondre aux questions et à se porter volontaire, quelle que soit la procédure.

Il s'était senti attiré par elle dès le début et avait fait son possible pour le dissimuler. Elle était étudiante, ce qui excluait d'office qu'ils aient une histoire ensemble. De toute façon, il n'était pas sûr de l'intéresser.

Un jour, elle lui avait proposé qu'ils se retrouvent pour boire un café à la cafétéria. Cela n'engageait à rien. Ils avaient parlé de ce qu'ils aimaient faire le week-end. À l'époque, il lisait beaucoup et écoutait de la musique. C'étaient des activités tranquilles, qui l'ancraient.

Cassie, elle, faisait de l'escalade en rappel. Elle passait tous les week-ends dans un parc national, accrochée à une falaise.

« Je ne pourrais jamais faire une chose pareille », avait-il dit, impressionné à l'idée de descendre un mur de pierres au bout d'une corde, seul rempart contre une mort certaine.

« Bien sûr que si ! avait-elle rétorqué. Un jour, je t'emmènerai. On ira à moto. »

« À moto ? »

Dans sa famille, les motos étaient des pièges mortels. Combien d'histoires de motards accidentés avait-il entendues de la bouche de ses parents ? Il aurait parié qu'aucun Hamlin n'était monté sur une moto, sur trois générations.

Cassie, elle, en parlait simplement comme d'un moyen de transport exaltant.

« S'il y a une autre chose que je ne me vois pas faire, c'est bien de la moto », avait-il ajouté.

Mais, le week-end suivant, il s'était laissé persuader de monter derrière elle et, à sa grande surprise, il avait effectivement trouvé cela exaltant. Et libérateur.

La route, le vent et la proximité du corps de Cassie avaient eu raison de sa circonspection et de son appréhension.

Il avait été grisé par le trajet et plus encore quand, en descendant de la moto, elle s'était retournée et l'avait embrassé.

Un baiser rapide, nerveux, qui lui faisait courir un risque. Elle l'embrassait sans savoir comment il réagirait. Lui aussi, d'ailleurs. Mais, en dépit du bon sens et du règlement, il l'avait attirée à lui et leur baiser, d'abord hésitant, s'était fait plus langoureux et plus passionné.

Après ce premier contact, il avait passé beaucoup de temps à faire des choses que sa famille avait toujours considérées comme dangereuses. Des balades à moto, des après-midi dans des skateparks, à faire du roller, ou à la fête foraine, sur le grand huit ou la grande roue.

Avec Cassie, tout ce qui était auparavant terrifiant devenait excitant. Elle lui avait communiqué son goût pour l'aventure, et il avait compris que cette facette de son existence et de sa personnalité lui avait manqué.

Elle l'avait même emmené dans un karaoké. Alors qu'il chantait comme une casserole. Elle aussi, d'ailleurs, avait-il découvert à cette occasion. Mais il adorait sa manière de chanter à tue-tête, comme si elle avait elle-même composé les chansons avec tout son cœur et toute son âme.

C'est peu de temps après une sortie au karaoké qu'il avait acheté la bague. Il avait passé la soirée à rire aux larmes en la regardant s'époumoner et en faire des tonnes sur une chanson d'amour, devant un public enthousiaste. Il avait passé une soirée fantastique, comme tous les moments qu'il passait avec elle. Il s'était rendu compte qu'il ne voulait pas que cela s'arrête. Il avait envie d'être avec elle le plus souvent possible.

Il gardait la bague à portée de main, dans l'espoir de lui demander sa main dès qu'elle aurait terminé l'école de médecine. Mais le sort en avait décidé autrement.

Cassie et lui venaient de passer plusieurs heures dans le service des urgences. Il était presque au terme de sa cinquième et dernière année d'internat. Un patient était arrivé aux urgences avec un anévrisme aortique abdominal, que seuls les médecins titulaires avaient le droit d'opérer à l'hôpital. Or, à minuit, cette nuit-là, tous les médecins étaient rentrés chez eux. Bryce avait appelé un chirurgien en chef mais les routes étaient barrées à cause des intempéries et ce dernier ignorait combien de temps il lui faudrait pour venir.

« Il faut faire quelque chose, avait dit Cassie. L'anévrisme peut se déchirer d'une minute à l'autre. Tu peux l'opérer, toi. Tu en as largement les compétences. »

« C'est contraire au règlement, avait-il répondu. Tu imagines, s'il y a un problème au cours de l'opération ? Ou si le patient meurt ? »

« Il va mourir si tu ne fais rien. »

Bryce avait fini par céder. Il avait expliqué aux infirmières de bloc qu'il n'allait pas procéder à la totalité de l'opération mais qu'il pratiquerait une incision suffisamment large, dans l'abdomen du patient, pour exposer l'aorte. Cela permettrait de maintenir le patient en vie en attendant l'arrivée du médecin. C'était osé mais offrait au patient plus de chances de survie en cas de rupture de l'anévrisme.

Le patient avait survécu mais le conseil d'administration de l'hôpital avait jugé nécessaire d'appliquer des mesures disciplinaires strictes. Il avait attribué la survie du patient à la chance plutôt qu'à l'expertise de Bryce. N'étant qu'étudiante en médecine, Cassie avait reçu un simple avertissement. En tant qu'interne, Bryce avait assumé la pleine responsabilité de la décision et avait été soumis à une période de probation. À la moindre erreur, il serait immédiatement renvoyé.

Il avait rassuré Cassie sur le fait que ce n'était pas sa faute. C'est lui qui avait pris la décision et, en dépit de tout ce que cela avait déclenché, il ne regrettait aucunement de l'avoir fait. Le patient était vivant, c'était tout ce qui comptait. Si ses actes avaient pour conséquence d'être mis à l'épreuve, il se soumettrait à cette décision. C'était la seule et unique fois qu'il commettait une erreur, seule ombre à un début de carrière irréprochable.

C'est Cassie que cette nouvelle avait le plus ébranlée. Lui avait été contrarié mais il était persuadé qu'en cachant leur relation encore quelques mois, cet épisode ne serait bientôt qu'un mauvais souvenir. Or, à sa grande surprise, Cassie l'intrépide, la femme pleine d'audace dont il était tombé amoureux, avait eu peur de prendre ce risque.

Quand elle lui avait fait part de son inquiétude et avait suggéré qu'ils ne se voient plus, il s'était imaginé qu'elle parlait d'une pause de quelques semaines ou de quelques mois, le temps que les choses se tassent. De se voir moins souvent jusqu'à ce qu'elle ait son diplôme, de jouer la carte de la sécurité.

Il avait ensuite appris qu'on lui avait retiré la bourse qui lui avait été attribuée, à cause de la période de probation. Il n'avait pas pu cacher sa déception.

Trois jours plus tard, il avait trouvé le mot sur la table de nuit.

Parfois, il se demandait comment aurait évolué la situation entre eux s'il ne s'était pas fait renverser par ce chauffard six semaines plus tard. Au départ, il n'avait pas pu appeler qui que ce soit. Seule sa famille proche avait été mise au courant et il lui avait demandé de ne pas ébruiter la nouvelle de son accident. Si Cassie en était venue à l'apprendre, elle serait revenue pour l'aider, le soutenir. Or, il voulait mettre toute son énergie dans la rééducation sans avoir à réfléchir à leur relation et à ce qu'il éprouvait pour elle. Et il ne voulait surtout pas qu'elle revienne par pitié.

D'ailleurs, il n'était même pas sûr qu'elle ait envie de revenir.

Ce qui avait dû plaire à Cassie était le fait que leur relation soit secrète. Son intérêt résidait dans la nécessité de se voir en cachette et le risque d'être découverts. C'était sans doute un moyen de plus, à ses yeux, d'enfreindre les règles, de se procurer des sensations fortes.

Il avait gardé la bague pendant longtemps – plus longtemps que nécessaire – puis avait fini par la vendre pour s'acheter la Suzuki 650. Une bague contre une moto. Ce n'était pas une mauvaise affaire, tout compte fait.

Cela faisait maintenant trois ans qu'il était arrivé au Salvador, où il était reparti de zéro et avait construit une vie dont il pouvait être fier. Il n'était plus un chirurgien de grande renommée mais il s'était épanoui en tant qu'obstétricien.

Quant aux femmes, à part quelques brèves aventures, de-ci de-là, il n'avait rien vécu de sérieux depuis Cassie. Il se disait que c'était aussi bien comme ça. La vie au Salvador était suffisamment compliquée sans avoir besoin d'y mêler une histoire sentimentale.

D'où l'intérêt de clarifier la situation avec Cassie dès le

départ. Maintenant qu'ils étaient obligés de se fréquenter quotidiennement, ils devaient accepter de n'être que des confrères – des amis, à la rigueur, mais rien de plus. La forte attraction qu'il ressentait ne devait pas lui faire oublier que leur relation n'avait pas fonctionné, qu'elle ne fonctionnerait certainement jamais et qu'ils ne se remettraient jamais ensemble.

Il n'était pas encore allé prendre sa dose journalière contre la malaria et se dirigea vers la pharmacie, dans la petite structure en parpaings au centre du camp. Il entra et y trouva Cassie qui se débattait avec un bandage.

— Qu'est-ce qui t'est arrivé ? demanda-t-il en voyant l'état de sa cheville. Elle haussa négligemment les épaules.

— Ce n'est rien. Je me suis cognée, hier, quand nous nous sommes pris la pierre, à moto.

— Pourquoi ne me l'as-tu pas dit ? Tu n'as pas voulu que je jette un coup d'œil.

Elle se renfrogna.

— Parce que ce n'est pas si grave. Elle est juste un peu gonflée et un peu sensible. Je veux simplement mettre un bandage pour la tenir.

Sa cheville était effectivement gonflée et un peu rouge mais pas au point de révéler une entorse. Il lui fallait simplement un bandage, des antalgiques et surtout, du repos. Or, Cassie avait passé la matinée à marcher pour rentrer au camp. Pourquoi n'avait-elle rien dit ? Que craignait-elle au point de ne pas lui dire qu'elle s'était fait mal ?

— J'aurais apprécié que tu m'en parles, dit-il. D'autant que nous avons marché des kilomètres, ce matin. J'aurais pu t'aider.

— Je n'ai pas besoin d'aide, dit-elle en retirant, un peu agacée, le bandage qu'elle avait manifestement du mal à poser correctement.

Il ne put s'empêcher de sourire.

— Ah, vraiment ? J'ai connu des étudiants en première

année de médecine qui faisaient de plus beaux bandages que toi. Tu es sûre que tu as ton diplôme ?

Elle lui jeta un regard noir.

— Je suis gynécologue obstétricienne, pas kiné. Cela fait des années que je n'ai pas eu à bander une cheville.

Il s'assit à côté d'elle.

— Fais voir. Moi, par contre, je n'ai pas arrêté de me faire mal depuis que je suis ici. J'ai pris le coup de main.

Elle lui tendit la bande à contrecœur. Il examina et palpa sa cheville pour s'assurer qu'elle n'était pas foulée puis la banda correctement.

Cassie tendit la jambe et bougea la cheville.

— C'est beaucoup mieux, en effet. Merci.

Elle leva vers lui un regard contrit.

— Je suis désolée d'avoir été désagréable. En fait, je déteste qu'on me couve.

Il comprenait. C'était souvent difficile pour un médecin, d'endosser le rôle du patient. Lui-même était un peu mal à l'aise quand il avait besoin de soins médicaux.

Il lui sourit.

— Toujours aussi indépendante.

Il s'interrompit, hésita, l'espace d'un instant.

— Cela en vaut-il vraiment la peine ?

— De quoi parles-tu ?

— De montrer que tu n'as besoin d'aide de personne.

Et encore moins de ma part, pensa-t-il sans le dire à voix haute.

Elle demeura silencieuse un moment. Il regretta d'avoir parlé trop vite. Pourquoi ne se contentait-il pas d'accepter ses remerciements au lieu de les mettre tous les deux dans l'embarras ? Qu'allait-elle pouvoir répondre à une question pareille ?

Elle prit une profonde inspiration.

— Il y a une chose que je ne t'ai jamais dite.

Au ton de sa voix, il s'arrêta de bouger. Ce qu'elle avait

à dire semblait difficile à exprimer. Il s'en voulut de l'avoir poussée dans ses retranchements. C'était déjà suffisamment pénible de s'être blessée à la cheville.

Cela dit, il avait vraiment envie de comprendre pourquoi elle s'entêtait à refuser l'aide qu'on lui proposait. Cela ne lui rendait pas service – comme en témoignait la manière désastreuse dont elle avait bandé sa cheville.

Les images de sa rééducation, après l'accident, lui traversèrent l'esprit. Combien de fois avait-il rêvé d'être autonome, de ne pas avoir à demander de l'aide pour accomplir le moindre geste ?

Mais il avait appris à l'accepter.

Qu'est-ce qui empêchait Cassie de faire de même ?

— Je suis née avec une cardiopathie, dit-elle. À seize ans, j'avais déjà subi trois opérations.

Il la regarda, ébahi. Il ne s'attendait pas à ce que la conversation prenne cette tournure. À aucun moment il n'aurait pu imaginer ce qu'elle venait de lui révéler.

— Pourquoi ne me l'as-tu jamais dit ?

— Je n'en ai pas parlé à grand monde. Les gens changent de regard sur moi une fois qu'ils le savent. Je ne voulais pas que ce soit ton cas. Cela peut paraître idiot, mais je ne voulais pas que tu me considères comme quelqu'un de faible.

— Faible ? Comment pourrais-je te trouver faible ?

— C'est ce qui s'est souvent produit. Les gens se mettaient à me traiter comme une petite chose fragile en apprenant ma maladie. Je ne voulais pas que tu me voies comme ça. Comme une personne qu'il faut protéger en permanence sous peine de la voir se briser en mille morceaux. Je voulais que tu me voies comme quelqu'un qui a toutes ses capacités.

Comment pouvait-elle s'imaginer qu'il voie en elle une femme faible, alors qu'elle était tout le contraire ?

— Impossible de penser que tu es une petite chose fragile quand on te connaît un peu.

Elle le fixa de ses grands yeux bleus et il soutint son regard un peu plus longtemps que nécessaire. Il retrouvait le même éclat que jadis au fond de ses yeux qui s'embrasaient quand elle défendait un argument ou un patient. Ou dès qu'elle parlait de quelque chose qui la passionnait.

Il détourna le regard et s'éclaircit la gorge.

— C'est donc pour cette raison que tu tiens à te débrouiller toute seule. Pour montrer que tu vaux davantage qu'un diagnostic.

Elle hocha doucement la tête.

— Dès ma naissance, ce diagnostic a régi ma vie. À l'école, on m'appelait « la malade ». Toute ma personne était réduite à ma pathologie.

Il grimaça.

— Les enfants ne sont pas toujours compatissants…

La révélation de Cassie était inattendue mais l'aidait à mieux comprendre certains détails. Comme le fait qu'elle l'ait envoyé balader la veille, dans la forêt, quand il avait proposé d'examiner sa cheville. Ce qui était de sa part une simple attention était pour elle de la sollicitude malvenue.

Il se souvenait aussi sa manière de se jeter à corps perdu dans tout ce qu'elle faisait, qu'il s'agisse d'un accouchement avec complications ou d'une chanson d'amour au karaoké. Tous les risques qu'elle avait pris au cours de leur histoire d'amour étaient-ils pour elle un moyen de prouver qu'elle était forte ?

Des images de sa propre enfance lui revinrent à l'esprit. Une enfance active, pendant laquelle il faisait de la balançoire, sautait sur les trampolines, pratiquait différents sports. Tout ce que des enfants en bonne santé faisaient sans se poser de questions. Alors que d'autres passaient leur temps sur la touche, regardant leurs camarades jouer sans pouvoir participer.

— Tu as dû te priver de beaucoup de choses.

— Le plus dur n'était pas d'être privée d'activité mais de supporter mes parents qui me traitaient comme si j'étais en porcelaine. Tout le monde me répétait à l'envi de *ne pas* faire ceci ou cela, afin de *ne pas* fatiguer mon cœur. Tout ce qui était normal pour les autres était considéré comme dangereux pour moi. Hier soir, quand tu as parlé de la colo, je me suis demandé à quoi cela ressemblait. Jamais on ne m'a envoyée en colonie de vacances. Longtemps, je n'ai pas eu le droit de grimper aux arbres, de faire du vélo. Et, après la dernière opération, pendant quelques semaines, j'étais tellement affaiblie que je n'arrivais même pas à faire mes lacets toute seule.

— Je n'imagine pas ce que tu as dû vivre avec toutes ces contraintes, toutes ces restrictions.

Elle soupira.

— En fait, elles ont fini par produire l'effet inverse de celui que tout le monde escomptait. Je me suis juré de ne plus laisser quiconque me dicter ma conduite et me dire que telle ou telle chose était trop dangereuse pour moi.

Elle lui adressa un regard de défi.

— J'ai été reçue à la faculté de médecine. Ça a été la chance de ma vie. Mon cœur était totalement guéri et je vivais seule, pour la première fois de ma vie.

— Et tu voulais mordre la vie à pleines dents.

Cette révélation lui faisait voir Cassie autrement. Il comprenait mieux, à présent, l'attitude qu'elle avait quand il l'avait connue. À l'époque, il pensait que sa témérité était dans sa nature. Mais ce qu'elle venait de lui révéler éclairait sa personnalité d'un jour nouveau. Il se demandait si elle aimait autant prendre des risques qu'elle le prétendait, après tout. Et dans quelle mesure elle ne se faisait pas violence.

Quoi qu'il en soit, il éprouva un élan de tendresse envers elle. Envers la petite fille surprotégée et la jeune femme qui avait mis tant d'ardeur à se montrer forte.

Cassie reprit la parole, et ses mots confirmèrent ce qu'il ressentait.

— *Carpe diem* est devenu ma devise. Sï j'ai autant tenu tête aux internes et aux médecins, c'est en partie parce que le fait d'aller à l'encontre de l'autorité était tout nouveau pour moi. De l'extérieur, j'avais l'air de prendre la défense de mes patients mais au fond de moi, j'étais une ado qui cherchait toutes les occasions d'enfreindre les règles.

— Notre relation a-t-elle été, elle aussi, une occasion d'enfreindre les règles ? s'entendit-il dire.

Elle le regarda comme s'il venait de la gifler.

— Tu penses vraiment ce que tu viens de dire ?

— Je te pose la question, c'est tout.

— Tu crois que j'étais avec toi seulement parce que c'était interdit ?

— Vu ce que tu viens de me raconter, ce ne serait pas totalement inconcevable. Ni répréhensible.

Un éclair traversa ses yeux mais elle demeura silencieuse et pensive.

— Je pense que cela a dû jouer, au début, admit-elle. Mais au début seulement.

Au début seulement ? Et ensuite ?

Était-elle en train de dire qu'elle avait eu des sentiments plus profonds pour lui par la suite ? Ou qu'elle s'était rapidement aperçue que leur relation n'avait aucun sens ?

Il l'ignorait mais n'était pas sûr d'avoir envie de le savoir.

Elle le regardait comme si elle attendait une réponse. Mais les questions tourbillonnaient dans son esprit et son cœur débordait d'un sentiment sur lequel il avait du mal à poser des mots.

— On a tous des regrets, se contenta-t-il de dire, faute de mieux.

— C'est vrai. Je regrette d'être partie de cette manière. En te laissant un mot. J'aurais dû te parler en face. Après tous les risques que j'avais pris cette année-là, j'aurais dû avoir le courage de soutenir ton regard. Mais je n'ai pas pu. Je suis désolée.

De toute évidence, elle avait besoin de revenir sur cet épisode. Probablement pour le conclure définitivement et passer à autre chose, comme ils l'avaient évoqué la veille. Le temps des amours était bel et bien révolu. Désormais, ils seraient confrères et amis.

Elle le fixait toujours, manifestement en attente d'une réponse.

Si elle était prête à passer à autre chose, il devait pouvoir le faire aussi.

— J'accepte tes excuses, dit-il.

En prononçant ces mots, il eut la sensation qu'on lui retirait un poids de la poitrine. Mais ce soulagement fut de courte durée. Car un nouveau problème surgissait et, avec lui, une nouvelle tension dans la poitrine.

Il n'avait plus à choisir entre les deux élans contradictoires qui se livraient bataille en lui depuis que Cassie était réapparue dans sa vie. Ce dilemme était résolu. Car il n'éprouvait plus le besoin de s'éloigner d'elle.

Mais l'envie de la serrer dans ses bras était plus forte que jamais.

De toute évidence, laisser le passé derrière lui risquait de se révéler plus difficile qu'il ne le pensait.

4.

Cassie mit quelques semaines à s'adapter à la vie au camp. Les patients vivaient tous des situations différentes, les jours défilaient sans se ressembler. Le matin, elle ne savait jamais de quoi sa journée serait faite.

Le camp était très éloigné des endroits dans lesquels elle avait travaillé jusque-là. Le manque d'équipement moderne rendait parfois la tâche difficile mais ce genre de contraintes lui donnait l'occasion de déployer des efforts comme jamais. Chaque accouchement l'obligeait à se concentrer sur plusieurs choses à la fois. Sans moniteur prévenant que le rythme cardiaque d'un fœtus était en chute libre ni oxymètre pour mesurer le taux d'oxygène dans le sang d'une patiente, il fallait s'appuyer sur ses compétences techniques et ses facultés d'observation, sans se déconcentrer un seul instant.

Les naissances n'étaient pas toujours simples et les complications étaient un défi qui pouvait se transformer en drame pour toutes les personnes impliquées. Mais la douleur de ces cas extrêmes était compensée par l'autre facette de ce métier, à savoir la joie et la célébration.

Au Salvador, les enjeux étaient totalement différents de ceux auxquels elle avait été confrontée jusqu'à présent. Plus Cassie voyait les difficultés auxquelles ses patientes salvadoriennes faisaient face, plus elle se sentait à sa place. Ces femmes voulaient mettre leurs enfants au monde dans un endroit sûr et protégé, comme toutes les femmes de la planète. Cassie était déterminée à faire son possible pour qu'elles reçoivent cette protection.

Là, elle redécouvrait certaines de ses valeurs de médecin les plus profondes. Elle avait commencé sa carrière en rêvant de donner à ses patientes le même niveau de soin que celui que sa famille et elle-même avaient reçu quand elle était petite.

Tous les médecins qui l'avaient opérée prenaient le temps de faire connaissance avec elle et l'avaient suivie de près après chaque opération.

Mais, à l'époque où elle avait eu son diplôme, le paysage avait déjà changé. La plupart des hôpitaux disposant de ressources humaines et matérielles de qualité étaient des cliniques privées, dans lesquelles le principal souci de l'administration était son bénéfice financier. Ce qui demandait de passer moins de temps avec les patients et d'effectuer le maximum de procédures facturables par mois. Elle avait fait le choix de travailler dans l'une de ces cliniques afin que ses patientes reçoivent des soins de qualité, mais avait fini par se demander en quoi résidait vraiment la qualité d'un soin. Elle avait trop souvent l'impression de travailler dans un service de livraison de bébés plutôt que dans un établissement médical.

Elle avait accepté cet état de fait pendant longtemps – trop longtemps, sans doute. À ses débuts, la jeune étudiante en médecine qui n'avait pas froid aux yeux défendait coûte que coûte le bien-être de ses patients. Si elle sentait que l'un d'entre eux avait besoin de plus de temps, de soins ou d'une procédure risquée, elle n'hésitait pas à monter au créneau.

Mais, après avoir quitté Bryce, elle avait enfoui cette facette combative de sa personnalité au plus profond d'elle-même, submergée par la culpabilité d'avoir agi avec autant d'irresponsabilité.

Depuis qu'elle travaillait au camp, elle se demandait comment elle avait pu travailler aussi longtemps dans ces conditions, à New York, sans donner de coup de pied dans la fourmilière. La version rebelle de Cassie n'hésitait jamais à remettre le système en question ni à faire un pas de côté si elle le considérait comme nécessaire pour la santé ou le bien-être de ses patientes. Cette version d'elle s'était diluée dans une Cassie disciplinée jusqu'à se perdre dans les compromis exigés par le milieu dans lequel elle exerçait son métier.

Dans le camp, le risque et l'improvisation étaient encouragés et considérés comme une partie intégrante du soin à donner aux femmes et à leurs bébés. Là, elle reprenait contact avec sa passion pour la médecine. C'était ce qu'elle était venue chercher.

Contre toute attente, son aventure salvadorienne lui avait permis de reprendre contact avec Bryce. Ils passaient leur temps à se croiser, quand ils ne travaillaient pas ensemble sur les mêmes cas.

Elle n'en revenait pas de la facilité avec laquelle ils avaient repris leurs marques l'un avec l'autre dans le travail. Elle avait oublié à quel point leur collaboration était féconde, en plus d'être agréable. À mesure que les patientes affluaient, ils retrouvaient leur rythme de croisière, comme si les années n'avaient pas passé. Ils travaillaient sans heurts, y compris sur des cas difficiles ou complexes qui nécessitaient de prendre certains risques au niveau médical tout en faisant preuve de la plus grande vigilance. Les patientes pour qui les procédures les plus risquées étaient nécessaires étaient souvent les patientes les plus fragiles. Or, c'est précisément dans ces cas-là que leurs qualités respectives s'équilibraient, pour le bien des femmes.

Elle ignorait toujours pourquoi il était devenu obstétricien mais n'avait pas encore eu le courage de le lui demander directement. En réalité, elle ignorait pratiquement tout de ce qu'il avait fait au cours des cinq années pendant lesquelles ils avaient été séparés.

Et la conversation qu'ils avaient eue le jour où il lui avait refait son bandage à la cheville continuait à résonner dans son esprit. Les paroles de Bryce l'avaient marquée.

« Notre relation a-t-elle été, elle aussi, une occasion d'enfreindre les règles ? »

Il s'imaginait qu'à ses yeux, leur relation n'était qu'une aventure sans importance, un outil de rébellion. Elle avait fini par comprendre que c'était bien ce qu'il pensait d'elle. Et, pire, elle comprenait pourquoi.

Elle était partie en lui laissant un petit mot laconique. En quittant Bryce, elle avait le sentiment de tout quitter. Elle ne trouvait pas les mots pour lui parler et elle se sentait incapable de soutenir la douleur qu'elle lirait sur son visage si elle attendait de lui parler franchement. Quand il avait perdu sa bourse, l'idée que leur relation puisse nuire encore davantage à sa carrière lui était devenue intolérable.

À présent, elle se rendait compte que Bryce avait interprété les choses à sa manière, pensant qu'elle l'avait quitté parce qu'elle ne tenait pas à lui et que leur histoire n'était qu'une parenthèse excitante parmi d'autres.

Comment pouvait-elle lui faire comprendre qu'il n'en était rien ? Et qu'elle tenait à lui beaucoup plus qu'il ne le croyait ?

Pour trouver le courage de partir, elle s'était persuadé qu'il n'y avait d'autre solution possible que de le quitter. C'était la seule et la plus courageuse, pensait-elle à l'époque. Mais en entendant Bryce l'accuser de prendre leur relation à la légère, de ne pas y voir autre chose qu'une aventure sans avenir, elle devait reconnaître que la manière dont elle était partie était tout sauf courageuse. Au contraire, elle avait été dictée par la peur.

À en juger par ce que disaient de lui Enrique et ses autres collègues, la peur ne faisait pas partie de l'univers émotionnel de Bryce, qui se portait volontaire pour partir dans des missions risquées dès que l'occasion se présentait. Jamais elle n'aurait imaginé cela de lui. Le Bryce de ses souvenirs était prudent, précautionneux, mesuré. Comment avait-il pu changer à ce point ?

Manny Martinez, le petit garçon qui avait porté son sac à dos le jour de son arrivée, semblait tout connaître de Bryce. Il lui vouait une admiration sans bornes et le suivait partout. Il arrivait aussi qu'il marche sur les talons de Cassie et lui rende des services. Il adorait lui raconter les exploits de Bryce, dont certains étaient manifestement enjolivés par son imagination de petit garçon. Elle doutait, en effet, qu'en parcourant des kilomètres pour apporter des médicaments dans un village reculé, Bryce et Manny aient dû traverser une rivière en marchant sur le dos de crocodiles comme sur des rochers, et qu'ils soient tombés sur un nid de serpents une fois passés sur l'autre rive. Quand elle avait exprimé son incrédulité, Manny avait renchéri en ajoutant à l'histoire la présence de deux jaguars.

Dès qu'il avait pu, il lui avait présenté sa petite sœur, Rosibel, née le jour de son arrivée au Salvador.

— Au début, je voulais plutôt un frère mais en fait, je l'aime bien, ma sœur. Maman est toujours en train de s'occuper d'elle et elle ne voit pas tout le chocolat que j'ai, dit-il en tapotant les poches de son pantalon, remplies de douceurs grappillées auprès des médecins du camp.

Cassie tendit le doigt à Rosibel qui le serra fort. La vue des nouveau-nés l'emplissait d'espoir. Ils portaient en eux une nouvelle vie avec tous ses possibles. Quand elle-même était née, tout le monde s'était inquiété pour elle. Or, elle s'était accrochée à la vie aussi fort qu'elle avait pu. Telle était sa vision de son métier : faire naître des bébés, c'était se tourner vers la vie.

Et c'était le métier que Bryce exerçait aussi. C'était lui qui avait mis Rosibel au monde. Bryce l'obstétricien, pas le chirurgien.

Qui était cet homme mystérieux qui mettait les bébés au monde un jour et sautait sur le dos des crocodiles le lendemain ? Il y avait tant de choses qu'elle ignorait de lui !

Pendant cinq ans, quand elle pensait à lui, elle le voyait tel qu'elle l'avait connu, sans imaginer un instant qu'il avait pu changer. Alors que le contraire aurait été étonnant. Tout le monde changeait. Elle la première.

Elle avait toujours été attirée par sa gentillesse. Elle l'avait reconnue dans l'attention avec laquelle il l'avait aidée à faire son bandage ou dans la patience dont il faisait preuve à l'égard de Manny. Mais il y avait aussi en lui désormais une détermination qu'elle ne lui connaissait pas. Et qui s'exprimait quand il faisait vrombir sa moto en quittant le camp ou qu'il criait des instructions aux équipes médicales avant un nouvel afflux de réfugiés.

Pour être honnête, ce mélange de tendresse et de détermination le rendait sacrément séduisant. Elle avait vu en lui la même détermination chaque fois qu'il était devant une table d'opération.

Que s'était-il passé dans sa vie pour qu'il abandonne un métier qui le passionnait autant et dans lequel il excellait ? La chirurgie et l'obstétrique étaient deux univers différents. Dans le premier, le sort du patient anesthésié était entre les mains du médecin. Alors qu'une naissance était un travail d'équipe dans lequel les patientes jouaient un rôle aussi important, voire plus, que le médecin. Le lien qui se créait entre la parturiente et le personnel médical était crucial, à plus forte raison si elle avait peur ou que des complications survenaient.

Qu'est-ce qui pouvait pousser un chirurgien de la trempe de Bryce à vouloir exercer un métier aussi différent ?

Une expérience bouleversante ? Une rencontre inspirante ?

En cinq ans, il avait pu se passer beaucoup de choses.

Positives comme négatives.

Peut-être que quelqu'un avait découvert qu'il était sorti avec une étudiante – raison pour laquelle elle était partie. Se pouvait-il qu'il ait été renvoyé malgré tout à cause de cela ? À cause d'elle ?

Mais, si tel était le cas, il aurait pu aller terminer son internat ailleurs. Il était tellement brillant que les hôpitaux se seraient battus pour qu'il fasse partie de leur personnel.

Non, il n'était pas pensable qu'elle ait gâché sa carrière à ce point. À moins que…

Il fallait qu'elle sache. Même si la réponse était désagréable à entendre, elle devait comprendre si elle était pour quelque chose dans le fait que Bryce ait perdu son poste et changé de spécialité. Car, en dépit de ce qu'il pouvait penser, leur relation avait beaucoup compté pour elle. Elle l'avait quitté pour le protéger, pour ne pas faire davantage de dégâts dans sa vie qu'elle n'en avait déjà faits. Même si elle ne pouvait rien y changer, désormais, il fallait qu'elle sache si elle avait fichu sa carrière en l'air. Et, si c'était le cas, qu'elle trouve le moyen de se faire pardonner. D'une manière ou d'une autre.

Bryce fut surpris de voir Cassie à la porte de son logement. Elle venait lui proposer d'aller boire un café dans le réfectoire. Il fut encore plus surpris de s'entendre répondre oui.

Travailler avec elle s'était révélé plus facile qu'il ne l'avait imaginé. Il n'avait pas mis longtemps à retrouver ses marques et tout ce qui lui avait manqué d'elle pendant toutes ces années. Les blagues sur les patients et la facilité avec laquelle l'un anticipait les décisions de l'autre étaient enthousiasmantes après ces années de séparation. Il devait bien avouer aussi que sa curiosité avait été piquée lors de la conversation qu'ils avaient eue dans la pharmacie. Il ignorait totalement que Cassie était née avec un problème cardiaque. Jamais elle n'y avait fait la moindre allusion.

Avant l'accident, il n'aurait probablement pas compris sa volonté de ne pas en parler. Mais à présent, cela lui paraissait plus que justifié. Pendant des années, sa famille n'avait vu en lui que le chirurgien surdoué. Ils étaient tellement obnubilés que cet aspect de sa personne occultait tous les autres. Et, quand sa vie avait volé en éclats, il n'avait vu que ce qu'il avait perdu. Le reste n'existait pas. Et, encore aujourd'hui, il avait parfois du mal à admettre que sa valeur ne tenait pas tant au fait d'avoir été un grand chirurgien qu'à tout ce qu'il avait réussi à construire depuis en dépit des obstacles et des difficultés.

Cassie avait gardé sa maladie secrète pour les mêmes raisons qu'il ne tenait pas à parler de l'accident et de son ancienne carrière. Quand les gens apprenaient des informations aussi graves, certains ne vous regardaient plus qu'à travers ce prisme-là. Or, il avait déployé des efforts surhumains pour être autre chose que la victime d'un accident de la route et autre chose qu'un homme au passé prestigieux.

De toute évidence, Cassie avait, elle aussi, bataillé pour qu'on la considère comme une personne à part entière et pas seulement comme une malade. Entendre les autres enfants l'appeler « la malade » avait dû être atroce.

Y avait-il d'autres choses qu'elle ne lui avait pas dites d'elle ?

Quand ils entrèrent dans le réfectoire, il alla chercher les cafés.

— Tu t'en es souvenu, dit-elle après avoir porté le café à ses lèvres.

— Noir, avec deux sucres. Il y a des choses qu'on n'oublie pas. Comme la manière dont Cassie Andover aime son café.

Elle sourit.

— Que de souvenirs nous avons !

— C'est vrai, dit-il en souriant à son tour. Et j'irais même jusqu'à dire que la plupart d'entre eux sont de bons souvenirs.

Elle demeura pensive un moment puis le regarda par-dessus sa tasse.

— Tu as raison. Mais je ne t'ai pas demandé de venir boire un café pour parler de nos bons souvenirs. En fait, j'ai un mystère à lever.

Il attendit en se demandant ce qu'elle voulait dire par là.

— J'adore les mystères, comme tu dois certainement t'en souvenir.

Elle reposa sa tasse.

— Justement, Bryce. Je m'en souviens, comme tu t'es

souvenu de mes goûts en matière de café. Ce qui signifie que tout n'a pas complètement changé en cinq ans. Tu es toujours le Bryce que j'ai connu.

— Qui veux-tu que je sois d'autre ?

— C'est justement l'énigme que je cherche à résoudre. Le Bryce de mon souvenir se faisait supplier pour monter sur ma moto. Et il n'aurait jamais conduit comme tu l'as fait quand tu es venu me chercher le premier jour. Le Bryce de mon souvenir avait une passion pour la chirurgie et pour rien au monde il n'aurait envisagé de changer de métier. Il ne prenait pas l'hélicoptère pour aller négocier avec des chefs de gangs. Et il n'affrontait pas les crocodiles ni les jaguars.

— Je vois que Manny t'a raconté ma vie… dit-il en souriant.

Il se demanda si Cassie avait enquêté auprès de Manny ou des autres personnes du camp.

— Manny t'adore. Mais là n'est pas la question. La question est : qui es-tu et qu'est-il arrivé au Bryce que j'ai connu ?

Bryce remua doucement son café en se demandant ce qu'il allait répondre. Certes, sa vie avait changé depuis l'accident et depuis qu'il avait abandonné le métier de chirurgien. Cassie avait raison sur un point : à l'époque où ils sortaient ensemble, il avait effectivement beaucoup de mal à prendre des risques. D'ailleurs, c'est cette qualité qui l'avait attiré chez elle et qui lui avait permis de la mettre au jour chez lui.

C'était aussi l'une des raisons pour lesquelles il avait été aussi bouleversé par son départ.

— C'est une grande question. Cinq ans se sont écoulés, Cassie, dit-il comme s'il cherchait à gagner du temps pour mieux réfléchir à la réponse.

— Dans ce cas, commence par le commencement. Ou plutôt, commence par ce que j'ai vraiment envie de savoir : comment as-tu pu te payer une moto pareille avec un salaire de Médecine Internationale ?

Cassie dans toute sa splendeur. Qui, sans s'en rendre compte, mettait toujours les pieds dans le plat.

Il avait été ravi qu'ils se retrouvent et qu'ils se redécouvrent mutuellement au cours des semaines qui venaient de s'écouler, mais il ne se sentait pas vraiment armé pour affronter cette conversation. Justement, c'était peut-être parce qu'il avait apprécié leurs retrouvailles et leur reconnexion qu'il n'avait pas envie de révéler comment il avait pu payer sa moto, pas envie de lui dire de but en blanc qu'il avait vendu une bague qu'il comptait lui offrir.

Le problème était qu'il n'avait jamais su mentir. Et, depuis l'accident, c'était pire. Ses mains se mettaient à trembler à la moindre émotion forte. Si elle le remarquait, elle lui poserait d'autres questions, auxquelles il n'était pas sûr non plus d'avoir envie de répondre.

Il décida de lâcher une demi-vérité.

— Il y a quelque temps, je sortais avec une femme et j'avais acheté une bague de fiançailles. Mais nous avons rompu. J'ai vendu la bague et me suis acheté la moto. Voilà.

Il haussa les épaules en s'efforçant d'avoir l'air détendu. Tout ce qu'il venait de dire c'était vrai. Il avait simplement omis de dire que la bague lui était destinée. Mais c'était un détail qu'elle n'avait pas besoin de savoir.

Elle s'étouffa avec une gorgée de café.

— Tu voulais te fiancer ? Ça devait être sérieux entre vous.

— Pour moi, oui, ça l'était. Mais probablement pas pour elle.

— C'était quel genre de femmes ?

Il réfléchit. Loin de lui l'idée de mentir effrontément à Cassie. Ce qu'il voulait, c'était passer à autre chose le plus rapidement possible, quitte à omettre certains faits.

Par chance, Cassie ne lui laissa pas le temps de répondre.

— Oublie, enchaîna-t-elle. Je ne vois pas en quoi cela me regarde. Et, quoi qu'il se soit passé avec elle, je me doute que ce n'est pas à moi que tu as envie de le raconter. En fait, en te proposant un café, je voulais simplement que nous parlions un peu de nous, de notre…

Elle hésita.

— De notre amitié ? suggéra-t-il.

— Oui. De notre amitié. Le camp n'est pas très grand et nous nous voyons tous les jours. Cela m'a fait un choc de te voir ici le premier jour mais, depuis, j'ai trouvé mes marques et j'adore cet endroit. La seule chose qui pourrait améliorer la situation serait que nous soyons amis. Pour cela, il faut que nous refassions connaissance, non ?

Elle avait raison. Ils avaient changé tous les deux. Il était probablement un peu plus détendu qu'auparavant, d'autant qu'il n'était plus obsédé par le fait de protéger ses mains à tout prix. Quant à elle, qui lui avait toujours paru fonceuse et casse-cou, il venait de comprendre qu'elle avait appris à l'être et s'était battue pour y parvenir. Il se demanda si elle était restée aussi intrépide pendant toutes ces années.

— Tu as raison. D'autant que moi aussi, j'ai des questions à te poser.

— J'y répondrai si tu réponds aux miennes.

— Très bien. Je commence. Qu'est-ce que la meilleure gynécologue obstétricienne de New York fait au Salvador ?

Pour toute réponse, elle éclata de rire.

— Qu'est-ce que j'ai dit de drôle ?

— Je ris parce que la réponse est dans la question. C'est à cause de mon travail à New York que je suis ici aujourd'hui. Et j'ignorais que j'étais la meilleure gynécologue obstétricienne de New York.

— Quelle fausse modestie ! La femme de mon ami Marcus m'a dit qu'il n'y avait pas moyen d'obtenir un rendez-vous avec toi. Il paraît qu'il fallait connaître quelqu'un qui connaissait quelqu'un si on voulait avoir une petite chance d'avoir rendez-vous avec Cassie Andover.

Elle leva les yeux au ciel.

— C'est précisément pour cette raison que je suis partie. Je n'ai jamais cherché à ce que la situation évolue dans ce sens.

— Mais ce doit être vrai, au moins en partie, sans quoi tu n'aurais pas cette réputation.

— Peut-être. Mais je me disais parfois que ma réputation était un coup de chance extraordinaire. Que je me suis trouvée au bon endroit, dans un moment important de la vie de quelqu'un.

— Comment ça ?

— Il y a quelques années, lors d'un accident grave sur l'autoroute, une femme enceinte s'est mise à avoir des contractions. Le travail commençait, avec des semaines d'avance. Il se trouve qu'il s'agissait d'une chanteuse très célèbre. J'ai fait naître le bébé, la rumeur a circulé et, du jour au lendemain, je me suis mise à accoucher les femmes les plus riches et les plus célèbres de la planète. Qui se trouvent être aussi les patientes les plus pénibles. Et, plus elles ont d'argent, plus elles sont exigeantes. Elles nous traitaient, mes infirmières et moi, comme des domestiques.

— C'est pour cela que tu es partie ?

— Oui.

Elle fronça soudain les sourcils.

— Tu as dit que la femme de Marcus voulait un rendez-vous avec moi ? Tu parles de Marcus, de l'hôpital de l'époque ? C'est dingue, je n'ai pas vu Marcus depuis… depuis son dernier jour de stage, quand tu lui as demandé de boire dans un tube de prélèvement.

— J'ai parié cinquante dollars qu'il n'était pas capable de boire le liquide.

— Qui se trouvait être jaune pâle.

— Si mes souvenirs sont bons, c'est toi qui es repartie avec mes cinquante dollars.

Cassie pouffa de rire.

— Cela se voyait à des kilomètres que c'était du jus de pommes.

— Comment pouvais-tu en être aussi sûre ?

— J'avais confiance en toi. Je suis étonnée que Marcus ne t'ait pas fait plus confiance.

— Je me rappelle la tête qu'il a faite quand tu as sifflé le tube. Rien que cela valait bien cinquante dollars.

— Pauvre Marcus ! Nous étions impitoyables avec nos blagues idiotes.

— Oui, Marcus avait enduit les embouts de mon stéthoscope de lubrifiant chirurgical. J'en ai eu plein les oreilles. Je me souviens aussi de l'époque où il ne faisait pas bon dormir dans la salle de repos. On risquait toujours de se réveiller avec un bras ou une jambe dans le plâtre.

Ils avaient vraiment passé de bons moments. Bryce avait toujours abordé son métier avec beaucoup de gravité. Avec Cassie, il avait appris à rester sérieux sans se prendre au sérieux. Avec elle, le travail à l'hôpital était plaisant.

— J'ai un peu la nostalgie de cette époque, où tout était détendu, dit-elle. L'ambiance n'était pas la même au Brooklyn General. On ne tolérait pas les blagues. On nous demandait de satisfaire les désirs de nos patientes, un point c'est tout. Nous n'avions même plus l'énergie de plaisanter.

— À ce point ?

Elle secoua la tête.

— En réalité, j'étais tellement débordée que je ne distinguais plus les journées les unes des autres. Je n'en pouvais plus. J'avais envie de paix et de recouvrer le goût des choses que j'aimais, de me reconnecter à ce qui était important pour moi.

— D'où le choix de ce pays qui ne compte pas moins de vingt-trois volcans en activité. Parfait pour recouvrer la paix !

— Je me suis calmée, tu sais.

— Je ne demande qu'à voir… dit-il, un sourire en coin sur les lèvres.

— Parle-moi plutôt du Bryce qui saute des hélicoptères en pleine jungle.

— Ce n'est pas si fréquent. J'ai dû le faire quatre fois cette année.

— Même si tu ne le faisais qu'une fois par an, ce serait déjà bien loin de l'image que j'avais gardée de toi. Mais ce n'est pas la seule chose qui me surprend de toi… Comment se fait-il que tu sois devenu obstétricien ? Que tu aies abandonné la chirurgie ? Changer de spécialité n'est pas une décision qu'on prend à la légère. D'autant que tu étais brillant.

Il eut un mouvement de recul involontaire en l'entendant prononcer ces mots : tu *étais* brillant. C'était exactement pour ne plus les entendre qu'il était venu vivre au Salvador.

Il se souvint soudain que Cassie ignorait tout de l'accident qu'il avait eu. Elle ne pouvait pas savoir à quel point le passé était un sujet douloureux pour lui.

L'espace d'un instant, l'idée de tout lui raconter lui traversa l'esprit. La collision, ses mains blessées, les tremblements qui s'étaient ensuivis. Mais quelque chose le retint.

Cassie était au courant de certains aspects de sa vie au Salvador. Les plus aventureux. Or, il n'était pas devenu une sorte d'Indiana Jones. Ce qu'elle ne savait pas, c'est qu'il ne se lançait pas dans des activités périlleuses par goût pour les montées d'adrénaline. Il le faisait simplement parce qu'il n'avait plus besoin de se protéger à l'extrême, et qu'il se fichait bien de se faire mal. Ce n'était pas du courage. Simplement, le fait de se blesser n'était plus un problème dans sa vie.

Mais même si les années étaient passées, même s'il se fichait de ce que Cassie pouvait penser de lui, il n'avait pas envie de la décevoir. Il ne voulait pas lui ôter ses illusions sur le fait qu'il était devenu quelqu'un d'un peu plus valeureux qu'avant.

C'était ridicule. Le regard de Cassie ne devrait pas avoir d'importance. Il avait fait sans pendant toutes ces années. Il avait appris à vivre sans se demander ce qu'elle pouvait penser de lui.

Il n'avait donc aucune raison de ne pas lui dire la vérité.

Il ouvrit la bouche mais n'eut pas le temps de dire un mot. Les portes s'ouvrirent en grand et Anna entra précipitamment dans le réfectoire.

— Nous avons un accouchement avec des complications dans la tente n° 3, annonça-t-elle en haletant.

Elle avait dû traverser le camp au pas de course.

— Il faut que vous veniez tous les deux.

Bryce et Cassie se levèrent promptement. Il n'avait pas eu le temps d'expliquer pourquoi et comment sa vie avait changé en cinq ans. Mais ce n'était que partie remise. Il trouverait bien l'occasion de le faire.

Bryce, Anna et Cassie coururent jusqu'à la tente abritant la maternité. En entrant, Cassie reconnut la patiente. C'était Elena Hernandez, qui avait déjà fait plusieurs fausses couches mais n'avait jamais perdu l'espoir de mener une grossesse à terme. Ce qui ne se produirait pas cette fois encore. Elle avait à peine atteint le huitième mois.

— Où en est-elle ?

— Le col est totalement dilaté, dit Anna. Mais elle est en travail depuis trois heures et rien n'avance. Au début, j'ai pensé que le bébé avait l'épaule coincée mais je pense qu'il y a autre chose. C'est trop long.

Cassie avait commencé à s'habituer à l'absence de moniteur fœtal. Elle passa la main sur le ventre d'Elena. Dans certains cas, il n'était pas nécessaire d'avoir recours à du matériel de pointe pour comprendre ce qui se passait.

— Je pense qu'ils sont deux, là-dedans, dit-elle.

Elena n'était pas épaisse et, entre la malnutrition et le travail prématuré, il n'était pas étonnant qu'elle ait l'air de ne porter qu'un bébé. Tout ce que Cassie espérait, c'était qu'il n'y en ait pas *plus* de deux.

— Nous allons bientôt le savoir, dit Bryce. Pour l'instant, il faut se préparer à faire une césarienne. Il faut l'emmener au bloc.

L'absence de moniteur cardiaque n'était pas le seul problème matériel auquel Cassie devait s'adapter. La moitié des lits d'hôpital disponibles au camp ne possédaient pas de roues. Au lieu de transférer les patients, comme partout ailleurs, sur un brancard ou une chaise roulante, luxe auquel ils n'avaient pas accès ici, ils devaient faire preuve de créativité.

Bryce et Anna se mirent à dérouler une grande bande de toile. Bryce lui tendit une extrémité et recula, de manière à tendre la toile dans laquelle Anna aida Elena à s'installer. Ils la transportèrent à petits pas dans cette civière improvisée, jusqu'à la tente communément désignée comme « le bloc », et la déposèrent sur la table d'opération.

Mais en quelques minutes qu'avait duré le trajet, la situation avait radicalement changé. Le ventre de la patiente s'était déformé jusqu'à ressembler à un sablier, signe que la filière génitale était obstruée. S'ils n'intervenaient pas rapidement, elle risquait de subir une rupture utérine qui pouvait entraîner sa mort.

— Anesthésiez-la du mieux que vous pouvez, dit Cassie à l'infirmière de bloc. Il faut commencer maintenant. De quel matériel de réanimation néonatale disposons-nous ?

— De nos pouces et notre souffle, répondit Bryce.

— D'accord, dit-elle entre ses dents.

C'était une question de vie ou de mort. Si le bébé naissait en souffrance, ils ne disposaient d'aucun matériel et elle devrait procéder à une RCP. Mais ils n'en étaient pas là.

Bryce commença à inciser le ventre. Mais s'arrêta presque aussitôt. Que lui prenait-il ?

— Qu'est-ce que tu fais ? demanda-t-elle. Bryce, nous n'avons pas une minute à perdre.

Il lui tendit le scalpel.

— Fais-le, toi.

— Mais tu as commencé.

— Peu importe. C'est une procédure compliquée et tu es la meilleure obstétricienne de New York. C'est à toi de le faire.

Elle se tut et prit le scalpel en essayant de dominer son agacement. Bryce avait commencé la césarienne. Elle ne comprenait pas pourquoi il ne continuait pas. Peu importait que ce soit lui ou elle, ils étaient aussi compétents l'un que l'autre et, surtout, le temps était compté.

Il lui revint, comme un flash, que Bryce lui avait paru nerveux avant d'inciser le ventre d'Elena. Mais elle devait faire erreur. Elle l'avait vu à l'œuvre depuis qu'elle était arrivée au camp, et avait trouvé qu'il connaissait parfaitement son métier. Certes, elle l'avait vu procéder à des accouchements par voie basse, pas par césarienne mais, étant donné sa formation de chirurgien, il devait être encore plus à l'aise avec un scalpel dans la main.

Elle se concentra sur ses gestes.

Comme chez beaucoup de patientes souffrant de malnutrition, l'utérus d'Elena n'était protégé que par une fine couche de peau, sans graisse. Elle fit une seconde incision. Il fallait que le bébé sorte au plus vite. Elle parvint à comprendre ce qui ralentissait le travail : la tête était un peu trop grosse. Et déjà un peu trop engagée pour qu'elle puisse sortir le bébé.

Bryce vit aussitôt le problème et vint l'assister. En quelques gestes précis, elle parvint à attraper les pieds du bébé, qu'elle fit naître par le siège. Elle entendit le cri de la fillette avec un grand soulagement.

Le personnel applaudit quand elle tendit le nouveau-né à la sage-femme pour qu'elle lui fasse sa toilette.

— Ne nous relâchons pas trop, dit Bryce en indiquant la patiente d'un signe de tête. Tu avais raison, il n'y en a pas qu'un.

Cassie se rapprocha d'Elena et scruta son abdomen, dans lequel elle perçut un mouvement infime et, en se rapprochant, une main minuscule.

Des jumeaux.

— Je ne l'aurais pas vu s'il n'avait pas bougé, dit Bryce. À toi l'honneur.

Cassie plongea la main dans l'abdomen de la patiente et sortit un corps minuscule de garçon, qu'elle tendit à la sage-femme.

Ensuite, c'est Bryce qui recousit le ventre, pendant que les pleurs des petits jumeaux emplissaient la tente. Pour Cassie, ces cris étaient le son de la victoire. Aucune réanimation cardio-pulmonaire néonatale n'avait été nécessaire ce jour-là.

Elle retira ses gants, épuisée. Bryce lui décocha un grand sourire et hocha la tête. Il était impressionné ?

Pour sa part, elle était toujours sous le choc de ce qui s'était passé. Comment, dans une situation où chaque seconde comptait, avait-il pu interrompre une procédure d'urgence pour lui tendre le scalpel ? Qu'est-ce qui l'avait fait hésiter à un moment aussi crucial ?

Une seule hypothèse lui venait à l'esprit : en dépit de tout ce que les gens disaient de ses exploits, il était toujours d'une extrême prudence. Mais cela n'expliquait pas son geste.

Si c'était elle qui avait commencé l'opération, jamais elle ne se serait arrêtée au milieu en se demandant qui, de lui ou d'elle, était le mieux placé pour continuer.

Mais il fallait voir le positif de la situation : aujourd'hui, ils avaient sauvé trois vies. Elle sourit en pensant au bonheur que devait éprouver Elena. Elle qui voulait tant avoir des enfants !

Lorsqu'elle sortit de la tente, elle n'eut pas le temps de poser à Bryce quelque question que ce soit. Il passa devant elle et s'éloigna promptement.

Quelque chose clochait pour que Bryce hésite à poursuivre une opération chirurgicale et pour qu'il lui donne l'impression de ne pas vouloir revenir sur le sujet.

5.

Bryce alla s'asseoir sous son balsa, épuisé. Il avait besoin de calme après la journée qu'il venait de passer. La naissance des jumeaux d'Elena par césarienne avait été le premier cas compliqué d'une série qui l'avait obligé à travailler douze heures d'affilée. Il avait l'impression que des années s'étaient écoulées depuis qu'il avait bu un café dans le réfectoire avec Cassie.

La nuit tombait. Il pouvait enfin souffler. Il s'adossa au tronc du balsa et essaya de relâcher les tensions de son corps. Le camp était pratiquement encerclé par la forêt, mais à l'ouest, les arbres étaient plus espacés et laissaient entrevoir les collines et, derrière elles, les montagnes dont les sommets étaient encore baignés de la lumière dorée du soleil couchant. Quelques lucioles commençaient à danser sous ses yeux.

Son estomac se mit à gronder. Il n'avait pas eu le temps de manger depuis le petit déjeuner. Mais il avait apprécié d'être occupé toute la journée, en dépit du stress. Les accouchements s'étaient enchaînés, ce qui lui avait évité de se retrouver de nouveau seul avec Cassie et surtout, de devoir poursuivre la discussion commencée au réfectoire. Il avait le sentiment qu'elle lui demanderait en outre des explications sur ce qui s'était passé au bloc, quand il lui avait passé le relais, et il ne se sentait pas prêt à y répondre.

Il savait que ses tremblements n'étaient pas graves au point de l'empêcher de procéder à des césariennes. Cela dit, il était toujours anxieux quand elles s'avéraient nécessaires. Savoir qu'il pouvait opérer ne signifiait pas qu'il était à l'aise pour le faire. C'était un peu comme si on lui demandait de réapprendre à faire du vélo. En théorie, il comprenait qu'il fallait s'asseoir sur la selle et pédaler pour avancer mais le savoir ne lui garantissait pas de pouvoir rester en équilibre sur la bicyclette.

En général, quand ses mains commençaient à s'agiter, quelques inspirations profondes suffisaient à les calmer et lui permettaient de continuer ce qu'il était en train de faire. Cette fois, le tremblement ne s'était pas atténué. Il avait l'impression que la présence de Cassie y était pour quelque chose.

Cela pouvait paraître idiot mais Cassie était la seule personne rencontrée au Salvador qui connaissait sa vie d'avant, à New York. Quand il était arrivé, il avait apprécié d'être enfin libéré des attentes de ses proches. Ici, les gens se fichaient pas mal qu'il ait été un brillant chirurgien dans un autre chapitre de sa vie, désormais révolu. Ils s'intéressaient à la personne qu'il était *maintenant*. Tout ce qu'il avait à faire, c'était d'être le meilleur médecin possible.

Cassie, elle, s'attendait certainement à voir le grand Bryce Hamlin en action. Elle s'imaginait que tout allait bien quand il avait un scalpel entre les mains et ne comprendrait certainement pas qu'il se mette à stresser, qu'il ait besoin de plus de temps que prévu au cours d'une intervention ou que ses points de suture ne soient pas réalisés à la perfection.

Leur relation s'était inversée. Cinq ans auparavant, il était un chirurgien montant, dont la réputation grimpait en flèche. Qui excellait dans certains gestes requérant une dextérité et une précision exceptionnelles. Il était habitué à ce qu'on l'admire.

À présent, c'était lui qui admirait Cassie pour sa réactivité en salle d'accouchement, sa façon de rassurer sa patiente tout en accomplissant tous les gestes techniques nécessaires au bon déroulement d'une naissance compliquée. Ce n'était plus une étudiante douée et prometteuse, mais un médecin compétent et dévoué.

Elle n'avait pas caché son étonnement quand il lui avait

tendu le scalpel, même si elle n'avait rien dit. Il était évident qu'elle lui demanderait des explications.

Il entendit les arbres bruisser et vit Cassie apparaître, un sac en papier à la main.

— Tu as envie de compagnie ? demanda-t-elle.

Il se cala contre le balsa.

— Je ne suis pas sûr d'avoir envie de faire la conversation. La journée a été longue.

— Je sais. C'est pour ça que j'ai apporté à manger.

Elle ouvrit le sac.

— Des *pupusas* ! s'exclama-t-il en voyant les crêpes farcies, un grand sourire aux lèvres.

Il en prit une et mordit à pleines dents.

— Hum ! Chili-fromage, ma préférée ! dit-il, sans pouvoir se retenir de parler la bouche pleine.

— Je suis contente que cela te fasse plaisir. Je ne suis pas là depuis longtemps et je ne connais pas encore bien les coutumes locales, mais je ne suis pas sûre que les *pupusas* se mangent en une seule bouchée. Je te conseille de respirer un peu.

Il se mit à mâcher plus lentement et lui passa le sac. Elle s'assit par terre, à côté de lui, et ils mangèrent leurs *pupusas* en regardant le ciel s'assombrir peu à peu.

Il ne voyait plus que l'ombre de son visage. En fin de compte, il était content qu'elle soit là, adossée avec lui contre le balsa, et qu'ils partagent ce repas simple et délicieux.

En général, il préférait rester seul, le soir, surtout après une journée comme celle-là. Mais la présence de Cassie ne le dérangeait pas. Elle n'exigeait pas de lui qu'il parle à tout prix et semblait se détendre, elle aussi, en regardant les lucioles dans l'obscurité et le silence.

— C'est un endroit magnifique, dit-elle au bout d'un moment.

— C'est l'endroit du camp que je préfère. Je viens ici pour souffler après un accouchement ou une journée difficile.

— C'est vrai qu'aujourd'hui, la journée a été rude.

— Ce matin, en particulier, j'ai eu peur qu'Elena ne s'en sorte pas.

— Mais elle s'en est sortie. Ils s'en sont sortis, en dépit des complications. J'ai retenu mon souffle pendant tout l'accouchement mais nous avons sauvé trois vies. Je n'en reviens pas.

— C'est surtout toi qui les as sauvées.

— Tu sais bien que c'est un travail d'équipe.

Cassie semblait apprécier l'intensité de sa nouvelle vie. Rien d'étonnant, cela dit. Elle avait changé, certes, mais elle aimait toujours les défis, auxquels elle réagissait avec autant de sensibilité que d'efficacité.

Combien de temps allait-elle rester au camp ? Certaines personnes étaient là à vie, et revenaient d'une année sur l'autre. Ils considéraient Médecine Internationale comme leur employeur attitré. D'autres venaient effectuer des missions ponctuelles. Bryce était là depuis trois ans et se voyait volontiers rester encore un peu. Il voyait bien Cassie rester aussi. Curieusement, l'idée que Cassie s'engage à long terme lui parut séduisante.

— Cela fait presque un mois que tu es ici, dit-il. Tu as l'intention de rester longtemps ?

— Tu es en train de te demander combien de temps tu vas devoir encore me supporter avant de pouvoir te débarrasser de moi ?

Au contraire, pensa-t-il. Il devait avouer qu'il était content de la voir tous les jours. Mais il ne risquait pas de le lui dire. Il préférait éviter tout ce qui était susceptible de compliquer leur relation.

— Non, répondit-il. Les gens s'adaptent plus ou moins vite. Je présume que les conditions du camp sont vraiment très éloignées de celles dans lesquelles tu travaillais à New York.

— Justement ! C'est exactement pour cela que je suis contente d'être là. C'est vrai que les conditions de travail sont parfois dures. La césarienne de ce matin a été un moment stressant. Mais aussi magnifique. Incroyable. Merveilleux.

— Les difficultés ne t'ont jamais fait peur.

Il faisait nuit mais il sentit qu'elle souriait.

— Avant de prendre la décision de changer de vie, je commençais à me demander si ma vie professionnelle allait vraiment consister à faire en sorte que mes patientes fortunées aient leurs céréales biologiques préférées au petit déjeuner ou à aménager leur chambre pour qu'une équipe puisse filmer la naissance de leur enfant en direct. Alors oui, cette matinée a été on ne peut plus éloignée du travail que je faisais avant. Mais c'est aussi la matinée la plus gratifiante de ma vie. Et, pour répondre à ta question, je pense que je vais rester ici longtemps.

— Je suis heureux de savoir que tu es bien ici. Et je suis heureux, aussi, que tu restes.

Un silence étrange tomba entre eux.

— Je veux dire que j'aime bien travailler avec toi. Comme au bon vieux temps.

— Le bon vieux temps mais avec quelques nouveautés.

— Exactement.

Elle pencha la tête et il se demanda quel effet cela ferait de passer la main dans ses cheveux. Il se surprenait de plus en plus souvent à chasser ce genre de pensées de son esprit.

— Je suis soulagée que tu apprécies notre collaboration, dit-elle. Ça a été un tel choc de te voir, le premier jour. Je trouve que nous nous en sortons bien, non ?

Son corps était suffisamment proche pour qu'il sente la chaleur émaner de lui.

— En effet, répondit-il après avoir rassemblé tout son professionnalisme.

— Et je crois avoir compris quelque chose, ce matin.

Il se raidit. Avait-elle remarqué le tremblement de ses mains au début de la césarienne ?

— J'ai fini par comprendre ce qui t'avait attiré ici. Jusqu'à ce matin, je me demandais comment tu avais atterri au Salvador. Mais en découvrant les difficultés, l'excitation, les montées d'adrénaline de la matinée, j'ai compris. Comment ne pas avoir envie de travailler ici ?

Il se détendit, soulagé qu'elle n'ait pas fait allusion à ses mains.

— Ce n'est pas tous les jours comme ça. Il y a des journées plus tranquilles.

— J'attends de voir… Depuis que je suis là, chaque cas a apporté son lot de défis.

— Tu adores ça !

Il vit ses yeux briller dans l'obscurité.

— Tu me connais.

— Je n'en attendais pas moins de toi.

— Par contre, tu ne m'as toujours pas expliqué pourquoi tu avais changé de spécialité. La dernière fois que nous avions travaillé ensemble, tu étais chirurgien.

— C'est vrai. C'est l'une des nouveautés dont je parlais.

— Que s'est-il passé pour que tu abandonnes un métier qui te passionnait ? Et pour que tu te mettes à lutter contre les crocodiles, à négocier avec les chefs de gangs…

— Au risque de te décevoir, ces histoires de crocodiles sortent tout droit de l'imagination de Manny.

— Il n'empêche que tu as changé. Et que tu n'es plus chirurgien. Et toi qui passais ton temps à protéger tes mains, maintenant tu roules à moto et tu sautes des hélicoptères. D'ailleurs, qu'est-ce qui t'a pris de me passer le relais en pleine césarienne, ce matin ? Il y a quelque chose que tu ne m'as pas dit. Crache le morceau.

Il aurait été tellement plus simple de lui parler de l'accident. Pourtant, il en était incapable. Il n'avait pas envie de s'étendre sur ce drame qui l'avait privé de l'usage de ses mains et fait voler sa vie en éclats. Mais surtout, il n'avait pas envie qu'elle cesse de le regarder comme elle était en train de le faire.

Elle avait l'air de penser qu'il était plus courageux et plus aventureux qu'avant. Si elle apprenait le calvaire qu'il avait vécu après l'accident, elle ne poserait plus le même regard sur lui. Elle risquerait même d'avoir pitié de lui. Il ne voulait la pitié de personne, et encore moins la sienne.

— C'est vrai que j'ai changé de spécialité. Et que je vis ici depuis trois ans. Mais est-il important de savoir pourquoi ? J'avais sans doute besoin de changer d'air, comme toi.

— C'est important que je sache si je suis responsable de ce changement.

— Responsable ? Qu'est-ce que tu racontes ?

— C'est à cause de moi que tu as perdu la bourse.

Il se souvenait que cette nouvelle l'avait profondément déçu. Mais ce n'était rien à côté de ce qu'il avait vécu quelques semaines plus tard, quand il s'était fait renverser par un conducteur en état d'ivresse.

Mais Cassie, qui n'était pas au courant de l'accident, se sentait coupable de son changement de vie professionnelle.

— Pour commencer, j'ai perdu la bourse parce que j'étais mis à l'épreuve. Et j'étais mis à l'épreuve à cause de la décision que j'avais prise. Et, même si les administrateurs de l'hôpital ne l'ont pas acceptée, je continue à penser que c'était une bonne décision.

— Mais c'est moi qui ai eu l'idée de commencer l'intervention. Si je ne t'avais pas incité à le faire, tu n'aurais jamais eu tous ces problèmes.

— Ce n'est pas si simple. J'étais prudent et mesuré mais doué d'intelligence. Et, en dépit de ce que tu crois, il est possible de s'opposer à Cassie Andover. C'est moi qui ai pris la décision finale et je prendrais la même aujourd'hui. Tu n'as pas à te sentir coupable.

— Je m'en suis tirée sans une égratignure et c'est toi qui as dû assumer toutes les conséquences désastreuses. Ils auraient dû au moins me renvoyer. Au lieu de ça, ils m'ont fait un sermon et, en deux temps, trois mouvements, tout était redevenu normal. Ensuite, je me suis mise à travailler d'arrache-pied pour me refaire une réputation. Au point de renoncer à une partie de moi, dont je pensais qu'elle m'avait fait faire n'importe quoi et dont je pensais pouvoir me débarrasser. J'étais convaincue de ne pas mériter qu'on me considère comme la meilleure obstétricienne de New York. Tout comme j'étais convaincue, il y a cinq ans, qu'il fallait que je te quitte parce que je ne te méritais pas.

Il vit les larmes couler sur ses joues. Il la prit par le cou et la serra contre lui. Jamais il ne s'était douté que la culpabilité l'avait rongée pendant toutes ces années, et continuait à le faire.

Il se demanda si les choses auraient pu se passer différemment. Quand elle était partie, il s'était persuadé que la colère et la douleur qu'il éprouvait l'avaient empêché de la rappeler mais il commençait à penser que c'était l'orgueil qui l'en avait retenu.

C'est elle qui est partie, ressassait la colère. Colère à laquelle il s'était accroché en réalité pendant des années, en endossant le rôle de la victime. Car la colère était plus facile à gérer que la douleur.

C'était facile de l'accuser de loin. Mais maintenant que la nuit était tombée sous le balsa et que Cassie pleurait tranquillement dans ses bras, il ne lui paraissait plus aussi important de savoir *qui* avait provoqué la rupture. Tout ce qui comptait, c'était qu'elle faisait partie du passé, elle aussi. Ici, maintenant, la seule chose importante était que Cassie ne souffre plus.

— Je ne savais pas que tu ressentais tout cela, dit-il. Sache en tout cas que ce n'est pas à cause de toi que j'ai mis fin à ma carrière de chirurgien. De plus, arrêter la chirurgie a été libérateur pour moi. Cela a ouvert des portes que je n'aurais jamais envisagé de franchir un jour.

— Ah bon ? s'exclama-t-elle en se redressant.

Elle se sécha les yeux.

Il hésita. Il venait d'édulcorer un peu la réalité pour

que Cassie se sente mieux. Après l'accident, rien n'avait été libérateur. On venait de lui briser le cœur et il prenait conscience, de surcroît, qu'il ne recouvrerait jamais l'usage total de ses mains, quelles que soient la durée et la qualité de la rééducation. Ce qui signifiait qu'il ne pourrait plus exercer la chirurgie.

Mais était-il nécessaire de parler de l'accident maintenant ? Cela ne ferait que renforcer la culpabilité que Cassie éprouvait déjà.

— Tu te rappelles quand tu as dit que tes parents étaient surprotecteurs ? reprit-il. Les miens l'étaient tout autant.

Elle pouffa de rire.

— Je ne suis pas sûre que ce soit possible.

— D'accord. Peut-être pas autant, parce qu'ils ne m'ont jamais empêché de faire du vélo ou d'aller jouer avec les autres enfants. Mais ils étaient chirurgiens tous les deux et il ne passait pas une semaine sans qu'ils nous racontent, à ma sœur et à moi, comment leurs patients avaient fini sur une table d'opération pour avoir fait des activités dangereuses ou commis des imprudences. Ils pensaient certainement le faire pour notre bien. Ils voulaient nous inculquer la prudence et le discernement. Mais en réalité, ils nous ont élevés dans la peur.

— Nos parents se seraient bien entendus ! Il faudrait organiser une rencontre, pour qu'ils échangent leur vision de l'éducation.

Elle frissonna.

— Non, en fait, cela me paraît être une très mauvaise idée.

Il ne put s'empêcher de sourire.

— Nous ferons plutôt en sorte qu'ils ne se rencontrent jamais, dit-il. Ils auraient pu se calmer une fois que j'ai eu mon diplôme mais leur attitude s'est aggravée, au contraire. Ils passaient leur temps à me dire de protéger mes mains. Mes mains étaient mon gagne-pain, répétaient-ils en boucle.

— Je comprends maintenant pourquoi tu faisais si attention.

— Je n'ai pas eu de phase de rébellion, comme toi. Probablement parce que la chirurgie était ma seule passion. J'en acceptais les règles du jeu.

— Mais alors, pourquoi as-tu arrêté ?

Il hésita.

— Après notre rupture, je me suis posé beaucoup de questions, notamment sur la personne que j'étais. J'avais le sentiment que toute ma vie avait été orchestrée par les autres. J'étais chirurgien parce que nous étions une famille de chirurgiens. Jamais je ne m'étais posé la question de savoir si je pourrais faire autre chose.

Il déglutit en réfléchissant à ce qu'il allait dire ensuite.

— Bref. J'ai compris que mon existence se fondait sur les espoirs et les rêves que les autres entretenaient à mon égard. Et sur leurs angoisses aussi. Toutes ces histoires d'accidents, les sermons de mon père sur mes mains et l'interdiction formelle de me faire le moindre bobo parce que je risquais de ne pas pouvoir opérer la semaine suivante… Tout cela m'a rendu précautionneux à l'extrême. Et, dans une certaine mesure, m'a empêché de vivre ma vie.

Elle hocha lentement la tête.

— Tu as eu besoin de te détacher des attentes des autres pour te retrouver. Ou te trouver tout court.

Cassie n'était pas au courant de tout mais ses mots reflétaient exactement ce qu'il avait ressenti. Il n'avait jamais vraiment *décidé* d'arrêter la chirurgie mais il devait reconnaître que la vie avait été plus enthousiasmante depuis qu'il n'était plus chirurgien. Avant l'accident, son métier était suffisamment gratifiant pour qu'il n'éprouve pas le besoin d'aller chercher d'autres satisfactions ailleurs. Quand il n'avait plus eu d'autre choix que d'arrêter la chirurgie, il avait pu s'ouvrir à d'autres choses nouvelles, inconnues et parfois risquées. C'est ce qui avait été libérateur, en fin de compte. Il s'était libéré de la chirurgie et de toute la pression qu'elle inoculait dans sa vie. Et, au Salvador, il avait pu découvrir de nouvelles facettes de sa personnalité.

— Dire que, pendant cinq ans, je m'en suis voulu d'avoir mis ta carrière en danger.

— J'espère que tu ne te sens plus coupable de quoi que ce soit, dit-il.

De son côté, il eut le sentiment de ne plus éprouver de colère. C'était curieux de constater qu'une colère qu'il avait entretenue pendant des années pouvait s'évanouir aussi rapidement. Il suffisait sans doute de ne plus s'y accrocher, de lâcher prise. Il ne voulait plus éprouver de colère comme il ne voulait plus que Cassie éprouve de la culpabilité.

En scrutant son visage à peine visible dans l'obscurité, il éprouva toutes sortes d'autres émotions et se demanda ce qu'elle ressentait à présent. Il serait plus raisonnable de retirer son bras de ses épaules, mais il ne parvint pas à s'y résoudre.

Cassie essuya ses larmes avec sa manche.

— Tu imagines, dit-il, si j'étais toujours chirurgien, je n'aurais pas eu la chance de voir la meilleure obstétricienne de New York aider une paysanne du Salvador à mettre au monde ses jumeaux.

— Merci, dit-elle. Je suis contente que nous n'ayons pas perdu notre entente dans le travail. Et je suis contente aussi que nous soyons ici tous les deux.

— Je me réjouis que tu ne sois plus horrifiée à l'idée de travailler avec moi.

— Je n'étais pas horrifiée, juste surprise. C'est drôle… Je suis venue ici en pensant qu'il fallait que je tourne le dos à ma vie d'avant mais je n'ai jamais pensé cela.

— Pensé quoi ?

— Que je ne voulais plus te voir.

Elle leva les yeux vers lui. Ses yeux étaient encore mouillés par les larmes qu'elle avait versées et que la lumière de la lune faisait briller. Avant de se rendre compte de ce qu'il était en train de faire, il passa doucement la main sur sa joue.

C'était la première fois qu'ils se touchaient depuis l'arrivée de Cassie au camp. Du moins depuis la nuit qu'ils avaient passée sous la tente.

Sa main s'attarda sur son visage certainement plus longtemps que nécessaire. Il éprouva l'envie irrépressible de repousser la mèche de cheveux qui lui barrait le front.

Son regard était plongé dans le sien et leurs visages se touchaient presque. Il fallait qu'il s'éloigne mais il n'en avait aucune envie. Il rassembla le peu d'énergie qui lui restait et recula en ouvrant la bouche.

— Cassie, je suis déso…

Mais Cassie ne lui laissa pas le temps de finir sa phrase et posa les lèvres sur les siennes. Il se rapprocha d'elle et la serra dans ses bras. Leurs lèvres s'unirent de nouveau, avec plus d'intensité, cette fois. Il se rendit compte qu'il attendait ce moment depuis plus de cinq ans. Elle entrouvrit la bouche, l'invitant à revisiter un terrain familier et à explorer de nouveaux territoires. Elle avait un goût inédit de fruits rouges sous lequel il reconnaissait la saveur de ses lèvres. Puis il cessa de se demander ce qui était familier et ce qui était nouveau et se perdit dans la chaleur de son corps.

Il intensifia son baiser mais elle poussa un petit cri étranglé qui le fit sursauter.

— Désolée, c'est l'écorce de l'arbre qui me rentre dans le dos.

La magie du moment se dissipa aussi vite qu'elle était apparue. Le goût de fruits rouges demeurait sur ses lèvres.

Il eut soudain honte de s'être laissé emporter aussi facilement. Il jouait avec le feu. Cassie l'avait fait souffrir, dans une autre vie. À l'époque, il pensait qu'elle était aussi attachée à lui que lui à elle et il s'était trompé. Leur relation n'était pour elle qu'un défi de plus dans sa vie pleine d'adrénaline.

Il n'avait pas envie de revivre cela aujourd'hui, même s'il ne désirait rien tant que de continuer à la serrer dans ses bras.

Il s'écarta d'elle et se leva en frottant son pantalon. Elle se leva à son tour et lui fit face.

— Je suis désolé…

— Je suis désolée…

Ils prononcèrent les mêmes mots en même temps, manifestement aussi gênés l'un que l'autre de ce qui venait de se passer.

— Ce n'est pas grave. Je sais que tu tiens à ce que les choses restent professionnelles entre nous.

— Oui. C'est peut-être le fait d'avoir reparlé du passé. Et la journée a été longue et éprouvante pour nous deux. Nous sommes crevés et sûrement un peu troublés par tout ce qui nous arrive.

— Tu as raison. Je suis sûre qu'une fois que nous serons reposés, nous repartirons sur de bonnes bases.

— Je ne demande pas mieux.

— Bien, nous sommes d'accord. Tu veux le dernier *pupusa* ?

— Non, prends-le.

Il lui tendit le sac et la regarda s'enfoncer dans l'obscurité.

Il était content d'avoir mis fin au baiser. Mais il restait à se convaincre qu'il aurait mieux valu ne pas l'embrasser du tout.

Il ne fallait pas que cela se reproduise. Il n'avait pas envie de se lancer dans une relation qui ne serait qu'une aventure sans importance pour elle. Il n'avait plus de temps à perdre dans des chagrins d'amour. S'il avait une histoire avec quelqu'un, ce serait avec une personne envisageant l'avenir avec lui plus sérieusement.

Il n'avait aucune idée de ce que Cassie avait en tête. Les cinq dernières années de sa vie lui avaient au moins appris à s'occuper de lui et à aller de l'avant, même quand les circonstances n'étaient pas idéales. Même s'il avait des sentiments pour une femme qui n'éprouvait pas la même chose pour lui.

Cassie rentra se coucher mais ne parvint pas à trouver le sommeil. Elle scruta la moustiquaire qui entourait son lit en repassant en boucle dans son esprit les événements qui avaient précédé le baiser.

Elle sentait encore la chaleur du corps de Bryce sur le sien. Il y avait longtemps qu'elle ne s'était pas sentie aussi bien que quand il l'avait serrée contre lui.

Elle ne s'attendait pas à ce qu'ils s'embrassent. C'est pourtant ce qui s'était passé – à son initiative.

Elle avait été soulagée d'apprendre que Bryce n'avait pas changé de métier *à cause d'elle*. Et, comme elle l'avait espéré pendant cinq ans, elle était contente de le revoir. Même si elle s'était persuadé qu'il valait mieux rester éloignée de lui. Maintenant qu'elle savait que son changement de carrière n'était pas de son fait, et qu'en changeant de voie, il s'était libéré des attentes et des angoisses de ses parents, elle voyait les choses autrement.

Elle regretta de ne pas avoir pu en parler avant avec lui. À l'époque, elle avait décidé de partir et de ne pas se retourner. Il ne servait à rien de vouloir revenir sur ce qui était fait. Cinq ans auparavant, Bryce était toujours chirurgien et elle se croyait responsable de ses problèmes. Or, Bryce ne l'avait jamais tenue pour responsable.

Et ils venaient de s'embrasser.

Mais s'il l'avait pardonnée, pourquoi avait-il été aussi distant après le baiser ?

Ce n'était pas parce qu'il l'avait pardonnée qu'il avait envie de renouer avec elle. Il s'était peut-être laissé emporter par la nostalgie, les souvenirs.

C'est d'ailleurs, en substance, ce qu'il lui avait dit.

« C'est peut-être le fait d'avoir reparlé du passé. Et la journée a été longue et éprouvante pour nous deux. Nous sommes crevés et sûrement un peu troublés par tout ce qui nous arrive. »

Le baiser l'avait donc *troublé.* Elle frissonna en repensant à ses bras qu'ils l'étreignaient, à la chaleur de ses lèvres sur les siennes. Il n'avait pas l'air d'être troublé, à ce moment-là, mais de savoir, au contraire, exactement ce qu'il voulait.

Jusqu'à ce que cette maudite écorce lui rentre dans le dos et mette brusquement fin à leur étreinte. Bryce s'était alors écarté d'elle comme s'il s'était soudain souvenu de leur promesse de rester professionnels. Promesse qu'il avait oubliée pendant quelques minutes.

Elle n'en revenait pas : ils s'étaient embrassés comme si c'était la chose la plus naturelle du monde. C'est ensuite que la situation avait été embarrassante. Elle aurait voulu savoir ce que Bryce en avait pensé. S'était-il simplement laissé emporter par la douceur du moment, sous le grand arbre, au clair de lune ? Pour lui, ce baiser avait-il été une erreur ?

Elle était pratiquement partie en courant, de peur qu'il dise quelque chose qui gâcherait la magie de ce moment au clair de lune. Elle avait interrompu le baiser bien malgré elle. Bryce l'aurait-il fait si l'arbre ne lui avait pas fait mal au dos ?

Il ne savait pas à quel point elle s'était sentie coupable et avait dû penser, après avoir trouvé son mot sur la table de nuit, qu'il avait été simple pour elle de le quitter. N'ayant plus de ses nouvelles, il avait dû s'imaginer que leur relation n'était pas importante à ses yeux.

Il ne savait pas à quel point elle avait compté dans sa vie. Ni à quel point elle comptait encore.

Comment pouvait-elle le lui faire comprendre ?

Tant de choses avaient changé depuis leur histoire à New York. Elle avait failli s'enfermer dans un travail qui perdait son sens un peu plus chaque jour. Lui avait failli se fiancer. Il avait fait ce que font les gens après une rupture amoureuse : il avait tourné la page. Elle aurait au moins voulu qu'il sache que leur histoire d'amour n'avait pas été qu'une aventure de plus pour elle.

Et, après tout ce qui s'était passé entre eux, les chances qu'ils soient autre chose que des collègues et amis étaient minces. Pourtant, une partie d'elle refusait d'accepter que ce baiser sous le balsa soit le dernier.

Il fallait qu'elle lui fasse comprendre que leur relation n'était pas qu'une toquade à ses yeux, qu'elle ne l'avait jamais été.

6.

Les jours qui suivirent, l'activité du camp fut encore plus intense que les autres jours. Des glissements de terrain dans les montagnes alentour avaient déplacé les habitants de plusieurs villages et les familles affluaient, de plus en plus nombreuses chaque jour.

Avec ce surcroît de travail, elle n'avait pas une minute à elle, et encore moins pour parler avec Bryce. Elle était impatiente de mettre les choses au clair, quoique inquiète d'entendre ce que Bryce risquait de lui dire.

Sous le balsa, après leur baiser, ils avaient réitéré leur intention commune de rester amis. Elle se réjouissait que le baiser n'ait pas abîmé leur relation mais, plus les jours passaient, plus elle se rendait compte que l'amitié avec Bryce ne lui suffisait pas. Elle avait envie d'autre chose.

Et il lui était impossible de comprendre si Bryce éprouvait la même chose qu'elle.

Ce qui s'était passé sous le balsa tournait en boucle dans son esprit. Elle dormait mal. Une sage-femme avait remarqué ses cernes sous les yeux. Cassie les avait maladroitement mis sur le compte du surplus de travail, sans expliquer qu'elle passait des nuits d'insomnie à penser à la douceur des lèvres de Bryce sur les siennes. Et à brûler du désir qu'ils recommencent.

Elle s'efforçait de se rappeler les innombrables bonnes raisons qu'elle avait de laisser le passé derrière elle. Leur décision commune de faire en sorte que leur relation reste professionnelle et uniquement professionnelle. Le fait que Bryce l'avait certainement embrassée sous le coup de la fatigue et de la nostalgie. Et qu'après la manière dont elle l'avait quitté, cinq ans auparavant, il devait être échaudé et ne pas avoir envie de prendre le moindre risque avec elle.

Comment lui faire comprendre qu'il pouvait le faire sans crainte ? Que ce qu'elle éprouvait envers lui était plus fort que ce qu'il pouvait imaginer ? Elle était honorée d'être son amie mais rêvait d'autre chose que d'amitié avec lui.

Mais elle ignorait ce que Bryce éprouvait pour elle. Alors, mieux valait ignorer ses propres sentiments en espérant qu'ils s'atténueraient et finiraient par disparaître d'eux-mêmes. Elle se jeta à corps perdu dans le travail, comme elle l'avait fait à New York après l'avoir quitté, en essayant d'oublier son existence.

Au Salvador, elle travaillait à ses côtés tous les jours. Tout ce qu'elle cherchait à oublier, c'était le baiser et les sensations qu'il avait fait naître en elle. La chaleur et les frissons quand leurs bras s'effleuraient. Les papillons dans le ventre quand elle le surprenait en train de la regarder.

Sa stratégie était aussi peu efficace au Salvador qu'elle l'avait été à New York.

Car non seulement elle le voyait toute la journée mais elle passait aussi ses nuits à rêver de lui.

Il fallait qu'elle lui parle, en dépit de tout ce que cette perspective avait d'effrayant. Qu'elle sache où il en était et ce qu'il ressentait.

Ce qui la troublait, c'était tous ces moments où elle aurait juré qu'il était en train de la regarder. Des coups d'œil discrets, certes, mais bien présents et suffisamment intenses pour lui donner l'impression qu'il pensait au baiser sous le balsa autant qu'elle. Et que, peut-être, lui aussi avait envie d'aller plus loin.

Mais elle n'en saurait rien tant qu'ils n'auraient pas eu une discussion sérieuse sur le sujet. Et, vu la vitesse avec laquelle le camp se remplissait, cette occasion risquait de ne pas se présenter de sitôt.

À moins que…

Elle était en train de consulter les dossiers de certains patients en écoutant le petit Manny raconter à qui voulait l'entendre les exploits de Bryce au cours d'une mission.

Voilà la solution : il fallait qu'elle parte en mission avec Bryce, comme cela arrivait régulièrement aux médecins du camp qui partaient distribuer des vaccins, accompagner des réfugiés dans des zones plus sûres ou faire accoucher des femmes qui ne pouvaient pas se déplacer jusqu'au camp.

Depuis son arrivée, elle espérait pouvoir effectuer une mission de ce type mais l'occasion ne s'était pas encore présentée.

Ce serait le moyen idéal de passer du temps avec Bryce. D'après Enrique, Bryce effectuait seul la plupart des missions à l'extérieur du camp. Enrique aurait préféré qu'une autre personne l'accompagne mais le camp était souvent à court de personnel.

Si Bryce tenait absolument à ce qu'ils restent collègues et amis, il fallait qu'elle le sache. Ne pas savoir si elle aurait la chance de l'embrasser de nouveau un jour la torturait.

Comme elle s'en doutait, Enrique se félicita qu'elle se porte volontaire pour partir en mission et promit de penser à elle quand la prochaine se présenterait.

Plusieurs jours passèrent sans que rien qui sorte de l'ordinaire ne survienne, à part la chute de la porte de sa douche au moment précis où elle se rinçait les cheveux.

En général, elle prenait sa douche le matin, tôt, à la fois pour être tranquille et être sûre d'avoir de l'eau chaude. Elle était impressionnée par la gestion du camp et sa capacité à protéger les gens alors qu'il était situé en pleine nature sauvage. Les structures en parpaings et les tentes n'étaient pas ce qui se faisait de plus beau en matière d'architecture mais elles étaient sûres. Seules les douches laissaient à désirer. C'étaient des reliques d'une autre époque, les seules constructions en bois du camp. On avait accroché des tuyaux d'arrosage aux murs de sorte que l'eau tombe d'en haut. Les portes étaient à moitié dégondées et il fallait être très précautionneux pour qu'elles ne se décrochent pas quand on ouvrait ou quand on fermait la porte.

Je ne pensais pas que j'allais risquer ma vie chaque fois que je prenais une douche, maugréa-t-elle en retournant dans sa chambre. Elle marmonnait encore quelques minutes plus tard quand, après avoir enfilé une chemise de l'armée kaki, elle prit la direction du réfectoire. Enrique et Bryce étaient déjà attablés devant leur café du matin. Sa frustration se dissipa dès qu'elle fut suffisamment proche pour entendre leur conversation.

— Ce ne devrait pas prendre plus de deux jours, dit Enrique. Je sais que vous avez du travail ici. La ville la plus éloignée est à deux jours de route du camp. Vous devriez être rentrés à la fin de la semaine.

Il se tourna en la voyant arriver.

— Ah, Cassie ! Justement, je voulais vous parler de ça.

— En quel honneur ?

Une fois de plus, Cassie et Bryce avaient parlé en même temps. Mais le ton de Bryce lui parut plus méfiant que curieux.

— J'ai besoin de vous pour apporter des vaccins à Juayua et dans quelques autres petites villes.

— Attends, dit Bryce. Je ne comprends pas, Enrique. Je pensais que nous y allions ensemble.

— C'est ce qui était prévu, en effet, répondit Enrique en se mordant la lèvre. Mais j'ai l'opportunité de partir en congé demain. Cela me permettrait de passer deux jours de plus avec ma femme à San Salvador. C'est pour ça que je voulais vous voir, Cassie.

— Vous pouvez compter sur moi, Enrique.

Bryce fronça les sourcils.

— Cassie vient à peine d'arriver. Je ne suis pas sûr qu'elle soit prête pour une mission sur le terrain.

Cassie ouvrit la bouche pour protester, mais Enrique intervint.

— Ne l'écoutez pas, dit-il sur un ton rassurant. Cela fait presque deux mois que vous êtes là, comme toi, Bryce, la première fois que tu m'as accompagné sur le terrain. Il va de soi que je ne vous demanderais pas d'y aller si vous exprimiez quelque réticence que ce soit.

— Je suis ravie, dit-elle, ignorant le regard noir de Bryce.

— Parfait. Il s'agit d'apporter les médicaments et d'expliquer aux populations comment et quand les administrer, ainsi que leurs effets. Il faudra aussi préciser avec beaucoup de clarté quels vaccins peuvent être administrés aux femmes enceintes et lesquels sont contre-indiqués en cas de grossesse.

Cassie hocha la tête.

— Je pense qu'il vaudrait mieux que Cassie prenne ses marques encore pendant quelques mois avant d'être envoyée dans la jungle.

— Voyons, Bryce. Aller à Juayua, ce n'est pas non plus aller dans les montagnes que se disputent les gangs. Je pense même que c'est une bonne entrée en matière pour découvrir le Salvador.

Il se tourna vers elle.

— Vous verrez, c'est très beau. La route que vous allez emprunter est très connue. On l'appelle « *la Ruta de las flores* » parce qu'elle traverse des paysages et des petites villes colorées. Vous pourrez vous arrêter partout pour boire le meilleur café du monde. Et la campagne autour de Juayua est magnifique et pleine de cascades. Étant donné que vous n'aurez pas de congés avant longtemps et que le trajet dure au moins deux jours, je vous suggère d'en profiter.

— Cassie serait plus en sécurité au camp, insista Bryce.

Elle savait que le Salvador était un pays réputé dangereux, mais la réticence de Bryce lui donnait précisément envie de prendre des risques. D'autant qu'il lui semblait comprendre ce qui contrariait Bryce dans le fait qu'elle parte en mission avec lui. Ils s'apprêtaient à passer deux jours ensemble sur les routes du Salvador, alors que pas une seule fois depuis le baiser sous le balsa ils ne s'étaient retrouvés seuls.

Elle se tourna vers lui.

— Je peux te parler une seconde ? dit-elle calmement.

Elle le conduisit un peu à l'écart.

— Sois honnête avec moi et dis-moi pour quelles raisons tu ne tiens pas à ce que je vienne en mission avec toi.

— Je l'ai dit. Tu as encore besoin de temps pour t'acclimater à la vie d'ici.

— Serais-tu aussi réticent si c'était un autre collègue qui t'accompagnait ?

— Non, admit-il. Mais je voulais te donner une porte de sortie, au cas où tu n'aies pas envie de te retrouver seule avec moi, après ce qui s'est passé l'autre jour.

Sa franchise la soulagea. Ce qui s'était passé entre eux n'était pas un sujet tabou. En lui donnant des prétextes pour ne pas venir, Bryce semblait simplement vouloir lui éviter d'être mal à l'aise.

— Je me réjouis de partir avec toi, dit-elle. Nous avons décidé que notre relation devait rester professionnelle. Partir ensemble en mission s'inscrit parfaitement dans ce cadre.

Il acquiesça d'un signe de tête, avant de rejoindre Enrique.

— Cassie et moi partirons demain, à la première heure, dit-il.

— Super ! Cela signifie que je vais pouvoir rejoindre ma femme à San Salvador. Elle va être contente que nous puissions passer quelques jours de plus ensemble. Vous n'imaginez pas à quel point j'apprécie votre geste, Cassie. Et, comme je vais avoir besoin du camion, tu vas pouvoir prendre ta fichue moto. Cela devrait te faire plaisir.

Bryce eut un mouvement de recul. Puis il se tourna vers elle.

— Sois prête demain, à l'aube. Il faut que nous soyons partis avant 6 heures.

Bryce donna un coup de pied dans le gros rocher à l'entrée de la tente dans laquelle se trouvait la partie administrative du camp. Il le regretta aussitôt. Son pied se mit à le lancer. Le rocher, lui, ne parut pas affecté par son geste.

Ce n'était pas le fait que Cassie vienne avec lui à Juayua qui le contrariait, mais plutôt celui de ne pas savoir comment il allait pouvoir passer deux jours complets en déplacement avec Cassie et garder une certaine distance. Il avait déjà eu du mal à se contrôler et l'avait embrassée, quelques jours auparavant. Comment allait-il pouvoir résister pendant deux jours de promiscuité ?

Il s'efforçait de considérer cette attraction comme une pure impulsion physique. Pourtant, il ne cessait de penser à ce baiser et, pire, de nourrir l'espoir qu'il se reproduise. Avec ce genre d'idées en tête, mieux valait qu'il garde ses distances vis-à-vis d'elle.

Pour quelle raison Enrique avait-t-il demandé spécifiquement à Cassie de le remplacer sur cette mission ? Il entra dans son bureau.

— Qu'est-ce qui t'a pris ? dit-il en se postant devant lui.

Enrique leva vers lui des yeux innocents.

— Je ne suis pas sûr de comprendre de quoi tu parles.

— Je te parle de tout ce cinéma avec Cassie. Pourquoi avoir insisté pour qu'elle m'accompagne alors qu'elle vient d'arriver au camp et qu'elle a encore des choses à apprendre ici avant de pouvoir partir en mission ?

— Insisté ? Sache que c'est elle qui m'a demandé de partir en mission dès que ce serait possible. Comme elle paraissait motivée, je me suis dit qu'elle était prête. Voilà pourquoi j'ai fait appel à elle.

Bryce n'avait pas imaginé que la proposition vienne de Cassie. Il se demanda si elle savait qu'il effectuait la plupart des missions à l'extérieur, et si ce n'était pas le moyen qu'elle avait trouvé pour se retrouver seule avec lui. Il chassa cette idée de son esprit. Cassie était une aventurière. C'était le danger qui l'attirait. Elle serait partie en mission, avec ou sans lui.

— Elle a l'air plutôt contente de partir. Et toi, pourquoi as-tu insisté aussi lourdement pour qu'elle reste au camp ? Crois-tu vraiment qu'elle va risquer sa vie sur la *Ruta de las flores* ? Avec toi, en plus ? Tout ira bien, ne t'inquiète pas. Je pensais même que l'envoyer dans cette région tranquille était un bon moyen de lui faire connaître notre pays.

— Vraiment ? *Des paysages et des petites villes colorées… Vous pourrez vous arrêter partout pour boire le meilleur café du monde !* On aurait dit une brochure touristique. Nous ne partons pas en lune de miel !

Enrique le regarda d'un air étonné.

— Je cherchais seulement à lui présenter la situation le plus précisément possible.

Bryce pouffa.

— Tu parles !

— Je n'y peux rien, moi, si la route est belle, dit Enrique avec un haussement d'épaules.

— Et c'est quoi, cette histoire avec la moto ? En quel honneur as-tu besoin du camion ?

— J'ai quelques courses à faire sur la route. Je dois dire que ta réaction me surprend. Je pensais que tu serais content, que tu me remercierais de t'envoyer en mission dans l'un des coins les plus beaux du pays avec l'un des médecins les plus compétents du camp. Alors que tu m'as plutôt l'air contrarié.

Il s'interrompit, l'air pensif.

— Pour être honnête, je n'ai pas l'impression que ce soit la mission en elle-même qui t'inquiète. Mais peut-être plutôt le fait d'y aller avec *elle*. Je me trompe ou il y a quelque chose entre vous ?

Bryce soupira.

— Nous sommes sortis ensemble, à la fac.

— Je le savais ! s'exclama Enrique comme si c'était la meilleure nouvelle de la journée. Le Dr Andover est une femme intelligente, adorable, belle… Mais cela s'est mal terminé ? Tu lui en as fait voir de toutes les couleurs ? Veux-tu que je vous sépare dans les plannings ? Attends… Maintenant qu'elle est là, tu n'as pas l'intention de quitter le camp, j'espère ! On a trop besoin de toi, ici, Bryce.

— Non, non. Je n'ai aucune intention de partir. Et Cassie et moi ne sommes pas fâchés. C'est elle qui est partie, si tu veux le savoir. Mais je n'ai pas envie de m'étendre là-dessus. C'est du passé et c'est… compliqué.

— Tout est compliqué, avec toi !

— Je veux dire que… ça ne me dérange pas de travailler avec Cassie. Mais peut-être pas de partir deux jours avec elle.

— Parce que… ?

Enrique hésita puis son visage s'éclaira.

— J'ai compris : tu as toujours des sentiments pour elle !

— Pas du tout. Je te l'ai dit, c'est du passé. Et, quand bien même : elle préfère qu'on reste amis.

— Je vois. Et ton *amie* sait-elle que tu es toujours amoureux d'elle ?

— Enrique ! C'était il y a cinq ans !

— Justement. Vous avez eu le temps de changer tous les deux. Elle a l'air ravie de venir avec toi, non ?

— Je ne vois pas le rapport. Cassie a toujours aimé les nouvelles expériences, surtout si elles procurent des sensations fortes. Si ça se trouve, elle s'ennuie déjà au camp et elle a juste besoin d'un peu d'aventure.

— C'est l'occasion de la lui apporter sur un plateau.

— J'ai déjà donné. En fait, je pense même que c'est pour ça qu'elle est sortie avec moi, à l'époque. J'étais chirurgien et plutôt doué, disait-on. J'étais interne et elle, encore étudiante, et il ne nous était officiellement pas permis d'avoir une relation. Je pense que c'est ce qui l'a attirée, dans l'histoire. Je ne m'en suis rendu compte qu'après, quand elle m'a quitté : ce qu'elle aimait, dans notre relation, ce n'était pas moi mais le frisson de la transgression.

— Hum…, dit Enrique, dubitatif. Il ne t'a jamais traversé l'esprit qu'elle ait été attirée par *toi* plutôt que par le chirurgien brillant ? Il y a bien des moments où tu ne portais pas ta blouse, non ? Où tu étais toi-même ?

Bryce réfléchit.

— Je ne sais pas. Même après l'accident, tout le monde semblait plus intéressé par le souvenir de ma personne que par l'homme que j'étais réellement. En fait, je crois que je n'ai jamais été vraiment moi-même avant d'atterrir ici.

— En général, on doit travailler pour recevoir la reconnaissance. Toi, tu as eu la reconnaissance des tiens très tôt et il a fallu que tu travailles, au contraire, pour trouver et accepter la personne qui se cachait sous cette blouse blanche. Ici, c'est de cette personne que nous avons besoin, pas de grandes stars de la médecine. Simplement de bons médecins qui font du bon boulot. Et qui ont envie de dompter des jaguars de temps à autre.

Bryce pouffa.

— Grâce à Manny, je suis un héros ici aussi.

— Il raconte que tu as un bébé jaguar dans une grotte, dans la forêt.

— C'est un prétexte pour avoir plus de goûter. Il me fait croire qu'il va le partager avec le bébé jaguar.

Enrique sourit puis se remit à réfléchir.

— Cassie m'a demandé pourquoi tu n'étais plus chirurgien. Elle n'est pas au courant, pour l'accident ? Pour les tremblements de tes mains ?

Bryce se passa la main sur la nuque.

— J'ai eu l'accident juste après notre rupture. Je n'étais pas en état de lui parler. Et surtout, je ne voulais pas qu'elle ait pitié de moi.

— Je comprends. Mais tu pourrais le lui dire maintenant, non ?

— Je ne sais pas, répondit-il en secouant la tête. Je n'ai plus envie de rouvrir cette parenthèse qui a changé ma vie.

Aujourd'hui, elle me voit comme un humanitaire qui fait toutes sortes de missions. Elle voit que j'ai changé, que je ne suis plus le chirurgien un peu timoré qui redoutait toujours de se faire mal aux mains. J'ai envie qu'elle pense que je suis quelqu'un de courageux.

— Mais tu *es* quelqu'un de courageux. Je pense qu'elle te voit tel que tu es.

— Je n'ai pas envie qu'elle me voie maintenant comme la victime d'un accident qui a changé de vie parce qu'il n'a pas eu le choix.

Enrique émit un long sifflement.

— Je vois que tu n'éprouves plus rien pour elle, en effet, dit-il avec ironie.

— Et si j'éprouvais encore quelque chose, cela ne ferait que compliquer encore davantage la situation. Mieux vaut laisser les choses telles qu'elles sont.

— Bonne idée. Tu me diras comment tu t'en sors. En attendant, il faut que j'appelle ma femme. En t'entendant parler, je ne suis que plus reconnaissant pour tout l'amour que je reçois d'elle tous les jours.

Le lendemain, Cassie se réveilla juste avant le lever du soleil, ravie à l'idée de découvrir une autre partie du Salvador. Elle se rappela l'envie de Bryce de partir le plus tôt possible et s'habilla en vitesse. Elle jeta quelques vêtements dans un sac à dos. Soudain, elle prit conscience qu'elle allait passer deux jours avec un homme dont elle pensait, jusqu'à quelques semaines auparavant, ne plus avoir de nouvelles de sa vie. Si on lui avait dit, à ce moment-là, qu'elle s'apprêtait à retravailler avec Bryce Hamlin, elle ne l'aurait pas cru.

C'était incroyable comme les situations pouvaient se retourner en peu de temps.

Cette mission commune était peut-être une opportunité de lui montrer qu'elle accordait une grande importance à leur relation. Que Bryce avait compté, dans sa vie, bien plus qu'il ne le pensait.

À présent, il n'était pas évident que leur relation évolue autrement qu'en une belle amitié. Cela dit, il fallait qu'il sache qu'elle n'avait jamais eu l'intention de lui faire du mal.

Elle sortit de sa chambre. Bryce était déjà dehors et installait un coffre à l'arrière de la moto. Manny faisait des allers-retours pour lui apporter les différents objets à y ranger.

— On prend vraiment la moto ? dit-elle en peinant à dissimuler son enthousiasme.

— Ne t'inquiète pas, répondit-il, prenant son excitation pour de l'appréhension. Je l'ai entièrement révisée, depuis la dernière fois. Elle ne tombera pas en panne. Et la route que nous emprunterons est une route très fréquentée, sans pierres ni racines qui dépassent.

Elle exultait intérieurement. Depuis le premier jour, elle rêvait d'avoir l'occasion de remonter un jour sur cet engin.

— Je peux venir ? s'écria Manny.

— Pas cette fois, dit Bryce. C'est un voyage trop long pour un enfant.

Manny eut l'air déçu. Elle repensa à sa propre enfance, où les adultes passaient leur temps à lui rappeler que tout ce qu'elle avait envie de faire était dangereux.

Bryce démarra la moto et elle s'installa sur le siège, le cœur battant. Il lui tendit son blouson, qu'elle enfila, puis passa ses bras autour de son torse, appréciant au passage sa fermeté.

Rappelle-toi qu'il s'agit d'une mission professionnelle. Essaie de garder ton sang-froid.

Elle hocha la tête quand il lui demanda si elle était prête et huma les notes épicées qui se dégageaient du blouson. Il n'allait pas être facile de garder son sang-froid. Mais elle ne reculait devant aucun défi. Bryce l'avait dit lui-même l'autre soir. Juste avant de l'embrasser.

La moto démarra dans un rugissement. Elle s'accrocha à lui, des papillons dans le ventre.

7.

Chevaucher une moto lui procurait toujours un sentiment de liberté incroyable.

Le trajet qu'elle avait fait le premier jour et qui s'était soldé par une panne lui avait rappelé à quel point ce sentiment lui manquait.

La route était aussi belle que l'avait annoncé Enrique. Elle portait bien son nom. Elle était bordée de grandes étendues de fleurs mauves, roses et jaunes. Au loin, une chaîne de volcans dessinait la ligne de l'horizon. Elle savait que nombre de volcans du Salvador étaient en activité mais, à cet instant précis, ils n'étaient que des montagnes à la végétation luxuriante d'un vert profond qui contrastait avec le bleu du ciel sans nuages. Elle avait l'impression de voler.

S'il était incroyable de rouler à moto, plus incroyable encore était de le faire en compagnie de Bryce. Assise derrière lui, les bras autour de son torse, immergée dans l'odeur du cuir et les effluves de son after-shave, il était difficile de ne pas se laisser emporter par les émotions qui tourbillonnaient en elle.

Elle sentit des larmes jaillir au coin de ses yeux, qui n'avaient rien à avoir avec la vitesse ou le vent. Depuis combien de temps n'avait-elle pas éprouvé une sensation de joie pure ? Pendant toutes ces années, elle s'était laissé submerger par le travail, et avait simplement oublié que la vie pouvait être aussi plaisir. Pour la première fois depuis longtemps, elle redécouvrait celui de se connecter à l'instant présent. Et elle n'avait pas l'intention de le laisser filer.

Elle poussa un cri de joie, incapable de le réprimer, sans

se demander comment Bryce réagirait. Il accéléra, ce qui eut pour effet de lui faire pousser un autre cri. Voilà la vie telle qu'elle voulait la vivre !

Ils roulèrent toute la matinée au milieu des plantations de café et firent des pauses dans plusieurs villes aux maisons colorées. Ils devaient distribuer des médicaments et faire des présentations dans trois d'entre elles, passer la nuit à Juayua et rentrer le lendemain.

Ils s'arrêtèrent pour boire un café dans une échoppe, au bord de la route, dont l'un des murs était peint de fleurs et de papillons. Elle adorait le café et en huma longuement l'arôme qui s'échappait de la tasse. Bryce, lui, l'avala d'un trait et jeta un coup d'œil sur sa montre.

— Tu es bien pressé, fit-elle remarquer.

— Tous les week-ends, ils organisent un festival, la *Feria gastronomica* à Juayua. J'aimerais bien qu'on en profite un peu.

Elle se réjouit à l'idée que le voyage n'ait pas pour seul objectif le transport de vaccins et de brochures.

— Si nous arrivons à tout livrer à Salcoatitan en une heure, nous pourrons être à Juayua en début d'après-midi. Et là, nous pourrons goûter à toutes les bonnes choses que le Salvador peut nous offrir en matière de cuisine de rue.

— Si tu me prends par les sentiments, dit-elle avec un regard en coin. C'est quel type de cuisine ?

— Il y en a vraiment de toutes sortes et, crois-moi, tout est délicieux. Ce festival est d'ailleurs l'une des raisons pour lesquelles je rêvais de retourner à Juayua.

— Ah bon ? Ce n'est pas pour l'amour de la médecine ou pour renforcer tes liens avec les populations locales ?

— Si, justement, la cuisine fait partie de la culture.

— Tu m'as convaincue, dit-elle avant de boire la dernière gorgée de son café et de se lever.

— Je te reconnais bien là. Toujours prête à découvrir de nouvelles choses.

Elle sourit devant son enthousiasme. Où se cachait cette

version insouciante de Bryce Hamlin, quand ils sortaient ensemble ? S'ils avaient fait ce voyage à l'époque, il aurait certainement tenu à respecter leur emploi du temps à la minute près. Et aurait conduit un véhicule bien plus sûr qu'une moto. À présent, il semblait détendu. Il avait même l'air de s'amuser. Jamais elle n'aurait imaginé cela.

Il fallait croire qu'elle ne le connaissait pas aussi bien qu'elle le pensait.

Ils arrivèrent à Juayua en milieu d'après-midi. Une femme au visage doux et aux cheveux gris les accueillit à bras ouverts. C'était Gina Lopez, l'une des sages-femmes les plus expérimentées de la ville, qui servait aussi d'intermédiaire entre le corps médical local et eux.

— Mme Lopez est l'une des meilleures sages-femmes du pays, dit Bryce. Et jamais nous ne nous en serions sortis sans elle à Juayua.

Elle chassa le compliment d'un geste tout en lui adressant un grand sourire.

— C'est moi qui ai fait naître la plupart des enfants, ici. Mais sans Médecine Internationale, beaucoup de mères et de bébés ne seraient pas là aujourd'hui.

Ils parlèrent des vaccins puis elle les invita à dîner chez elle.

— Aujourd'hui, je décline l'invitation. C'est la première fois que Cassie vient à Juayua et elle rêve d'aller à la *Feria gastronomica*.

Cassie écarquilla les yeux.

— *Moi*, je rêve d'aller à la *Feria gastronomica* ? murmura-t-elle dans le dos de Mme Lopez qui les raccompagnait.

— Attends de goûter les brochettes de crevettes, murmura-t-il en retour.

Dehors, trois adolescents discutaient avec enthousiasme devant la moto de Bryce.

— Je peux l'essayer ? demanda l'un d'entre eux, que Mme Lopez présenta comme son fils. Je ferai attention, je vous promets.

— Pas aujourd'hui, Fernando, répondit Bryce. Mais nous devrions repasser demain. Je pourrais t'emmener faire un tour.

Fernando eut l'air déçu. Il avait sans doute envie d'impressionner ses amis en conduisant lui-même la moto.

— Et on apprend déjà beaucoup quand on est passager, dit Cassie, compatissante.

— Allez, arrête de les embêter, dit Mme Lopez à son fils avant de se tourner vers Bryce. Vous pouvez laisser la moto ici, si vous voulez. Les garçons vont retourner travailler. Ils ont mieux à faire que de reluquer une moto.

Cassie et Bryce marchèrent donc jusqu'au centre de la ville bondé de promeneurs. Devant les stands de cuisine de rue, on avait disposé des tables et des bancs de toutes les couleurs. Bryce se réjouissait de lui faire connaître les spécialités locales et elle, de les goûter.

— Commence par ça, dit-il en lui tendant un épi de maïs recouvert de fromage et de sauce au bout d'une brochette. Cela nous permettra de marcher pour repérer ce qu'on a envie de manger ensuite.

Après avoir déambulé un moment et s'être arrêtés à plusieurs autres stands, ils finirent par s'asseoir avec une grande assiette de viandes grillées accompagnées de riz, de salade et de tortillas.

Cassie garnit une tortilla de viande et de salades et mordit dedans sans dissimuler son plaisir.

— Tu avais raison. Nous avons bien fait de venir.

— C'est meilleur qu'à la cantine du camp.

Elle sourit.

— La cantine du camp n'est pas mauvaise, mais c'est vrai qu'après avoir goûté les *pupusas* d'ici… Il ne faut pas le dire à nos cuisiniers qui font tant d'efforts pour nous.

— Je ne dirai rien, promis.

— Je savais que je pouvais te faire confiance.

Ils se regardèrent un moment dans les yeux. Elle avait oublié à quel point son regard pouvait être chaleureux.

Quand ils eurent fini leur dégustation, Bryce lui proposa de l'emmener voir des cascades, un peu à l'extérieur de la ville. Ils empruntèrent un chemin que la végétation touffue menaçait de faire disparaître.

— Nous avons bien fait de venir en fin d'après-midi. Les touristes qui sont passés avant nous ont dégagé le chemin. Sans quoi nous aurions dû emprunter une machette à Mme Lopez.

Elle imagina Bryce, une machette à la main, et le contraste avec le Bryce de ses souvenirs la fit sourire.

Il marchait devant elle, ce qui lui laissa tout le loisir de contempler les muscles de son dos et de ses bras sous son T-shirt. Au bout d'un moment, il le retira et s'en coiffa pour éviter que la sueur ne lui coule dans les yeux. Comme si sa résolution n'avait pas été suffisamment mise à l'épreuve dans cette journée…

Pitié ! s'écria-t-elle mentalement.

Son corps était parfaitement hâlé et des gouttes de sueurs perlaient sur son torse. Cette image de Bryce, – torse nu dans la jungle, repoussant les hautes herbes et les fougères, son jean lui tombant sur les hanches – lui resterait longtemps en mémoire.

— C'est encore loin ? demanda-t-elle en priant pour que la torture ne dure pas des heures.

— Encore une dizaine de minutes.

Elle tenta de se convaincre que dix minutes seraient vite passées.

Ils arrivèrent, épuisés et en nage.

— Nous y sommes. Voici *Los chorros de la Calera*.

L'eau empruntait plusieurs trajets sur les rochers couverts de mousse et de plantes grimpantes, pour se jeter dans un grand bassin dont la surface était mouchetée par le soleil. Les odeurs de la forêt embaumaient l'air. Elle se réjouit de la chance de pouvoir profiter d'une nature aussi généreuse et de la fraîcheur bienvenue que procurait la cascade.

— C'est somptueux ! dit-elle dans un souffle.

Ils demeurèrent un moment silencieux, écoutant le bruit de l'eau. Elle se tourna vers lui et sentit l'émotion s'emparer d'elle. *De la nostalgie, sans doute.*

Puis, brusquement, l'émotion se transforma en un éclat de rire.

— Qu'y a-t-il de si drôle ?

— C'est juste que cet endroit est tellement beau…

— Et la beauté te fait rire ?

— Non, la beauté de cet endroit me coupe le souffle. Ce qui me fait rire, c'est toi, avec ton T-shirt enroulé autour de la tête. J'ai l'impression de me promener avec Rambo.

— C'est donc moi qui te fais rire. Tu n'as pas envie de prendre une photo de Rambo pour l'envoyer à tout le camp ?

— J'ai laissé mon portable chez Mme Lopez.

— Tu as bien fait. Dans ce cas, je peux…

Il s'approcha d'elle et la poussa dans le bassin. Elle poussa un cri.

— Comment as-tu pu me faire une chose pareille ? dit-elle sur un ton faussement mélodramatique en sortant la tête de l'eau.

Au fond d'elle, elle était ravie. Jamais on ne l'avait jetée à l'eau. Personne n'aurait jamais osé commettre un acte aussi risqué. D'ailleurs, en les rares occasions qu'elle avait eues d'être invitée à un anniversaire au bord d'une piscine, elle avait dû se contenter de regarder, de la terrasse, les autres enfants s'éclabousser et se pousser en hurlant tout l'après-midi.

Elle éprouva une immense gratitude envers Bryce de ne pas l'avoir épargnée et de ne pas la traiter comme si elle risquait de se briser à chaque instant. Avec lui, elle était une personne comme une autre.

— Tu étais en nage. C'était pour te rafraîchir, dit-il en riant.

— Mais on vient juste de manger. Et si je fais un malaise ? poursuivit-elle en feignant d'être outrée.

— Dans ce cas, je plongerais pour m'occuper de toi, dit-il en se jetant à son tour dans le bassin.

Il remonta à la surface pour reprendre son souffle en s'agrippant à elle. Elle sentit sa tête tourner, sans savoir si c'était d'excitation ou de confusion. Bryce était un homme drôle et détendu, et cela la remplissait de joie.

Sans s'en rendre tout à fait compte, elle pencha à peine la tête et sentit soudain la bouche de Bryce se poser sur la sienne.

C'était comme dans son souvenir. Ou, plutôt, *mieux* que dans son souvenir. Et même mieux que sous le balsa car, cette fois, leurs corps étaient déployés l'un contre l'autre. De plus, cette fois, il ne pouvait s'agir d'une maladresse ni d'un accident. Bryce l'embrassait avec une détermination sans équivoque. Ses lèvres étaient chaudes et salées et il la tenait fermement contre lui. Elle lui fit comprendre qu'elle était aussi déterminée que lui.

Ils entendirent des voix et un groupe de touristes surgit de derrière les arbres.

Elle s'écarta brusquement de lui, haletante, et le regarda sans chercher à dissimuler son émotion.

— Viens, je vais t'aider à sortir de l'eau, dit-il d'une voix qui lui parut chevrotante.

Il sortit du bassin et l'aida à se hisser à son tour.

— Mme Lopez doit se demander ce qu'on fabrique.

Il avait gardé sa main dans la sienne. Elle ne fit rien pour qu'il la lâche. Ils se regardèrent. Elle ne sut que dire. Par chance, il reprit la parole.

— Je sais que j'ai beaucoup insisté sur le fait que notre histoire appartenait au passé. Et, si tu ne veux plus que ce genre de choses se reproduise, je le comprendrai très bien. Je veillerai, à l'avenir, à ne pas t'importuner. Mais je n'ai pas pu m'empêcher de tenter ma chance. Je ne voulais pas quitter cet endroit magnifique avec des regrets.

Elle se rapprocha de lui.

— Tu as bien fait.

— De t'embrasser ?

Elle hocha la tête.

— Oui, de tenter ta chance.

Ils reprirent le chemin en sens inverse. Bryce avait les lèvres en feu. Il repensa à l'instant précis où il avait su qu'il allait l'embrasser. C'était quand elle était sortie de l'eau en riant. Il avait poussé Cassie sans réfléchir, incapable de résister et, quand son visage était réapparu, des étincelles plein les yeux, il avait compris que rien ne pourrait le retenir non plus de l'embrasser.

Elle ne l'avait pas repoussé. Manifestement, elle en avait eu envie autant que lui.

Il n'en demeurait pas moins qu'ils travaillaient ensemble. Qu'allait-il se passer, une fois qu'ils rentreraient au camp et reprendraient le cours de leur vie au quotidien ? Il était très tentant de s'embrasser au pied d'une cascade, mais Cassie et lui ne recherchaient peut-être pas la même chose. Il s'était déjà laissé prendre une fois, il n'avait pas envie de commettre la même erreur.

Il avait aimé la manière dont Cassie l'avait embrassée, de tout cœur, sans retenue. Mais il ne voulait pas d'une relation éphémère. Il ne regrettait pas un instant de l'avoir embrassée. Le problème était de savoir où tout cela allait les mener.

« Tu as bien fait de tenter ta chance » avait-elle dit. Mais cela ne lui disait rien sur la façon dont elle envisageait la suite.

De toute évidence, leur volonté de maintenir leur relation à un niveau professionnel s'effritait, et à grande vitesse. Pouvaient-ils vraiment n'être que des collègues de travail ?

Lui aussi était content d'avoir tenté sa chance. Mais le baiser était un moment précis, une parenthèse dans leur vie de tous les jours au camp. Cassie aurait-elle envie d'une histoire sérieuse avec lui une fois qu'ils seraient rentrés ? L'idée familière qu'elle ne cherche qu'une aventure sans lendemain s'immisça dans son esprit.

Pour sa part, il avait besoin de temps. De voir comment les choses allaient se dérouler, ce qu'ils ressentaient l'un vis-à-vis de l'autre. Sans mettre de pression ni sur eux ni sur la relation.

Il aurait aimé ne pas avoir à rentrer au camp aussi rapidement et prendre le temps de réfléchir sur ce qui se passait entre eux, sans forcer les choses. Et de comprendre ce que Cassie voulait, ressentait. Avait-elle envie d'un flirt ou d'une histoire d'amour ?

Mieux valait peut-être, au contraire, retourner au camp le plus rapidement possible. Et s'ils rentraient le soir même ?

Ces questions tournèrent en boucle dans son esprit jusqu'à ce qu'ils arrivent chez Mme Lopez, qui les accueillit avec une tête d'enterrement. Quelque chose de grave s'était produit. De fait, les trois garçons avaient le regard fuyant. Et la moto ne ressemblait plus qu'à un tas de ferraille.

Ils apprirent que les garçons avaient chevauché la moto dont ils avaient perdu le contrôle. La moto avait fini dans un ravin. Par chance, aucun d'entre eux n'avait été blessé. Ils avaient récupéré l'épave et l'avaient déposée sur la pelouse.

Bryce examina les pièces éparpillées en essayant de comprendre ce qu'il avait sous les yeux.

Cassie posa la main sur son épaule.

— On peut peut-être sauver le moteur et reconstruire une nouvelle moto autour, suggéra-t-elle sur un ton encourageant. Même si je pense qu'il reviendrait sûrement moins cher d'en acheter une neuve.

La pensée lui donna un haut-le-cœur. Ce que disait Cassie était sensé : la moto était irréparable mais l'idée de s'en débarrasser lui était insupportable. Il avait fait toutes ses missions avec elle. Parcourir la campagne avait été sa plus grande source de liberté et de joie, en dehors du travail. Il avait l'impression d'abandonner un frère d'armes blessé dans une tranchée.

— Je ne peux pas la laisser là. Prends le bus, si tu veux

rentrer au camp. Moi, je reste, dit-il, conscient de l'absurdité de ses paroles mais incapable d'en trouver de plus pertinentes.

— Je sais que cette moto représente beaucoup pour toi. D'autant que tu l'avais achetée avec cette bague. Mais c'est du passé. Si la femme à qui tu voulais l'offrir n'a pas été capable de voir la belle personne que tu es, c'est qu'elle ne te méritait pas. Il faut que tu lâches prise, que tu fasses le deuil de ta moto et de ce pan de ta vie.

— C'est à toi que je voulais offrir cette bague, s'entendit-il dire sans réfléchir.

Il retint son souffle en attendant sa réaction.

Cassie écarquilla les yeux. Puis elle parut se ressaisir. Elle le regarda d'un air résolu. Il avait déjà vu ce regard. C'était le regard qu'elle avait quand on essayait de la convaincre qu'un patient était condamné ou que le traitement qu'elle proposait ne fonctionnerait pas.

— On va sauver la moto, dit-elle. On va trouver un bon mécanicien.

Ce fut son tour d'être surpris. Il secoua la tête.

— Non, Cassie. Tu as raison de dire qu'elle est fichue. La seule chose à faire, c'est de lâcher prise.

— Bryce, on peut la sauver.

Elle se baissa et prit des morceaux de la moto.

— Cassie, dit-il en posant la main sur son bras pour l'arrêter. La vie m'a appris qu'on ne pouvait pas vivre dans le passé et qu'il valait mieux se concentrer sur l'avenir.

Elle reposa les pièces de ferraille à contrecœur.

Jamais il n'aurait pu imaginer qu'elle réagisse de cette manière en apprenant que la bague lui était destinée. Il était désolé à l'idée de devoir abandonner sa moto, mais Cassie avait l'air tout aussi navrée. Sa réaction, loin de lui paraître déplacée, lui mit du baume au cœur.

— Je ferai venir un ferrailleur, dit-il à Mme Lopez, qui s'excusa pour la centième fois.

— Je ne sais pas pourquoi les garçons ne m'ont pas écoutée, dit-elle.

— Je n'aurais pas dû laisser les clés, dit Bryce. C'était trop tentant. L'important reste que personne n'ait été blessé.

— Comment allons-nous rentrer ? demanda Cassie.

— Nous trouverons un bus. Rentrons à l'hôtel. Demain est un autre jour.

Il fit quelques pas puis revint vers la moto, s'agenouilla et fouilla parmi les débris.

— Qu'est-ce que tu cherches ? demanda Cassie.

— Ça, dit-il en montrant l'anneau de l'interrupteur d'allumage. En souvenir.

Après les conditions de vie spartiates du camp, le luxe de l'hôtel lui parut presque exagéré. Bryce avait trouvé une chambre un peu à l'écart des rues animées du centre-ville. Le bâtiment était entouré de palmiers et d'une pelouse impeccable qui contrastait avec toute la végétation qu'elle avait pu voir depuis son arrivée au Salvador. Le silence régnait sur le jardin, interrompu seulement par le gargouillis de l'eau des fontaines aux statues couvertes de mousse. Sur la terrasse, deux fauteuils à bascule semblaient leur tendre les bras.

Elle repensa aux cinq dernières années de sa vie qui auraient pu être très différentes si elle avait su qu'il avait l'intention de lui offrir une bague. Jamais elle ne se serait doutée qu'il envisageait de s'engager aussi sérieusement.

S'il lui avait demandé sa main, à l'époque, aurait-elle accepté ? Elle n'en savait rien. Mais, pour la première fois de sa vie, elle se rendait compte de ce à côté de quoi elle était passée. En le quittant, elle savait qu'elle renonçait à la plus belle relation qu'elle ait jamais eue. Mais jamais elle n'avait vraiment réfléchi à l'avenir avec lui.

Des flashs de la vie qu'elle aurait pu mener jaillirent sous ses yeux. Bryce et elle auraient pu se marier et, qui sait, avoir déjà des enfants. Elle chassa de son esprit des images de petits chérubins aux yeux bruns comme leur papa.

Si cela ne s'était pas produit, c'était pour une bonne raison. Bryce et elle avaient tous deux des choses à vivre, à apprendre. Il fallait qu'ils découvrent l'un et l'autre qui ils étaient dans le fond : Bryce, en dehors des attentes de sa famille et elle, en dehors de la bulle surprotectrice de la sienne.

Une autre pensée lui traversa l'esprit : Bryce avait acheté sa moto avec l'argent de la bague.

C'est un peu comme si j'avais été auprès de lui pendant toutes ces années.

Il avait l'air tellement triste devant l'épave ! L'idée que la moto puisse symboliser leur relation et soit complètement détruite l'attrista un peu. Elle était prête à tout pour la faire remettre en état mais il fallait se rendre à l'évidence : même avec toute la bonne volonté du monde, elle était irréparable. En était-il de même pour leur relation sentimentale ?

Autant, la veille, elle avait du mal à imaginer qu'ils puissent être autre chose qu'amis, autant le baiser au pied de la cascade changeait la donne. Elle eut l'impression d'entendre le bruit de l'eau, de sentir la chaleur du corps de Bryce contre le sien. Elle poussa un profond soupir.

Le concierge de l'hôtel mit un temps incroyablement long à enregistrer leur entrée dans les lieux. Cassie admirait le hall de la maison. Ils n'auraient pas pu trouver un endroit plus romantique, après la route bordée de fleurs et les magnifiques chutes d'eau.

Il ne manquerait plus qu'il nous dise qu'il ne reste plus qu'une chambre et que je doive dormir avec lui !

À son grand soulagement, le concierge finit par poser deux trousseaux sur le comptoir.

— Je suis désolé, ce sont les dernières chambres qu'il nous reste. Et elles sont éloignées l'une de l'autre.

— C'est très bien, dit Cassie, soulagée à l'idée de se coucher loin de Bryce.

— Elles ne sont pas au même étage, poursuivit le concierge.

— C'est parfait, dit Bryce en s'emparant des clés.

Il tendit un trousseau à Cassie.

— Premier étage pour toi, moi je suis au troisième.

Ils se saluèrent d'un geste de la main qui lui parut incongru après tout ce qui s'était passé au cours de la journée.

La chambre de Cassie était claire et douillette. Elle se doucha en appréciant le luxe d'avoir de l'eau chaude, sans coupure.

Elle ne pouvait s'empêcher de penser à la bague.

Pourquoi ne m'a-t-il rien dit, à l'époque ? se demanda-t-elle en s'enveloppant dans le drap de bain.

Redoutait-il qu'elle refuse ? Avait-il eu peur de prendre ce risque ?

Elle entendit frapper. Elle resserra le drap de bain autour d'elle et se frotta les cheveux avant de jeter la serviette sur le porte-serviettes. Elle jeta un coup d'œil dans le judas.

C'était Bryce.

Que voulait-il ?

Elle repensa au baiser échangé dans l'eau. Elle n'était sûre de rien mais elle se demanda, le cœur battant, s'il venait prendre un autre risque. Si tel était le cas, elle était bien décidée à ne pas laisser passer cette chance.

Elle ouvrit la porte. Bryce entra. Une seconde plus tard, elle était dans ses bras. Le drap de bain glissa sur le sol sans un bruit.

8.

Bryce la serra dans ses bras et referma la porte derrière lui du bout du pied. Le drap de bain glissa le long de son dos et elle sentit le contact de ses vêtements contre sa peau nue. Une décharge d'électricité crépita entre eux quand il se pencha pour l'embrasser.

Depuis des semaines, son cerveau se demandait en boucle si… Si Bryce pensait qu'elle ne cherchait que des aventures éphémères. Si c'était la nostalgie du bon vieux temps qui l'avait incité à l'embrasser sous le balsa. Si la passion entre eux ne se réveillait que parce qu'ils étaient sortis de leur environnement habituel et se trouvaient provisoirement dans un cadre romantique à souhait.

Mais, en cet instant précis, la motivation de Bryce ne faisait plus aucun doute. Il l'embrassa fougueusement tout en la faisant reculer jusqu'au mur où elle s'adossa. Elle l'embrassa avec la même ardeur dans l'espoir qu'il comprenne ses intentions. Cela faisait des jours qu'elle attendait l'occasion de lui montrer ce qu'elle ressentait pour lui. Maintenant que cette occasion se présentait, elle ne risquait pas de la laisser filer.

Il déposa des baisers mouillés dans son cou, dans le creux de son épaule puis à la naissance de ses seins. Elle se cambra en gémissant au contact de sa bouche chaude sur sa peau fraîche.

Cela faisait des semaines que le désir montait en elle. Enfin elle pouvait l'exprimer sans aucune retenue.

Bryce se remit à l'embrasser avec fougue tandis que ses mains glissèrent jusqu'à ses seins. Les effluves de cèdre et d'épices qui la titillaient depuis son arrivée au Salvador l'enveloppèrent. Le contact de sa chemise sur sa peau nue était à la fois rêche et excitant. Elle défit les boutons de ses mains tremblantes et l'aida à retirer sa chemise pour pouvoir *enfin* toucher le torse contre lequel elle rêvait plaquer son corps depuis des semaines.

La chambre était silencieuse. Cassie n'entendait que le son de leurs corps enlacés et la petite voix qui en elle hurlait *Continue, je t'en prie, ne t'arrête pas !*

Pour une fois, elle était totalement d'accord avec cette voix. Elle n'avait envie d'arrêter sous aucun prétexte.

Si, un.

Elle s'écarta légèrement de Bryce.

— Il faut que je te dise quelque chose, dit-elle.

— Quoi ?

Sa voix était rauque et haletante.

— Ça fait longtemps que… cela ne m'est pas arrivé.

— C'est-à-dire ?

Elle hésita.

Cinq ans, quatre mois et vingt-deux jours, murmura la petite voix. C'est le moment de lui montrer ce que tu ressens.

— Combien de temps, Cassie ?

— Cinq ans, à peu près.

Quelque chose changea dans l'expression de son visage. Elle eut l'impression que ses paroles décuplaient son envie d'elle.

Ils étaient toujours contre le mur. Il glissa sa main dans le creux de ses reins et l'attira vers le lit. Il retira ses chaussures et sortit un petit paquet de sa poche. Un préservatif. Elle se félicita que, sur ce point, Bryce n'ait pas changé. Il veillait toujours sur eux deux.

Il retira son jean et se posta devant elle. Elle contempla tout ce dont elle rêvait depuis son arrivée au camp. Son corps était à la fois familier et différent de ce à quoi elle s'attendait. Ses cuisses étaient souples et musclées, son torse sculptural. Et le désir qu'il éprouvait pour elle ne faisait aucun doute.

Il retira son caleçon.

— Cela m'a manqué, dit-elle.

— À moi aussi, répondit-il avant de s'allonger près d'elle sur le lit.

— Et ce n'est pas la seule chose qui m'a manqué.

— Ça aussi ? dit-il avant de se pencher au-dessus d'elle pour l'embrasser avec volupté.

Elle gémit un oui.

— Et ça ?

Il caressa sa poitrine et posa la langue sur le bout d'un sein.

Elle se remit à gémir.

— Et ça, ça t'a manqué aussi ?

Sa main délaissa son sein, caressa son ventre puis vint se poser sur le haut de sa cuisse. Ses jambes s'écartèrent naturellement quand elle sentit sa main s'y glisser et se mettre à caresser son sexe chaud et déjà humide. Elle sentit le plaisir monter jusqu'à la submerger.

Puis Bryce se coucha sur elle, le sexe dressé et impatient contre elle.

— Viens, murmura-t-elle.

Il la pénétra lentement, une main empoignant doucement ses cheveux. Elle releva les jambes pour le sentir plus profondément en elle et leurs hanches se mirent à bouger en cadence. Les sensations étaient à la fois connues et totalement nouvelles. Elle sentait son corps réagir à celui de Bryce et la chaleur monter en elle, jusqu'à ce que, incapable de résister plus longtemps à la vague qui était sur le point de la submerger, elle se laissa aller et accueillit en elle le comble du plaisir. Bryce continua à bouger encore en elle puis tressaillit avant de se laisser tomber sur le lit.

Ils demeurèrent un moment immobiles, le souffle court, le corps las et repu, bras et jambes entrecroisées. Elle était incapable de faire le moindre mouvement mais sentit sa main caresser son épaule un moment. Puis elle se laissa gagner par le sommeil. Bryce la serra contre lui.

Elle eut juste le temps de se dire que jamais elle n'aurait osé monter deux étages pour aller frapper à la porte de sa chambre. Mais elle était heureuse qu'il ait pris le risque de venir frapper à la sienne.

Bryce se réveilla le premier, le lendemain. Il avait toujours été lève-tôt. C'était une bonne qualité pour un chirurgien. Pendant l'internat, il lui arrivait de se lever à 5 heures du matin, voire plus tôt. Depuis, il avait gardé l'habitude de se lever juste avant le lever du soleil, même si sa profession ne le requérait plus. À présent, sauf cas exceptionnel, il avait la chance de pouvoir faire des nuits complètes et de prendre son temps le matin avant d'aller travailler.

Il était content de pouvoir prendre son temps, ce matin, avec Cassie. Il n'y avait pas d'urgence à ce qu'ils rentrent au camp, et un peu de temps pour digérer ce qui s'était passé la veille ne serait pas superflu. Tout était arrivé si vite !

Après le baiser sous la cascade, il avait compris qu'il ne pourrait plus ignorer son attraction croissante pour Cassie. Mais il ne s'attendait pas à passer à l'acte aussi rapidement !

Il avait vu sa réaction quand il lui avait parlé de la bague de fiançailles. Elle avait regardé la moto et compris exactement ce qu'il ressentait à ce moment-là.

Il avait du mal à admettre que, pendant cinq ans, il avait continué à vivre avec le souvenir de Cassie et de leur relation. Tout d'abord, en gardant longtemps la bague de fiançailles dans sa poche, puis en s'achetant cette moto avec. Mais aussi en s'accrochant à la colère et au ressentiment qu'il avait éprouvés après le départ de Cassie. C'était tout ce qu'il lui restait d'elle, après tout, et il n'avait pas envie de s'en séparer. Jusqu'à ce qu'elle réapparaisse dans sa vie et qu'il lâche enfin prise.

La veille, après s'être installé dans sa chambre du troisième étage, il ne lui avait pas fallu longtemps avant de décider d'aller frapper à la porte de Cassie. Il n'était pas sûr qu'elle ait envie d'aller plus loin avec lui, en dépit de la manière dont elle s'était abandonnée à ce baiser. Il fallait qu'il en ait le cœur net.

Sur le moment, il se fichait pas mal de se retrouver de nouveau en position de vulnérabilité vis-à-vis d'elle. Faire l'amour était une chose, c'en était une autre de prendre le risque d'exprimer ses sentiments. Ou de lui demander ce qu'elle-même ressentait. Certes, elle ne l'avait pas repoussé… mais le fait qu'elle ait couché avec lui ne prouvait rien. Ou plutôt, pouvait être interprété de multiples manières.

Elle lui avait dit qu'elle n'avait pas couché avec quelqu'un depuis cinq ans. Ce qui voulait dire : après lui. Il ne s'était jamais vraiment posé clairement la question mais s'était imaginé que Cassie avait eu d'autres histoires sentimentales. Ce n'était pas le cas.

Depuis que Cassie avait fait son apparition au Salvador, nombre de ses idées sur les choses se révélaient erronées. Comme la prétendue témérité de Cassie, par exemple, dont il avait découvert que ce n'était qu'une facette de sa personnalité.

Contrairement à lui, Cassie était plutôt une lève-tard. Il la regarda dormir un moment. Le soleil qui filtrait à travers les persiennes dessinait des jeux d'ombre et de lumière sur son visage. Il passa la main dans ses cheveux courts, tout doucement, pour ne pas la réveiller. Il avait encore envie d'elle. Pendant des semaines, il avait contenu son désir car il ignorait ce qu'elle éprouvait de son côté. Mais, la veille, la digue avait rompu.

Cela dit, ce qui s'était passé entre eux ne signifiait pas que Cassie et lui aient envie des mêmes choses concernant la suite. Lui cherchait une histoire d'amour. Il était las des aventures sans lendemain, comme il était las des ruptures. Il souhaitait rencontrer une femme avec laquelle il puisse construire quelque chose à long terme, se poser enfin et, qui sait, peut-être avoir des enfants.

Que recherchait Cassie ? Pour le peu qu'ils avaient parlé,

il croyait comprendre qu'elle avait quitté New York pour échapper à une routine sclérosante. Elle était peut-être moins casse-cou que cinq ans auparavant, mais il était certain qu'elle aimait toujours l'aventure et le frisson.

Et si ce qui s'était passé la veille n'était pas autre chose qu'une envie de remettre un peu de piquant dans sa vie, sans plus ?

Quand bien même, il ne regrettait pas une seconde d'avoir fait l'amour avec elle. Mais il ne voulait plus souffrir. Il s'était mépris sur les sentiments de Cassie, cinq ans plus tôt, il fallait à présent qu'il protège son cœur.

Ce qui impliquait de lui dire, dès que possible, qu'il attendait autre chose d'une histoire que de simples relations sexuelles. Il fallait qu'ils s'entendent sur la suite. Plus tôt ils auraient cette discussion, mieux ce serait.

Le vibreur de leurs deux téléphones le fit sursauter. Cassie entrouvrit les yeux.

— C'est qui ? murmura-t-elle d'une voix ensommeillée.

— C'est un texto du camp.

La nouvelle la réveilla tout à fait, et elle s'assit brusquement.

— Une urgence. Il y a eu encore des glissements de terrain dans la montagne et les blessés affluent. Tous les médecins sont réquisitionnés. Il faut rentrer le plus vite possible.

Elle le regarda d'un air dépité.

— Moi qui m'étais fait à l'idée de passer cette matinée avec toi. Pour parler de… différentes choses.

— Moi aussi. Nous pourrons parler dans le bus. D'ailleurs, il faut qu'on se dépêche d'en trouver un.

Il se leva et s'étira.

— Je descends tes bagages et vais me renseigner à la réception. Rejoins-moi quand tu seras prête.

Elle hocha la tête. Il eut envie de se pencher pour l'embrasser et se ravisa. Ils n'avaient pas encore parlé.

Il déposa un baiser maladroit sur son front et sortit de la chambre.

Cassie se brossa les dents à la hâte. Le camp était à plusieurs heures de bus. Plus tôt ils partiraient, plus vite ils arriveraient.

Malheureusement, cela ne lui laissait pas le temps de parler sérieusement avec Bryce de ce qui s'était passé.

Ce qui s'est passé, c'est que vous avez couché ensemble. Que cela ne t'était pas arrivé depuis cinq ans, quatre mois et – oh, on s'en fiche ! Maintenant, les compteurs ont été remis à zéro.

Elle s'était sentie vulnérable en évoquant sa longue période de chasteté mais elle tenait à ce qu'il le sache. Surtout depuis qu'elle était au courant que la bague de fiançailles lui était destinée. Cela avait changé beaucoup de choses en elle.

Elle espérait que Bryce comprendrait ce qu'elle éprouvait pour lui. Elle ne savait trop que penser de ce baiser sur le front. Pas très tendre, un peu brusque.

Il se faisait probablement du souci au sujet de la suite. Sur le fait qu'ils soient ou non en couple, et qu'ils travaillent ensemble. Dans un sens, les choses étaient plus claires la première fois, dans la mesure où leur relation était secrète. À l'époque, ils se comportaient comme des collègues, point. À présent, il serait plus difficile de faire semblant.

Mais ils n'avaient pas pu parler de ce qu'allait devenir leur histoire. Il ignorait même s'il s'agissait d'une histoire plutôt que d'un dérapage.

Elle rejoignit Bryce à la réception. Il était au téléphone avec Enrique, qui allait mettre prématurément fin à son séjour à San Salvador et viendrait les récupérer à l'arrêt de bus de Miraflores.

Le fait qu'une autre personne se joigne à eux pour finir le trajet la stressa. Tout concordait pour qu'ils se disent ce qu'ils avaient à dire dans le bus. Si tant est que ce soit possible.

Les bus du Salvador n'étaient pas modernes mais ils étaient pratiques. C'était un moyen de transport très répandu au Salvador. On les appelait les *chicken buses*, les bus à poules, parce que les gens qui les empruntaient transportaient souvent de la volaille ou d'autres animaux. Même si elle aurait préféré faire le trajet à moto, c'était une nouvelle expérience qu'elle était contente de vivre.

— Le chauffeur dit que nous en avons pour deux heures, à peu près, dit Bryce quand ils s'installèrent à bord. Par chance, les bus du matin sont moins bondés que ceux de l'après-midi.

Elle hocha la tête.

— Cela nous laisse du temps pour parler, dit-elle.

Il s'assit à côté d'elle tandis que le bus démarrait.

— Justement, dit-il. Ce qui s'est passé hier soir…

Il s'interrompit et elle sentit son ventre se contracter à l'idée qu'il dise que ce qui s'était passé la veille était une erreur. Cette fois, elle était déterminée à ne pas laisser passer sa chance avec Bryce mais, s'il n'éprouvait pas les mêmes sentiments qu'elle, elle n'aurait pas d'autre choix que de l'accepter et de passer à autre chose.

— Tu n'as pas envie d'en parler ? demanda-t-elle, du plomb dans l'estomac. Je pense pourtant qu'il le faut. Ce ne serait pas nécessaire si nous ne travaillions pas ensemble. Il faut parler de ce qui se passe entre nous.

— Je ne suis pas sûr de le comprendre moi-même, dit-il.

Elle éprouvait la même chose mais ce n'était pas rassurant pour autant.

— Cassie… dit-il sur un ton qu'elle trouva un peu trop solennel pour annoncer quelque chose d'agréable. Ce qui s'est passé hier soir était super. Mais je comprendrais très bien que tu ne veuilles pas que cela se reproduise.

Elle le regarda, interloquée.

— Tu n'arrêtes pas de dire ça. Hier, quand on s'est embrassés au pied de la cascade, aujourd'hui après avoir fait l'amour. Qu'est-ce qui te fait dire que je n'ai pas envie que cela se reproduise ?

— En fait, je ne sais pas ce que tu veux.

— Il me semble pourtant que c'était assez clair, hier soir.

— Hier soir, oui, mais cela ne me dit rien sur la façon dont tu envisages la suite.

Apparemment, le fait qu'elle ait fait l'amour avec lui n'était pas une preuve suffisamment tangible de ses sentiments pour lui.

Ils se fixèrent un moment. Elle prit conscience qu'ils se trouvaient à la croisée des chemins. Il fallait que l'un d'eux prenne le risque de parler et de dire ce qu'il avait sur le cœur. Elle ouvrit la bouche mais il la devança.

— C'était bien, pour toi ?

« Bien » ? Ce n'était pas le terme qu'elle aurait choisi. « Génial », « bouleversant » étaient plus proches de ce qu'elle avait ressenti.

— Non, ce n'était pas *bien*.

Il la regarda d'un air blessé.

— C'était plus que bien. C'était ce dont je rêvais depuis que je suis arrivée au Salvador.

L'expression de son visage se métamorphosa.

— Je crois que moi aussi, dit-il avec un soulagement non dissimulé.

— Cela fait tellement longtemps que je n'ai pas vécu quelque chose de vraiment excitant ! Pendant des années, je n'ai fait que travailler et faire en sorte que les autres aient ce qu'ils désirent. Des gens qui ont déjà tout mais qui continuent à vouloir plus. Hier, je me suis sentie à ma place pour la première fois depuis longtemps. J'ai pu être de nouveau moi-même, après avoir essayé d'être quelqu'un d'autre pendant des années. J'ai eu la sensation de retrouver la Cassie aventurière que j'étais et qui était tapie au fond de moi, attendant que je la libère. Tu m'as aidée à la libérer, Bryce.

Il la regarda comme si elle venait de le gifler.

— Je vois, dit-il. Donc, si je comprends bien, ce qui s'est passé hier soir a servi à te reconnecter avec la personne que tu es vraiment ?

Elle se de
comprendre. Elle

— Je dis juste que
J'essaie de t'expliquer que
pour moi. Et j'ai très envie d
signifié pour toi.

Il demeura silencieux un moment.

— C'est exactement ce que je redoutai
la Cassie que j'ai connue pendant mon internat,
l'aventure, le frisson. C'est ce que tu es venue cherche
tu l'as trouvé en recommençant une nouvelle vie au Salvad
Et en couchant avec moi hier soir.

Elle déglutit. Après tout ce qu'ils avaient vécu au cours des dernières vingt-quatre heures, après tout ce qu'elle avait donné pour lui exprimer à quel point il comptait pour elle, elle n'en revenait pas qu'il continue à penser cela d'elle. Il était toujours persuadé qu'elle se servait de lui juste pour assouvir son besoin d'aventure et de sensations fortes.

— Bryce, tu n'as pas l'impression que ce qui s'est passé hier soir a changé quelque chose entre nous ? Tu n'as pas senti que quelque chose de nouveau était là ?

— Je suis content que cela ait permis que tu te retrouves, dit-il sur un ton qui la glaça. Mais, pour ma part, j'ai besoin d'autre chose.

— Bryce, écoute-moi. Je me suis peut-être mal exprimée. Est-ce que tu veux bien m'écouter ?

Il se cala dans son siège.

— Je ne vois pas ce que je pourrais faire d'autre. Nous avons deux heures de route.

— Depuis ma naissance, ma maladie a régenté ma vie. Les gens passaient leur temps à me dire tout ce que je ne pouvais pas faire. Une fois guérie, j'ai été bien décidée à faire tout ce qui m'avait été interdit auparavant. Je t'ai rencontré quand j'étais en pleine crise de rébellion. J'avais besoin de me prouver que j'étais forte, de repousser mes limites. Et tu ıte à

s. Or,

nd, me

rce que,

survécu.

e te prouver

que. Parce que

pas nous imposer

ôt voir simplement

— p ?

Elle réfléc

— Faut-il vraim sions quelque chose ? On peut peut-être garder cela ous encore un peu. Pour comprendre ce qui se passe entre nous avant d'en parler aux gens.

Il hocha la tête mais elle ne perçut pas clairement son expression. La veille, Bryce l'avait surprise par son envie de prendre des risques. En cet instant précis, il lui sembla être redevenu plus circonspect que jamais.

Le *chicken bus* roulait en cahotant. Cassie s'était endormie et sa tête avait glissé sur l'épaule de Bryce. Cela ne le dérangeait pas. Moins que la conversation qu'ils avaient eue.

Il n'avait pas l'impression d'avoir mieux compris la nature de leur relation. Il était d'accord pour laisser les choses venir et voir où elles les conduiraient mais l'idée de ne rien dire à leurs collègues du camp lui plaisait moins. Ils avaient déjà vécu leur relation dans le secret, et il n'en gardait pas un bon souvenir.

Elle veut juste s'amuser, rabâchait une petite voix dans son esprit.

Mais il avait été touché par la manière dont Cassie lui avait expliqué les raisons de son besoin d'aventure. Par le fait qu'elle ait survécu plutôt que vécu une bonne partie de sa vie. Comment un enfant pouvait-il passer des mois cloîtré dans une chambre d'hôpital ? Être privé du plaisir d'explorer le monde ? Il était bien placé pour savoir la frustration que généraient une convalescence longue et lente et la contrainte de ne pas pouvoir faire ce qu'on veut…

Sa main trembla au souvenir de son séjour à l'hôpital. Tout le monde lui répétait de se ménager alors qu'il n'avait qu'une envie, c'était de recouvrer ses capacités le plus vite possible et de reprendre le cours de sa vie au lieu de s'apitoyer sur son sort. Faire preuve de patience avait été l'un des défis les plus difficiles à relever.

Il venait de manquer une belle occasion de parler de l'accident à Cassie. Mais que penserait-elle de lui si elle apprenait qu'il était venu au Salvador pour fuir une partie de sa vie au lieu de la *vivre à fond*, comme elle ?

Là, il était à l'abri des regards compatissants de ses anciens amis qui passaient leur temps à évaluer tout ce qu'il avait perdu. Il était loin de tous ceux qui voulaient le comparer au chirurgien brillant qu'il était – et qui étaient forcément déçus. Il était loin, aussi, des réunions de famille où tout le monde était chirurgien et partageait une profession dont il était désormais exclu.

Cassie lui avait dit qu'il l'avait aidée à se reconnecter avec la personne qu'elle était dans le fond. Que penserait-elle si elle apprenait qu'il n'était qu'un imposteur ? Pour rien au monde, il ne retournerait à New York. Pour rien au monde, il ne se confronterait aux attentes que tous avaient là-bas.

Si Cassie voulait renouer avec son ancienne personnalité, lui cherchait au contraire à s'en éloigner.

Il était content qu'elle n'ait pas considéré ce qui s'était

passé la veille comme un simple jeu de séduction. Pour elle, l'aventure avait un sens plus profond que pour la majorité des gens. Mais cela ne lui disait pas ce que leur relation représentait pour elle.

Cinq ans plus tôt, il s'était trompé. Et, aujourd'hui, il ne pouvait pas avoir une relation à long terme avec quelqu'un qui n'était pas sur la même longueur d'onde que lui. Il devait protéger son cœur tant qu'il ignorait ce qui intéressait Cassie dans cette relation : le frisson ou *lui* ?

Peut-être Cassie l'ignorait-elle elle-même.

9.

Ils arrivèrent au camp en fin d'après-midi et se mirent aussitôt au travail. Le camp grouillait de monde et d'activité. Bryce laissa leurs affaires à l'entrée, surpris que Manny ne se précipite pas pour les accueillir ou porter leurs sacs dans les chambres.

Il croisa Anna, l'une des sages-femmes, qui fonçait vers une tente, des bandages à la main, et demanda en quoi ils pouvaient se rendre utiles.

— C'est plus calme depuis une heure, à peu près. Nous pensons que tous les blessés se trouvent ici, au camp, maintenant. Nous essayons de les trier et de nous occuper d'eux, un par un.

Bryce traversa le camp et aida à séparer les blessés graves des autres. À plusieurs reprises, l'absence de son petit acolyte le perturba. En général, Manny était le premier à venir le saluer quand il rentrait au camp et l'assaillait de questions, y compris pendant les urgences. Il se rendait utile, aussi, en transmettant les messages entre les médecins. Son appréhension se confirma quand il aperçut Mme Martinez en pleurs devant une tente, la petite Rosibel dans les bras.

Il la prit par le bras et entra dans la tente, où Manny était allongé sur un lit de camp, une vilaine entaille sur le front. Bryce l'examina. Vu son état général, ce qui l'inquiétait n'était pas l'entaille mais plutôt les lésions éventuelles, celles qui ne se voyaient pas.

Le petit garçon fit un effort pour se relever. Il posa la main sur lui pour l'en empêcher.

— Tu me reconnais, Manny ?

Il paraissait avoir du mal à rester éveillé.

— On m'a dit d'attendre ici. Mais je ne peux pas attendre. Il faut que je m'occupe de Rosibel.

Bryce continua l'examen. Manny demandait sa mère mais n'avait pas l'air de l'entendre quand elle cherchait à le rassurer. Quelques instants plus tard, il cessa tout à fait de réagir aux stimuli de Bryce.

— Hémorragie sous-durale, murmura Cassie qui était entrée dans la tente.

— Difficile d'en avoir la confirmation sans scanner.

— La perte de conscience et la confusion évoquent une hémorragie sous-durale. Nous n'avons pas de scanner ici. Et nous n'avons pas le temps de l'emmener à San Salvador. Il faut atténuer la pression dans le cerveau au plus vite, dit-elle.

Cassie avait raison. Tous les symptômes indiquaient qu'il avait subi un choc à la tête, voire plusieurs, qui provoquaient une accumulation de sang entre le cerveau et le crâne.

— Il ne va pas mourir ? demanda Mme Martinez.

— Nous allons faire notre possible, répondit Cassie. Il a une hémorragie interne. Nous allons introduire un petit tube dans son crâne pour le drainer. Je sais que c'est impressionnant mais nous devons le faire, c'est le seul moyen de le sauver.

Mme Martinez hocha la tête.

— Faites ce qu'il faut. J'ai confiance en vous, docteur.

— La bonne nouvelle, c'est qu'il est entre de bonnes mains, reprit Cassie. Avant d'être gynécologue obstétricien ici, Bryce était l'un des meilleurs chirurgiens de New York. Manny a de la chance, dans son malheur.

Bryce sentit son estomac se contracter. Manny risquait de mourir s'ils n'intervenaient pas rapidement. Or, la perspective d'une telle procédure, sans moyens technologiques modernes et sans équipe de bloc complète, était intimidante.

Mais ce dont ils avaient le plus besoin, c'était de deux mains sans tremblements.

— Cassie, je peux te parler ?

Cassie s'éloigna de Mme Martinez.

— Je ne peux pas.

Elle posa la main sur son bras.

— Je sais que tu n'as pas pratiqué depuis longtemps mais personne n'a ton expérience dans ce genre de procédures.

— Ce n'est pas ça qui me fait peur. Je ne vais pas pouvoir perforer le crâne de Manny.

— Je comprends que ce soit difficile. Tu es très attaché à lui. Mais il faut laisser de côté les sentiments que tu as pour lui. Je sais que c'est un geste dangereux, mais il mourra si tu ne l'opères pas.

Il eut l'impression qu'ils rejouaient la même scène que cinq ans auparavant, devant un dilemme qui lui avait coûté cher.

Mais les circonstances n'étaient plus les mêmes, et l'idée de ne pas tout faire pour sauver la vie de son petit protégé lui était insupportable.

— D'accord, dit-il. Il faut le préparer pour l'anesthésie.

Peut-être que ses mains resteraient stables, après tout. Tant qu'il restait calme, le risque de tremblement était minime. Et la procédure serait brève. Il fallait qu'il reste concentré et détendu, et tout irait bien.

Le temps que les infirmières préparent le petit garçon, Bryce eut l'impression d'être redevenu l'ancienne version de lui-même. Comme au temps de l'internat. Il s'apprêtait à procéder à une opération délicate et périlleuse. Et le regard de Cassie semblait lui dire qu'elle comptait sur lui. Et qu'elle avait confiance en lui.

C'est précisément ce qui l'arrêta net.

Cassie avait confiance en lui. Ce qui signifiait qu'elle n'attendait pas nécessairement qu'il opère Manny, mais plutôt qu'il prenne la décision la plus juste. Il ne pouvait pas opérer Manny simplement pour le plaisir d'endosser une blouse de chirurgien. Même s'il était minime, le risque que ses mains tremblent demeurait. Il ne pouvait pas mettre la vie d'un humain en danger.

— Je ne peux pas le faire, dit-il.

Par-dessus son masque, les yeux de Cassie exprimèrent la surprise. Il fallait qu'il lui donne une explication et le plus vite possible. Chaque seconde comptait. Il décida d'aller droit au but.

— J'ai des tremblements dans les mains, dit-il. Pas systématiquement, mais de manière imprévisible. Le risque est trop grand pour que je le prenne.

Il déposa le foret dans la main de Cassie qui n'hésita pas un instant, en dépit du choc qu'elle dut encaisser. Sans se décontenancer, elle prit la place de Bryce. Courageuse, comme toujours.

— Montre-moi exactement où il faut percer et combien de temps, dit-elle.

Il se félicita qu'elle ne lui pose pas de questions et fasse passer la santé du patient avant sa curiosité, comme elle l'avait toujours fait. Mais il savait qu'elle exigerait des explications dès l'opération terminée.

Il lui montra comment manipuler le foret. Avec un peu de chance, ils pourraient drainer le sang directement par cette perforation.

Cassie se mit à forer d'une main sûre et s'arrêta dès qu'il le lui ordonna. À son grand soulagement, le sang se mit aussitôt à couler. Il ne serait pas nécessaire de poser un shunt. Cassie avait réalisé l'opération brillamment. Elle put recoudre dès la fin de l'épanchement de sang.

— Tu t'en es très bien sortie, dit-il.

Elle était blanche comme un linge.

— Contente de te l'entendre dire, répondit-elle dans un souffle.

— Je vais voir sa maman.

Il s'étira et sortit.

— Tout s'est bien passé, dit-il à Mme Martinez qui attendait devant la tente. Il devrait aller mieux d'ici quelques heures. Nous allons le garder en observation pendant au moins trois jours, mais l'opération s'est bien déroulée.

— Oh ! merci docteur ! Je peux aller le voir ?

Elle se précipita dans la tente. La pluie commençait à tomber, doucement d'abord puis plus fort. Bryce n'éprouva pas l'envie de se mettre à l'abri. Il avait surtout besoin de respirer, de souffler, maintenant que la trépanation de Manny était derrière eux.

Mais son soulagement fut de courte durée.

Mme Martinez était à peine entrée dans la tente que Cassie en sortit en le mitraillant du regard.

— Qu'est-ce qui vient de se passer, Bryce ?

— Tu as sauvé la vie d'un enfant.

— Ne me prends pas pour une idiote ! Tu sais très bien de quoi je veux parler. Tu as fait comme l'autre jour, pendant la césarienne. Tu as hésité alors que nous n'avions pas une seconde à perdre, et tu m'as tendu les rênes. Que se passe-t-il, Bryce ? Pourquoi est-ce que tu n'opères plus ?

— Je te l'ai dit. Mes mains tremblent, regarde.

Il leva les mains. Le tremblement était faible mais visible.

— Mais depuis quand ? demanda-t-elle, sous le choc.

— Cela s'est passé quelques semaines après ton départ, il y a cinq ans. J'ai eu un accident de voiture. Un type en état d'ivresse qui m'est rentré dedans. J'ai fait des mois de rééducation mais je n'ai jamais pu récupérer l'usage total de mes mains.

— C'est pour ça que tu as arrêté la chirurgie…, dit-elle.

Elle demeura pensive quelques secondes.

— Et moi qui me disais que cela pouvait avoir un rapport avec moi.

Elle secoua la tête d'un air incrédule.

— Je n'ose imaginer la rééducation que tu as dû subir.

— Je peux faire encore beaucoup de choses, dit-il. Au

début, j'ai cru que je devrais renoncer à la médecine. Mais l'un de mes professeurs m'a suggéré l'obstétrique.

— Mais pourquoi ne me l'as-tu jamais dit ?

— Tu étais partie. C'est loin. Cela n'a plus d'importance.

— Ça en a pour moi ! Pourquoi ne m'as-tu pas appelée ? J'aurais été là pour toi.

— Je ne voulais pas que tu aies pitié de moi.

— Je n'aurais pas eu pitié. Je t'aurais soutenu pendant la rééducation.

— Dans ton mot, tu m'avais demandé de ne pas chercher à te joindre.

— Je suis désolée, c'était idiot. Tu aurais dû m'appeler quand même. Je ne savais pas que tu avais eu un accident. Toi qui aimais tant la chirurgie. Et qui étais si doué !

C'est alors qu'il vit dans son regard ce qu'il redoutait d'y voir, à savoir la pitié. Exactement ce dont il ne voulait pas de sa part.

Il était venu au Salvador pour échapper au fantôme de Bryce Hamlin, chirurgien de génie. Il avait essayé de repartir de zéro à New York, en vain. Tous ceux vers qui il s'était tourné, qu'il s'agisse de sa famille, de collègues ou d'amis, ne lui parlaient que du médecin qu'il avait été. Du personnage qu'il avait été. Personne ne semblait pouvoir lui adresser la parole sans faire référence à son passé, à l'époque d'avant l'accident.

Mais ce personnage, que tout le monde semblait regretter, y compris Cassie qui se tenait devant lui et le regardait d'un air de pitié, ce personnage, ce n'était plus lui.

Aujourd'hui comme à l'époque, Cassie l'avait incité à prendre des risques. Elle le motivait, le poussait à repousser les limites. Telle était sa nature et il l'acceptait. Du moins tant que cela concernait le travail.

Il n'avait pas envie de risquer de nouveau de souffrir. Il ne pouvait pas prendre le risque de la laisser jouer avec ses sentiments et lui briser le cœur.

Il avait survécu à ce chagrin d'amour mais doutait de

pouvoir s'en sortir indemne si elle le quittait comme elle l'avait déjà fait une fois.

— Cassie, dit-il. Il vaut mieux arrêter.

— De quoi parles-tu ?

— De nous. Il faut qu'on arrête. Ça ne peut pas marcher.

Les larmes se mêlèrent aux gouttes de pluie qui ruisselaient sur son visage.

— Je ne comprends pas.

— Je ne suis plus le grand chirurgien que j'étais à New York. D'ailleurs, je ne suis plus la même personne. Je n'attends plus les mêmes choses de la vie, ni d'une relation. En entendant tout ce que tu as dit, tout à l'heure, dans le bus, j'ai pris conscience que tu avais envie d'aventure. Et je ne te le reproche pas. C'est ce que je recherche moi-même très souvent dans ma vie quotidienne. Mais ce n'est pas ce que je recherche dans une relation.

— Tu penses que c'est ce que moi, je recherche dans une relation ?

Il l'ignorait justement. Mais il n'avait pas envie d'être déçu par la réponse.

— Nous nous sommes laissés aller à la nostalgie. Plus vite nous cesserons de nous accrocher au passé et à ce que nous étions à l'époque, plus nous pourrons nous concentrer l'un et l'autre sur notre avenir.

Son menton trembla et il perçut l'effort qu'elle faisait pour que sa voix reste égale.

— Je ne m'accroche pas au passé ni à ce que tu étais à l'époque. En fait, je crois que je ne te connaissais même pas. Pas plus que je te connais aujourd'hui.

Elle tourna les talons et le laissa seul sous la pluie.

Il déglutit. Après le départ de Cassie, cinq ans auparavant, il s'était souvent demandé ce qu'il aurait ressenti s'il avait été à l'initiative de la rupture. Il s'était longtemps accroché à sa douleur et à sa colère et aurait parfois souhaité lui infliger la même chose. Mais en la regardant s'éloigner dans l'obscurité, il se dit qu'inverser les rôles n'avait aucun intérêt.

Cassie prit son oreiller et en fit une boule. Elle avait essayé de lui donner différentes formes, et avait changé cent fois de position dans son lit, sans trouver la bonne. Le voyage et les rescapés du glissement de terrain l'avaient épuisée mais elle ne parvenait pas à trouver le sommeil.

La pluie frappait le toit de sa chambre. Elle regarda l'heure sur son portable. Trois heures du matin. Elle devrait se lever quatre heures plus tard. Il fallait qu'elle dorme. Mais comment y parvenir quand on était à la fois triste et en colère contre quelqu'un ?

Elle se retourna et mit l'oreiller sur son oreille pour s'isoler du bruit de la pluie tambourinant sur le toit.

Comme si c'était la pluie qui t'empêchait de dormir ! Son insomnie n'avait rien à voir avec la météo mais plutôt avec la conversation qu'elle avait eue la veille avec Bryce. Elle pensait qu'il aurait envie de donner une chance à leur relation. Au lieu de cela, il y avait mis fin brusquement, dans le bus. Vingt-quatre heures plus tôt, ils étaient en train de faire l'amour. Et là, elle avait l'impression qu'il n'avait même plus envie de lui adresser la parole.

Que croyais-tu ? Il t'a fait confiance une fois et tu lui as brisé le cœur. Comment veux-tu qu'il ait envie de retenter l'expérience ?

Il semblait convaincu qu'elle ne cherchait qu'une aventure. Ce qui confirmait tout ce qu'elle redoutait. Elle pensait lui avoir donné des preuves des sentiments qu'elle éprouvait pour lui mais elle avait échoué. Il était blessé. Elle l'avait blessé.

Et maintenant, tout était fini entre eux, alors que cela venait à peine de commencer.

Elle se demanda pour la centième fois pour quelle raison il ne l'avait pas prévenue quand il avait eu son accident. Son départ avait dû le choquer au point qu'il ne lui faisait plus confiance. Et, s'il était persuadé que leur histoire était sans importance pour elle, il était logique qu'il ne la rappelle pas.

Cela dit, il aurait pu lui parler de ses tremblements quand elle était arrivée au camp. Il lui avait dit qu'arrêter la chirurgie avait été libérateur. Ce n'était pas l'impression que la situation lui donnait. Elle avait plutôt le sentiment que la douleur de leur rupture s'était mélangée à la douleur de l'accident.

Il disait qu'il ne voulait pas qu'elle ait pitié de lui. Le souvenir du jour où il lui avait fait son bandage à la cheville lui revint en mémoire. Ce jour-là, elle s'était confiée à lui. Elle lui avait parlé de sa cardiopathie, de son enfance et de sa colère de ne pas être considérée comme autre chose qu'une malade. Bryce avait sans doute eu cette même peur de n'être considéré que comme une victime, comme un chirurgien *contraint* d'abandonner une carrière plus que prometteuse.

Loin d'elle l'idée de le traiter comme une victime. Elle lui aurait offert son soutien, pas sa pitié. Mais quand elle le lui avait dit, Bryce n'avait peut-être entendu que ce qu'il redoutait d'entendre.

S'il l'avait appelée, à ce moment-là, seraient-ils toujours ensemble à présent ?

La question interrompit le tourbillon de ses pensées. Là était peut-être la question. Elle s'était sentie tellement coupable de ce qui s'était passé qu'apprendre qu'il avait eu un accident n'aurait fait qu'accentuer sa culpabilité. Elle avait quitté Bryce par culpabilité. Elle aurait pu aussi revenir vers lui par culpabilité.

Cela lui coûtait de l'admettre, mais Bryce avait sans doute bien fait de ne pas chercher à la contacter. Il la connaissait, après tout. Il devait se douter qu'elle accourrait s'il lui annonçait qu'il avait eu un accident. Sa présence aurait peut-être été un poids plus qu'un soulagement, alors qu'il avait eu besoin de toute son énergie pendant la rééducation. Et elle aurait dû gérer ses sentiments tout en lui apportant son soutien. Ç'aurait été difficile pour eux deux.

Si Bryce l'avait appelée à ce moment-là, ils seraient peut-être encore ensemble. Mais pour de mauvaises raisons.

Pendant cinq ans, chacun avait eu le temps de régler ses problèmes, d'avancer sur son chemin, de se retrouver. Ils avaient tous deux besoin de ce temps-là. Certes, il n'avait pas été tout à fait honnête avec elle sur tout mais il avait changé, et pour le mieux, sans aucun doute. Il était plus tranquille, moins soucieux que quand ils s'étaient connus. Elle aussi avait changé et s'était rapprochée de la personne qu'elle était vraiment, dans le fond.

Qui serait-elle aujourd'hui si elle n'avait pas vécu loin de lui pendant cinq ans ? La rupture avait été terriblement douloureuse, mais tout ce qu'elle avait vécu depuis, sans lui, lui avait permis de comprendre ce qu'elle voulait vraiment faire de sa vie. Elle n'était plus ni l'enfant cloîtrée ni la gynécologue guindée qui passait sa vie à travailler sans faire autre chose de ses soirées que de manger à la hâte et s'écrouler de fatigue et de frustration.

Elle repensa à ce que Bryce avait dit dans le bus. Elle lui avait expliqué à quel point prendre des risques et se lancer des défis était une manière de croquer la vie à pleines dents et de se découvrir elle-même. D'ailleurs, elle en avait pris conscience en le lui disant. En somme c'était cette conversation qui l'avait fait réfléchir sur le sujet. Y aurait-elle réfléchi si elle n'avait pas été confrontée à la possibilité de le perdre une deuxième fois ?

Rien que pour cette raison, et même si elle devait effectivement perdre Bryce, elle avait bien fait de venir au Salvador. Pendant des années, à New York, elle pensait s'être éloignée d'elle-même à cause de ce qui s'était passé avec Bryce. Elle venait de comprendre que cela lui avait aussi permis de se retrouver.

Elle était venue au Salvador pour reprendre contact avec

le côté aventurier de sa personnalité. Elle aurait aimé pouvoir le faire sans blesser quiconque, cette fois.

Mais l'histoire semblait vouloir se répéter.

Cette fois, au moins, elle avait une idée sur la manière de rebondir.

Bryce se demanda comment il allait pouvoir travailler avec Cassie après ce qui s'était passé à Juayua. Il lui avait clairement dit que leur relation n'était pas viable sur le plan sentimental. À présent, il craignait que leur malaise n'interfère avec leur travail.

Or, ces craintes se révélèrent infondées pour la bonne raison que, dans les jours qui suivirent, Cassie disparut pratiquement de son champ de vision. Et, lorsqu'il leur arrivait malgré tout de se croiser, elle était excessivement courtoise. Il sentait qu'elle s'efforçait de parler sur un ton professionnel et d'abréger la conversation. Quand il leur arrivait malgré tout de travailler ensemble, leur collaboration n'avait plus la même saveur. Leur complicité lui manquait. Mais il ne voyait pas comment revenir en arrière.

Il eut envie de demander à Enrique de leur faire des plannings distincts. Jusqu'à ce qu'il entende Anna dire à quel point elle regrettait de ne plus voir Cassie.

— Comment ça ? s'exclama-t-il, le cœur battant brusquement plus fort.

— Cela fait deux semaines qu'elle a demandé à faire les nuits, expliqua Anna. Cela signifie qu'on ne travaille plus ensemble, et ça, c'est vraiment dommage. Elle s'y prend tellement bien avec les patientes !

Il n'avait plus besoin d'aller voir Enrique pour modifier les plannings, Cassie s'en était chargée. Il se demanda s'il devait se réjouir de ne pas avoir à faire les nuits ou s'agacer que Cassie soit intervenue avant lui. Peu importait. Ce qui comptait, c'était qu'il ne la voie plus à longueur de journée.

Certes, elle lui manquait beaucoup. Il regrettait son sens de l'humour, son rire, sa gaieté. Elle lui manquait mais il aurait été plus douloureux encore de la voir.

L'état de Manny s'améliorait de jour en jour. Le plus difficile, pour l'équipe médicale, était de faire en sorte qu'il reste tranquille. Il était aussi vif qu'un écureuil et il fallait lui rappeler constamment de ne pas bouger. Difficile pour un petit garçon qui suivait les médecins partout pour les aider ou les regarder travailler en les bombardant de questions. Bryce lui rendait visite souvent, c'était un bon antidote à sa propre agitation.

Le camp reçut une cargaison de livres et de jouets de San Salvador. Il en prit quelques-uns et se dirigea vers la tente dans laquelle Manny était en convalescence. Sa visite ne suscita pas l'enthousiasme habituel. Il regarda les cadeaux d'un air morose.

— Que se passe-t-il ? demanda Bryce.

— Je veux voir Dr Cassie, répondit-il sans joie.

Bryce sentit son cœur se serrer à l'évocation de Cassie.

— Je comprends. On ne la voit plus beaucoup dans la journée parce qu'elle travaille la nuit, maintenant, expliqua-t-il sur un ton rassurant.

— Ben non. Elle est partie.

Bryce se figea.

— Comment ça, elle est partie ?

— Elle est *partie*, répéta le petit garçon. Elle est venue me dire au revoir mais elle m'a dit qu'elle ne reviendrait peut-être plus jamais.

Une grosse larme roula sur sa joue rebondie.

— Mais elle va revenir, hein ?

— J'espère, s'entendit-il dire, en accusant le coup.

Il était parvenu, tant bien que mal, à se remettre de son départ, cinq ans plus tôt, et à vivre sans elle pendant toutes ces années. Les dernières journées avaient été dures mais les mots de Manny lui firent prendre conscience que rien ne pouvait être plus douloureux que la possibilité qu'elle soit définitivement sortie de sa vie.

Il fallait qu'il sache si elle était vraiment partie. Et, si tel était le cas, il ferait tout pour qu'elle revienne.

10.

L'incertitude était insupportable. Il ne pouvait pas attendre une minute de plus sans savoir si Manny avait dit juste. Il fonça vers la tente d'Enrique.

— C'est une blague ? dit-il en entrant, dans tous ses états.

— Une minute, dit Enrique qui était au téléphone.

Il raccrocha et se tourna vers Bryce.

— Je pourrais faire comme si je ne comprenais pas, mais il me semble que je sais de quoi tu me parles. Ou plutôt, de *qui*.

— Elle est partie ? C'est vrai ?

— Si tu parles effectivement de la meilleure gynécologue que nous ayons eue dans ce camp, la réponse est oui. Le Dr Andover est parti. Elle est retournée à New York. Elle a parlé d'un poste qui s'est libéré dans son ancien hôpital.

— Mais quand est-ce qu'elle est partie ?

— Il y a deux jours. Elle m'a demandé de rester discret sur le sujet.

Son cœur fit un bond dans sa poitrine. Comment avait-il pu ne pas s'apercevoir de l'absence de Cassie pendant deux jours ?

— Je vais même être plus clair : elle m'a demandé expressément de ne pas te dire qu'elle partait. Mais elle t'a laissé un mot.

Il lui tendit une enveloppe.

Un mot. Pour changer.

Il scruta l'enveloppe et reconnut l'écriture de Cassie par transparence. Elle semblait avoir plus de choses à dire que la première fois. Il l'ouvrit.

Cher Bryce,

Cette fois, je souhaite t'écrire une vraie lettre, pas un simple mot. Une lettre dans laquelle je veux dire tout ce que notre relation mérite, même s'il ne m'est pas facile de coucher les mots sur le papier. J'ai toujours pensé qu'il fallait vivre sans peur, mais grâce à toi, je sais maintenant qu'il est tout aussi important de vivre sans regrets. Or, je regretterais beaucoup de quitter le Salvador sans t'avoir expliqué à quel point notre relation a compté pour moi.

Nous avons tous deux grandi dans des familles qui nous ont surprotégés, chacune à sa manière. Nous savons, l'un comme l'autre, qu'il est parfois nécessaire de s'éloigner des personnes que l'on aime pour grandir et trouver ses propres marques. Si je pars, aujourd'hui, c'est aussi pour mettre de la distance entre nous, dans l'espoir que cela nous aide à devenir des personnes meilleures et plus fortes.

Nous avions décidé de laisser le passé derrière nous et d'aller de l'avant, mais après ce que nous avons vécu à Juayua il semble que nous ne puissions pas le faire ensemble. Je dois avouer que j'ai parfois du mal à lâcher le passé pour avancer.

Il est pourtant nécessaire que nous avancions vers notre avenir, qui sera radieux, j'en suis sûre. Toi, Bryce, tu mérites le meilleur. Et je ne supporte pas l'idée que je puisse t'empêcher d'y accéder.

Cassie.

Il cligna des paupières, pour retenir ses larmes.

Il avait fait n'importe quoi.

Il avait tellement voulu protéger son cœur qu'il était devenu aveugle au trésor qu'il avait sous les yeux. Il était vraiment le fils de ses parents. Il était devenu aussi anxieux, aussi obsédé qu'eux, à la différence près que lui protégeait surtout ses émotions. À quel prix ? Au prix de tout perdre. Définitivement, cette fois.

Comment avait-il pu s'imaginer qu'elle ne cherchait en leur relation qu'un prétexte pour s'amuser ? Certes, elle n'avait jamais caché qu'elle avait besoin d'aventure, de nouveauté. Pour être honnête, c'était ce qu'il cherchait, lui aussi. Et qu'il avait trouvé en venant au Salvador, comme elle.

Il plia la lettre et la mit dans son portefeuille.

— Il faut que je la retrouve.

Enrique soupira.

— J'ai l'impression que je vais perdre encore un autre de mes meilleurs médecins, dit-il.

— Je vais peut-être m'absenter un moment mais je reviens, je te le promets.

— Si cela peut t'aider à t'épanouir dans ta vie sentimentale… De toute façon, tu as plein de jours de congé que tu n'as pas encore pris. Mais reviens, nous avons besoin de toi, ici. Et, si tu arrives à ramener Cassie avec toi, ce sera encore mieux !

Il faudrait qu'il ait une chance inouïe s'il revenait avec elle. Mais cela valait la peine d'essayer. Même s'il n'était pas certain de la retrouver à New York. Et encore moins qu'elle ait envie de le voir.

C'était un risque qu'il était prêt à prendre.

Quelle drôle d'impression d'être de nouveau au Brooklyn General Hospital ! Les salles équipées en matériel de pointe et les couloirs étaient immaculés. Ici, on était en mesure de procurer aux patientes tout ce dont elles avaient besoin – et même ce dont elles n'avaient pas besoin – tant qu'elles payaient.

En plus du luxe, elle fut choquée par le caractère impersonnel de l'hôpital. En observant les médecins et les infirmières aller et venir dans les couloirs, elle dut faire un effort de mémoire pour les reconnaître. Tout le temps qu'elle avait passé dans cet hôpital, elle travaillait tellement qu'elle n'avait jamais pris le temps de nouer des liens, pas même avec les membres de son équipe, à part Vanessa, peut-être.

À Miraflores, tout le monde se connaissait de vue. Le camp n'était pas immense, si bien qu'on savait qui en faisait partie et qui venait de l'extérieur. Au Brooklyn General Hospital, elle avait beau connaître le bâtiment comme sa poche, les personnes qui y travaillaient étaient des étrangers. Elle avait passé plus de temps dans ces locaux que chez elle pendant des années, mais elle ne connaissait pratiquement personne et personne ne la connaissait.

Cela dit, le caractère impersonnel des lieux était un prix minime à payer pour le poste et le salaire qu'elle venait de négocier. Elle était allée voir le conseil avec une proposition, celle d'établir un partenariat entre le Brooklyn General Hospital et Médecine Internationale. Les médecins de New York pourraient partir en mission pour l'ONG et des médecins du monde entier pourraient venir au Brooklyn General pour profiter de ses ressources dans le cadre de leurs recherches. Et Cassie superviserait le tout.

Les administrateurs étaient enthousiasmés par le projet, qui donnerait à l'hôpital une bonne image et permettrait aux médecins d'aller faire des missions en tant que bénévoles sans avoir à quitter leur poste, contrairement à ce que Cassie avait fait. La seule inquiétude était de savoir si Cassie pourrait effectuer les voyages nécessaires entre New York et le Salvador ou les autres pays.

Elle sourit à ses interlocuteurs et expliqua qu'elle s'en sentait tout à fait capable.

Une fois l'entretien terminé, elle sortit de l'hôpital et prit une grande inspiration. En un après-midi, elle avait trouvé un emploi qui lui assurerait la sécurité tout en nourrissant son goût pour l'aventure.

La seule ombre au tableau était que Bryce ne soit pas avec elle pour célébrer cette nouvelle. Elle ne remettait pas en cause le fait d'être partie. Elle demeurait convaincue que cet éloignement était nécessaire, mais cela ne rendait pas leur séparation moins douloureuse.

Va de l'avant ! Elle était partie pour que Bryce et elle puissent passer à autre chose. C'est ce qu'elle faisait depuis quelques jours.

Elle décida d'aller fêter la bonne nouvelle devant un bon café et traversa la rue. Elle entra dans son café préféré et se plaça dans la queue pour passer commande. Au bout de quelques minutes, quelqu'un lui tapota sur l'épaule et lui tendit une tasse.

— Noir, avec deux sucres, dit l'homme qui la tenait.

— Bryce ! s'écria-t-elle. Qu'est-ce que tu fais là ?

— J'ai lu ta lettre.

— Comment m'as-tu retrouvée ?

— J'ai un peu enquêté sur les réseaux sociaux. L'ami d'un ami m'a appris que tu passais un entretien au Brooklyn General Hospital. Et, vu ton goût immodéré pour le café, j'ai pensé que je risquais de te trouver ici à un moment ou à un autre.

Elle le regarda, médusée. Qu'était-il venu faire à New York ? Il n'avait certainement pas fait le voyage pour lui offrir un café.

Café qu'elle accepta volontiers, néanmoins.

Ils sortirent au soleil.

— Tout ce que tu dis dans ta lettre est juste, dit-il. J'ai enfin compris que tu ne partais pas parce que je ne comptais pas pour toi, au contraire. J'ai eu tellement peur que l'histoire se répète que je ne voyais pas l'avenir qui se déroulait devant moi.

Elle sourit.

— Si j'avais su que tu réagirais de cette manière, je t'aurais écrit une lettre, il y a cinq ans, pas un mot.

— Et moi, j'aurais dû t'appeler, quand j'ai eu l'accident.

Elle le regarda, désolée.

— Nous avons commis tous les deux des erreurs, dit-elle.

— J'aurais dû au moins te le dire quand nous nous

sommes retrouvés au Salvador. Mais j'avais l'impression que tu me regardais autrement, que tu voyais en moi un autre homme que le Bryce prudent et anxieux que tu avais connu à New York. Je voulais que tu me voies comme un homme courageux, capable de prendre des initiatives parce qu'il avait du courage, pas parce qu'un accident ne lui avait pas laissé le choix.

— Oh ! Bryce ! Tu ne vois pas tout ce que tu as construit ? Pensais-tu vraiment que je serais aveugle à ce point ?

— J'espérais que tu t'apercevrais du changement mais j'avais peur que tu me compares avec l'ancienne version de moi-même.

— Je comprends. Mais j'aurais préféré que tu m'en parles. Ne serait-ce que par honnêteté.

— C'est vrai, l'honnêteté est toujours payante.

— Si je dois être honnête, à mon tour, il faut que je te dise que je suis contente que tu sois là.

— Mais j'arrive trop tard, non ? J'ai l'impression que l'entretien a bien marché. Et que tu vas reprendre le cours de ta vie new-yorkaise, ta vie d'avant.

Elle pouffa de rire.

— Ma vie d'avant ? Tu plaisantes ? Je ne suis pas venue ici pour cela.

Elle lui expliqua le projet qu'elle avait soumis au conseil d'administration du Brooklyn General Hospital en mettant l'accent sur le fait qu'il impliquait de faire un certain nombre d'allers-retours, notamment dans les pays d'Amérique centrale. Et qu'il était possible qu'ils développent des relations particulières avec l'antenne de Médecine Internationale au Salvador.

Il la regarda avec admiration.

— Avec tout cela, je me demande s'il restera de la place dans ta vie pour une personne… ordinaire.

— Je ne connais pas de personne ordinaire.

— Je parle de moi. Il se trouve que j'ai beaucoup travaillé sur moi pour accepter d'être une personne ordinaire.

— Tu n'as jamais été une personne ordinaire et tu ne le seras jamais.

— Je ne suis plus le chirurgien qui fait des miracles sur une table d'opération. J'essaie juste d'être un bon médecin. Il m'a fallu du temps pour accepter d'être moi-même et de ne plus me battre contre l'ancienne version de Bryce Hamlin.

— Cela ne fait pas de toi une personne ordinaire. C'est pour cette raison que tu as quitté New York ?

Il hocha la tête.

— Il fallait que je m'éloigne de ce milieu où tout le monde me ramenait sans arrêt au chirurgien brillant que j'avais été. Mais que je n'étais plus. On aurait dit que le nouveau Bryce n'intéressait personne.

— Si, moi, s'entendit-elle dire.

Dès qu'elle avait vu Bryce dans le café, il avait été évident qu'elle était amoureuse de lui. Elle l'aimait et, indépendamment de ce que lui éprouvait vis-à-vis d'elle, elle devait le lui dire.

— Je suis amoureuse de toi, ajouta-t-elle dans un même élan.

Elle avait déjà passé trop de temps loin de lui.

Cinq ans, cinq mois et vingt-trois jours, lui susurra la petite voix tapie dans un coin de son cerveau. Trop de temps s'était écoulé depuis qu'elle avait laissé cet affreux petit mot sur la table de chevet.

Mais elle ne pouvait pas passer une minute de plus sans lui. Or, aussi incroyable que cela puisse paraître, Bryce était venu jusqu'à New York pour la retrouver.

— Tu es amoureuse de moi ? dit-il, les yeux humides.

— Oui.

Bryce ne lui avait toujours pas dit ce que lui ressentait. Mais peu importait, après tout. En cet instant, elle voulait simplement être honnête avec lui.

— Tu te rappelles ce que tu m'as dit, reprit-elle, sur le fait que je te regardais autrement, depuis que je suis arrivée au Salvador. C'est en partie juste. Mais ce n'est pas parce que tu pars en mission en hélicoptère, que tu vas négocier avec les gangs ou que tu te bats contre des félins tous plus dangereux les uns que les autres.

Elle marqua une pause.

— Si je te regarde enfin d'un autre œil, c'est parce que je t'aime, Bryce. J'aime ta gentillesse, j'aime ton regard quand tu déposes un nouveau-né dans les bras de sa mère. J'aime ta détermination à protéger tous ceux qui te sont chers. Ce n'est pas le chirurgien new-yorkais que j'aime, c'est le médecin engagé et l'être humain empli de compassion. Voilà le Bryce que j'aime.

— Waouh ! dit Bryce, d'un air mi-incrédule, mi-flatté. Ce type a l'air super.

— Il l'est. Et je ne suis pas la seule à l'apprécier et avoir besoin de lui. Il a des collègues qui l'attendent au Salvador, des patientes qui ont besoin de ses compétences, et un petit garçon de dix ans qui trépigne certainement d'impatience à l'idée qu'il revienne, afin de pouvoir le mitrailler de questions.

— Ce Bryce a vraiment de la chance : un travail génial, des amis et des collègues attentionnés, une femme qui l'aime.

Il l'attira à lui.

— Et qu'il aime en retour, lui murmura-t-il au creux de l'oreille.

Il se pencha et l'embrassa.

Ils s'éloignèrent du café. Elle glissa son bras sous le sien, comme pour s'assurer qu'elle n'était pas en train de rêver et que Bryce était bien là, sur ce trottoir en plein cœur de New York.

Puis elle eut une idée. Elle ignorait comment il réagirait, mais peu importait. Elle l'arrêta et se posta face à lui. Cinq ans auparavant, Bryce avait projeté de demander sa main mais elle ne lui en avait même pas laissé l'occasion. Aujourd'hui, il fallait qu'il sache qu'elle était prête à s'engager sérieusement avec lui.

Elle lui prit la main, le cœur battant à tout rompre.

Et si ce n'était pas le bon moment ? Et s'il dit non ? Je comprends maintenant à quel point c'est difficile pour un homme de demander la main d'une femme qu'il aime !

Mais ce n'était pas le moment de flancher.

— J'ai quelque chose à te demander, dit-elle.

Elle sentit sa main trembler légèrement.

— Cassie…

— Laisse-moi terminer. Il y a cinq ans, tu as souhaité t'engager. Maintenant, c'est à moi de le faire…

— Cassie…

— Je n'ai pas d'alliance mais on peut quand même…

— Cassie ! Regarde ta main.

Elle regarda sa main et reconnut l'anneau de l'interrupteur d'allumage de la moto qu'ils avaient laissée à Juayua. Elle eut l'impression que son cerveau fonctionnait au ralenti. Elle regarda Bryce puis de nouveau l'anneau.

— Depuis quand est-ce qu'il est là ? Je ne me suis aperçue de rien.

— C'est plutôt bon signe, dit-il en souriant. Cela signifie qu'il te va bien.

Il la prit dans ses bras et la serra contre lui.

— Moi aussi, je veux être honnête avec toi, dit-il en plantant son regard dans le sien. Je t'aime, Cassie. J'aime beaucoup de choses chez toi, notamment ton côté aventurier, cette partie de toi qui me pousse à dépasser mes limites. Je ne sais toujours pas comment j'ai fait pour ne pas te voir pendant cinq ans et je ne veux pas passer une minute de plus sans toi. Maintenant que je t'ai retrouvée, je ne te laisserai plus partir.

Il l'embrassa tendrement.

Quand elle se détacha de lui, elle avait les yeux baignés de larmes.

— Ce sont des larmes de joie, j'espère, lui dit-il.

— Tu sais bien que oui.

— Je ne veux pas paraître présomptueux mais, vu ce que tu t'apprêtais à me demander, je suppose que la réponse est oui ?

— Ta supposition est fondée.

Un immense sourire illumina son visage.

— J'ai gardé cet anneau comme porte-bonheur. Mais je rêve de t'offrir une vraie belle bague. Nous irons l'acheter demain.

— Celle-là me plaît. Et, de toute façon, nous n'avons pas le temps de faire des emplettes.

— Tu as raison. Si nous nous marions, nous devons savoir où et quand. Que penses-tu de la mairie de New York ? Veux-tu te marier avant de repartir au Salvador ?

— C'est parfait. Je pense que nous n'avons plus une minute à perdre.

— Tu ne veux pas d'un mariage en grande pompe ?

— Non, je préfère un mariage rapide. Avec cette bague. Elle est parfaite. Elle raconte notre histoire. À moins que tu veuilles la garder comme porte-bonheur ?

— Elle m'a porté toute la chance dont j'avais besoin.

Ils s'embrassèrent de nouveau.

— Comment as-tu su que je dirai oui ? demanda-t-elle.

— Je ne le savais pas. J'étais conscient de prendre un grand risque mais je ne pouvais pas laisser filer cette occasion, après en avoir manqué tant d'autres. Je me suis souvenu de tes mots, quand tu parlais de vivre plutôt que de survivre. J'ai eu envie de glisser l'anneau à ton doigt et de voir ce qui se passerait. Quelle que soit ta réaction.

— Tu as bien fait, en effet, dit-elle avant de poser de nouveau les lèvres sur les siennes.

— J'ai compris que le courage n'avait rien à voir avec le danger qu'on affronte, mais plutôt avec ce que l'on a dans le cœur.

Elle pensa à son propre cœur, tant de fois endommagé et tant de fois réparé. Elle était née avec un cœur malade mais elle avait guéri. Depuis, elle savait qu'aimer ne consistait pas à protéger son cœur pour lui éviter de se briser. Aimer, c'était ne pas douter que, même brisé, il pouvait guérir.

Retrouvez prochainement, dans votre collection BLANCHE

Une nuit avec le Dr Kaleb, de Tina Beckett - N°1546

SÉRIE : MÉDECINS & CÉLIBATAIRES - 1/2

Rester célibataire : voilà la clé d'une vie heureuse, pour le Dr Kaleb Sabat. Pourtant, il ne parvient pas à oublier la belle Nicola, avec laquelle il a passé une nuit fabuleuse. Quelle n'est pas sa stupeur quand il la retrouve dans les couloirs du New York City Memorial où il exerce comme chirurgien ! Incroyable mais vrai : sa maîtresse d'une nuit n'est autre que la nouvelle spécialiste en diagnostics avec laquelle il doit collaborer.

Passion au New York Memorial, de Tina Beckett

SÉRIE : MÉDECINS & CÉLIBATAIRES - 2/2

Démarrer un nouveau travail n'est pas évident. Mais pour le Dr Kirsten Nadif, fraîchement arrivée au New York City Memorial, le plus dur est de résister au charme du Dr Snowden Tangredi. Si elle s'imagine déjà entre ses bras, elle sait devoir garder ses distances avec lui. Car le mystérieux médecin s'est montré parfaitement clair : bien que l'attirance entre eux soit indéniable, il ne lui offrira rien d'autre qu'une aventure sans lendemain…

Une croisière au Chili, de Charlotte Hawkes - N°1547

Venue au Chili pour démarrer une nouvelle vie, Isla s'apprête à embarquer comme médecin sur *Le Joyau d'Hestia*. La veille du départ, elle fait une rencontre inattendue – celle de l'officier de marine Nikhil Dara. Un homme sombre et charismatique avec lequel elle ressent une telle alchimie qu'elle succombe entre ses bras pour une nuit de plaisir. Mais, alors qu'elle pense ne jamais le revoir, elle le retrouve sur le paquebot…

Docteur et prince, de Susanne Hampton

Quatre ans plus tôt, l'infirmière Libby a eu le cœur brisé. Abandonnée sans un mot d'explication par le Dr Daniel Dimosa dont elle était amoureuse, elle s'est retrouvée seule… et enceinte. Or, voilà qu'au cours d'une mission dans les Caraïbes elle tombe nez à nez avec lui. D'abord furieuse contre Daniel, elle découvre bientôt le secret qui l'a poussé à disparaître : le père de son fils est prince !

…ur mission : sauver des vies.
…ur destin : trouver l'amour.

HARLEQUIN
www.harlequin.fr

BLANCHE

HARLEQUIN

Le baiser d'une infirmière, de Juliette Hyland - N°1548
Infirmière et sage-femme, Quinn a toujours eu le goût du voyage et enchaîne les missions aux quatre coins du monde. Jusqu'à son arrivée en Californie, où elle exerce depuis quelques mois auprès du Dr Milo Russell, son complice de toujours. Soudain, partir ne lui semble plus si attrayant… Est-ce en raison de l'attirance nouvelle et inattendue qu'elle ressent pour Milo ? Tentée de lui dévoiler ses émotions, Quinn redoute de voir voler en éclats leur si précieuse amitié…

La chance de Ruby, de Shelley Rivers
Depuis la disparition tragique de son épouse, Kern MacKinley entraîne ses chevaux de course à l'abri du monde – et de l'amour. Pourtant, le jour où il voit débarquer dans son haras le Dr Ruby Day, une vétérinaire auréolée de mystère, il éprouve pour elle des sentiments intenses, qui le bouleversent. Se pourrait-il que cette femme qui murmure à l'oreille des pur-sang puisse le tirer de sa solitude ?

Inavouable révélation, de Jennifer Taylor - N°1549
Un regard échangé, et Amy en est sûre : c'est lui, Nicolaus ! Après toutes ces années, cet homme qu'elle a passionnément aimé n'a pas changé et fait s'affoler son cœur comme au premier jour… Très vite, pourtant, son sentiment d'euphorie cède la place à une brutale montée de panique : Jacob, son fils de huit ans, est à ses côtés. Et, à n'en pas douter, en le voyant Nicolaus va immédiatement comprendre qu'il en est le père…

Le choix du Dr Thayer, de Nancy Robards Thompson
Célibataire, papa… et séduisant : le Dr Liam Thayer a toujours fait battre le cœur de Kate en secret. Mais, depuis la mort de sa femme, Liam se montre de plus en plus discret et évite désormais ses collègues de l'hôpital. Alors, quand elle réussit à le convaincre de participer à la vente aux enchères qu'elle organise pour lever des fonds, Kate exulte. D'autant qu'au cours de la soirée ils pourraient bien se rapprocher…

Leur mission : sauver des vies.
Leur destin : trouver l'amour.

HARLEQUIN
www.harlequin.fr

Le fiancé irlandais, de Karin Baine - N°1550

Nate ? Lorsqu'elle entre dans la chambre où son père a été hospitalisé, Violet se fige face à son amour de jeunesse. Le timide garçon d'autrefois s'est métamorphosé en un cardiologue réputé… et viril. Aussitôt, les regrets l'envahissent : si elle n'avait pas quitté Nate, ils auraient pu vivre une belle histoire… Mais, à l'époque, il était hors de question pour elle de rester en Irlande. Une nouvelle chance leur est-elle offerte aujourd'hui ?

Diagnostic : amour, de Louisa Heaton

Non, Naomi n'avait pas prémédité de rencontrer son chef en tombant dans ses bras depuis un escabeau ! Une collision qui la laisse bouleversée, car Tom Williams a un charisme fou, en plus d'être veuf, et donc célibataire… Célibataire, certes, sauf que, contrairement à elle, il ne croit plus en l'amour… Naomi prend alors une grave décision : avant de trop souffrir, il faut qu'elle s'éloigne de celui dont elle est tombée amoureuse…

BLANCHE

HARLEQUIN

[L]eur mission : sauver des vies.
[L]eur destin : trouver l'amour.

HARLEQUIN
www.harlequin.fr